LE VOLEUR

LE VOLEUR DE LA REINE

LIVRE I
Le Voleur

LIVRE II
La Reine d'Attolie

LIVRE III
Le Roi d'Attolie

LIVRE IV
Un complot de rois

LIVRE V
Comme des voleurs

LIVRE VI
Le Retour du Voleur

MEGAN WHALEN TURNER

LE VOLEUR

Suivi de la nouvelle

LES BOUCLES DE BRÉIA

Traduction de l'anglais (États-Unis)
par Yoko Lacour

MONSIEUR TOUSSAINT LAVENTURE

Ce livre a été écrit par
MEGAN WHALEN TURNER (1965),
traduit par YOKO LACOUR,
édité par DOMINIQUE BORDES
(sur une idée de THOMAS DE CHÂTEAUBOURG),
assisté de CLAUDINE AGOSTINI, THIBAUT BERTRAND,
LAETITIA BLONDEAU, BULLE COQUELIN, EMMANUELLE COMTE,
LISA FOLLIET, FRANÇOIS GUILLAUME,
ARIEL MASSET et FANNY ROUGER.

Monsieur Toussaint Laventure
est une collection de Monsieur Toussaint Louverture.

Titre original : *The Thief*

Titre original de la nouvelle : *Thief! / Breia's Earrings*

ISBN : 9782381962153
ISSN : 2680-1914
DÉPÔT LÉGAL : OCTOBRE 2025

Maquette et colophon :
© Monsieur Toussaint Louverture.

Illustration de couverture :
« Portrait du prince Alexandre Farnèse », Sofonisba Anguissola.

WWW.MONSIEURTOUSSAINTLOUVERTURE.COM

Pour Sandy Passarelli

I

J'IGNORAIS DEPUIS COMBIEN de temps je me trouvais enfermé dans les geôles du roi. Chaque jour était identique au précédent, à la seule différence que je me couchais toujours un peu plus crasseux que la veille. Le matin, la lumière vacillante et orangée d'une lanterne en dehors de ma cellule laissait place à la lueur diffuse mais immuable des rayons du soleil qui s'échouaient dans la cour de la prison. Le soir, à mesure que le crépuscule avançait, je me consolais à l'idée que je me rapprochais lentement du moment où j'allais sortir. Pour tuer le temps, je me concentrais sur quelques bons souvenirs, que je disposais en ordre et examinais avec soin. Je ne cessais de ressasser les étapes du plan qui m'avait paru si évident avant mon emprisonnement, et me jurais à moi-même – ainsi qu'à tous les dieux que je connaissais – que si je réussissais à sortir en vie de ce cachot, jamais, au grand jamais, je ne reprendrais de risques d'une stupidité aussi abyssale.

J'étais plus mince que lorsqu'on m'avait passé les fers. La ceinture en acier autour de ma taille semblait désormais trop large, mais pas encore assez pour glisser de mes hanches. Peu de détenus portaient des chaînes en cellule, seuls ceux que le roi détestait particulièrement : quelques comtes, des ducs, ou bien le ministre du trésor quand celui-ci avait annoncé qu'il n'y avait plus d'argent dans les caisses du royaume. Je n'étais certes rien de tout cela, mais je crois qu'on peut dire que le roi n'avait pas beaucoup d'affection pour moi. Bien qu'il ne se rappelle pas mon nom, et que je n'aie jamais eu de bonnes manières, il ne voulait pas que je lui glisse entre les doigts. Ce qui explique les fers à mes chevilles et la ceinture à ma taille, ainsi que les chaînes parfaitement superflues qui entravaient mes poignets. Je m'étais d'abord débarrassé d'elles, mais puisqu'il me fallait parfois les remettre en urgence, ma peau s'était vite retrouvée à vif. Au bout d'un moment, il avait été simplement moins douloureux de les laisser à leur place. Le reste du temps, pour éviter de m'abandonner à mes rêveries, je m'entraînais à évoluer entre ces murs sans qu'un seul cliquetis ne soit audible.

Depuis le coin de la cellule, la chaîne était assez longue pour que je puisse faire un arc de cercle jusqu'au milieu, puis jusqu'au fond. Là se trouvait ma couche – un banc de pierre couvert d'un fin sac de sciure. À côté, un seau. Il n'y avait rien d'autre, si ce n'est moi, mes chaînes et, deux fois par jour, de quoi manger.

La porte du cachot était constituée de barreaux, à travers lesquels les gardes venaient jeter un œil sur moi pendant leurs rondes – un hommage à ma renommée. Dans mes nombreux plans pour établir mon incroyable réputation, je m'étais éhontément vanté de mes talents dans toutes les tavernes de la cité. Je voulais que tout le monde sache que j'étais le plus grand cambrioleur qui ait vécu depuis la création des hommes sur cette terre. Il faut croire que mon but fut presque atteint : une foule immense s'était rassemblée à mon procès. Après qu'on m'eut écroué ici, la plupart des gardiens étaient venus me jauger, et on m'avait laissé enchaîné là, alors que les autres prisonniers pouvaient parfois goûter à quelques instants de liberté et de soleil dans la cour.

L'un des gardes paraissait toujours me surprendre alors que j'avais la tête entre les mains. Ce qui ne manquait jamais de le faire rire.

« Alors ? disait-il. Tu ne t'es pas encore échappé ? »

Chaque fois qu'il riait, je lui crachais quelques injures. Pas ce qu'il y a de plus diplomatique, mais, fidèle à moi-même, j'étais incapable de retenir une insulte qui ne demandait qu'à être entendue. Quoi que je dise, le soldat s'esclaffait de plus belle.

J'étais transi de froid. Le printemps commençait à peine quand j'avais été arrêté et traîné hors d'une taverne nommée *À l'ombre du fût*. Par-delà les murs de la prison, l'été avait sans doute à présent asséché la ville et poussé ses habitants à se réfugier chez eux pour de longues siestes. Nos cellules, toutefois, ne jouissaient d'aucun ensoleillement direct ; elles étaient aussi humides et glacées qu'à mon arrivée. Je rêvais pendant des heures de la chaleur du jour ; de la façon dont elle imprègne les murs en pierre de la cité, assez pour qu'on puisse s'y étendre longtemps après la tombée de la nuit ; de la façon dont elle tarit les flaques d'eau et les rares offrandes faites aux dieux, que certains se permettent parfois lorsqu'ils se soulagent dans la poussière à l'extérieur des auberges.

Parfois, j'allais aussi loin que mes chaînes me le permettaient afin de regarder, à travers les barreaux, au-delà de la profonde galerie abritant nos geôles, la vague lumière du soleil qui s'était perdue dans la cour. La prison se composait de deux étages de cellules ; j'étais évidemment installé au niveau le plus haut. Toutes donnaient sur cette galerie, elle-même séparée de la cour par des colonnes de pierre. Dénués d'ouverture, les murs extérieurs faisaient près d'un mètre d'épaisseur et étaient constitués de blocs de calcaire si massifs que dix hommes n'auraient pu les déplacer. Des légendes racontent que les anciens dieux auraient monté ces murs en une seule journée.

Visible de presque partout dans la cité, la prison avait été construite au sommet d'une colline où il était impossible de ne pas remarquer un autre bâtiment : la demeure du roi, son mégaron. Par le passé, il y avait aussi eu un temple, désormais détruit, à la gloire des anciens dieux ; tandis qu'une grande basilique avait été érigée plus bas sur la colline pour les dieux qui les avaient remplacés. La demeure royale avait toujours été un mégaron – une seule pièce dotée d'un trône et d'une cheminée –, alors que la prison avait pris la place de l'agora, l'endroit où les citoyens se retrouvaient et où les camelots vendaient à la criée leurs vieilleries. Autrefois, les cellules étaient des échoppes de vêtements, de vin, de bougies ou de bijoux importés des îles. Les notables de la cité se hissaient sur les blocs de pierre pour prononcer des discours.

Puis, les envahisseurs avaient débarqué avec leurs galères et leur conception du commerce : ils faisaient leurs affaires dans des marchés en plein air près de leurs navires. Ils prirent le contrôle du mégaron pour y installer leur gouverneur et firent une prison du solide bâtiment en pierre de l'agora. Les notables finirent enchaînés aux blocs de pierre plutôt que juchés dessus.

Ces envahisseurs furent chassés par d'autres, puis Sounis finit par se révolter et rétablit un roi à la tête de la cité. Toutefois, on avait pris l'habitude de commercer sur le front de mer, et le nouveau roi conserva l'agora comme prison. N'ayant aucun lien avec les familles qui avaient auparavant régné, c'était ce qui lui avait paru le plus aisé. Au moment où j'y croupissais, la plupart des habitants avaient oublié que cet endroit avait un jour été autre chose qu'un lieu de détention pour les mauvais payeurs et autres criminels.

J'étais là, allongé sur le dos, les jambes en l'air enroulées dans la chaîne qui reliait ma taille à l'anneau fixé en haut du mur. La nuit était avancée, et le soleil, couché depuis des heures, si bien que le cachot n'était plus que vaguement éclairé par des torches. Je comparais les mérites de porter des vêtements propres aux avantages de meilleurs repas, sans me soucier des bruits de pas dans la galerie. À l'extrémité étroite du bâtiment, une porte de fer menait à la salle des gardes. Les sentinelles la franchissaient plusieurs fois par jour. Même si je l'entendais claquer, je n'y prêtais plus attention, aussi ai-je été pris au dépourvu quand l'éclat d'une lanterne, intensifié par une lentille, a illuminé ma cellule. J'aurais souhaité avoir l'air agile et gracieux, voire féroce, tandis que je libérais mes jambes des chaînes et me redressais, mais ça n'a pas été le cas. Surpris et à moitié aveuglé, j'ai esquissé un geste maladroit et serais tombé par terre si la chaîne n'avait pas retenu l'une de mes chevilles.

« C'est celui-là ? »

Rien de curieux à ce que la voix paraisse étonnée. Finissant de me redresser, j'ai cligné des yeux face à la lumière, incapable de distinguer grand-chose. Le garde a assuré à je-ne-sais-qui que j'étais celui qu'il recherchait.

« Parfait. Faites-le sortir.

— Oui, Mage », a répondu le soldat tandis qu'il déverrouillait la porte, si bien que j'ai su qui était mon visiteur nocturne. L'un des plus puissants conseillers du roi. Avant l'arrivée des premiers envahisseurs, le Mage avait la réputation d'être un sorcier, mais désormais, même les superstitieux n'y croyaient plus. Un Mage n'était qu'un érudit. Il lisait des parchemins et des ouvrages dans toutes les langues, et étudiait aussi bien ce qui avait été écrit que ce qui ne l'avait pas été. Si le roi avait besoin de savoir combien d'épis de maïs produisait tel champ, le Mage pouvait le lui dire. Si le roi voulait savoir combien de fermiers mourraient de famine s'il brûlait certaines terres, le Mage pouvait également lui fournir la réponse. Ses connaissances, couplées à ses talents de persuasion, lui conféraient une influence considérable sur le souverain ; c'était la source de sa puissance à la cour. Le Mage avait assisté à mon procès. Je l'avais remarqué derrière les juges, assis, les bras croisés sur sa poitrine.

Une fois parvenu à me désentraver de mes liens, les gardes ont déverrouillé les fers à mes pieds à l'aide d'une clé aussi grosse que mon pouce. Ils ont laissé les menottes, mais détaché la chaîne qui reliait mes poignets à la ceinture en acier. Puis ils m'ont mis debout et poussé hors de la cellule. Le Mage m'a regardé de bas en haut et a plissé le nez – sans doute à cause de l'odeur.

Il voulait connaître mon nom.

« Gen », ai-je répondu. Le reste ne l'intéressait pas.

« Qu'il me suive », a-t-il dit en me tournant le dos et en s'éloignant. Tous mes gestes pour garder l'équilibre et avancer semblaient entrer en conflit avec ceux des sentinelles, si bien que je me suis retrouvé bringuebalé et malmené le long de la galerie avec la grâce d'un chat malade. Après avoir traversé la salle des gardes, nous avons passé une porte qui conduisait au-delà des limites de la prison, jusqu'à un escalier en pierre et une autre cour adjacente à l'aile sud du mégaron. Les murs de ce dernier s'élevaient sur quatre niveaux. La minuscule place forte s'était transformée en véritable palais sous la supervision des envahisseurs, avant d'être encore élargie par la suite. Suivant un soldat muni d'une lanterne, nous avons traversé la cour jusqu'à une volée de marches plus petites qui menaient à une porte enchâssée dans le mur du palais royal.

De l'autre côté, les parois blanches d'un corridor réfléchissaient l'éclat de tant de torches qu'on se serait cru en plein jour. J'ai rejeté la tête sur le côté et libéré l'un de mes bras afin de me couvrir les yeux. La lumière semblait me heurter physiquement, comme des lances transperçant mon crâne. Les soldats se sont arrêtés net. L'un des deux a essayé de me saisir le bras, mais je l'ai repoussé. Le Mage s'est rapproché pour comprendre les raisons de l'esclandre.

« Donnez-lui un moment pour que ses yeux s'habituent », a-t-il ordonné.

Il allait me falloir un peu plus que ça, mais ce répit me fut bénéfique. Clignant des yeux, j'ai chassé les larmes qui s'y étaient formées, et nous avons repris notre chemin. Comme je gardais la tête baissée et les paupières mi-closes, je n'ai d'abord pas vu grand-chose des couloirs. Le sol était dallé de marbre ; les plinthes, ornées de peintures, avec ici et là des gerbes de lys, une tortue ou un oiseau sur sa branche. Nous avons monté un escalier décoré d'une fresque représentant une meute de chiens de chasse poursuivant un lion, jusqu'à un angle puis une porte devant laquelle nous avons fait halte.

Le Mage a toqué et nous sommes entrés. Non sans mal, les gardes nous ont frayé un passage, à eux et à moi, par l'étroite ouverture. J'ai fouillé la pièce du regard, me demandant qui avait assisté à cette entrée maladroite, mais elle était vide.

Mes nerfs étaient à vif. J'avais beau être mort de fatigue, mon sang pulsait dans mes veines comme du vin clapote dans une carafe. Monter l'escalier m'avait fait l'effet de gravir une montagne. Mes jambes tremblaient, et j'étais reconnaissant aux gardes, aussi indélicats soient-ils, de me soutenir. Quand ils m'ont lâché, j'ai perdu l'équilibre et dû me retenir avec mes bras au dernier moment. Mes chaînes ont cliqueté.

« Vous pouvez partir, leur a dit le Mage. Revenez le chercher dans une demi-heure. »

Une demi-heure ? Tous mes espoirs, qui n'avaient cessé de grandir jusque-là, se sont dissipés. Alors que les gardes s'en allaient, j'ai scruté la pièce. Elle était petite, munie de plusieurs sièges d'aspect confortable disséminés autour d'un bureau. Le Mage se tenait près de celui-ci. Les fenêtres derrière lui devaient donner sur la cour principale du mégaron, mais les minuscules carreaux ne reflétaient que la lumière des lampes qui brûlaient à l'intérieur. J'ai regardé une nouvelle fois les sièges. Choisissant le plus élégant, je m'y suis assis. Le Mage s'est raidi. Ses sourcils se sont froncés pour former une ligne qui a barré le haut de son visage. Ils étaient sombres, malgré sa chevelure grisonnante.

« Lève-toi », a-t-il commandé.

Je me suis renfoncé contre les coussins en plumes. C'était presque aussi agréable que d'enfiler des vêtements propres, et de toute façon j'aurais été incapable de me lever même si je l'avais voulu. Mes genoux peinaient à supporter ce qui restait de mon poids, et mon estomac songeait sérieusement à rendre le peu de nourriture que j'avais avalé plus tôt. Le haut du dossier m'arrivait au niveau des oreilles. J'y ai reposé ma tête et, le visage vers le plafond, j'ai tourné mon regard en direction du Mage, resté immobile.

Il m'a laissé réfléchir un instant, avant de s'avancer. Il s'est penché vers moi, son nez à quelques centimètres du mien. D'aussi près, je pouvais enfin voir les détails de son visage. Il avait le nez aquilin de la plupart des habitants de la cité, mais ses yeux étaient d'un gris très pâle et non marron.

Son front était couvert de rides occasionnées par de longues expositions au soleil et un trop grand nombre de froncements de sourcils. J'étais en train de me demander s'il n'avait pas exercé un travail en extérieur avant de se mettre à lire des livres, lorsqu'il a pris la parole. J'ai cessé de penser à son teint et j'ai soutenu son regard.

« Il se peut qu'un jour nous arrivions à une relation basée sur un respect mutuel », a-t-il dit doucement. *Avant ce jour*, ai-je pensé, *je verrai les dieux fouler la terre.* « Pour l'heure, je me contenterai de ton obéissance », a-t-il poursuivi.

Sa capacité à être si menaçant en si peu de mots était remarquable. J'ai dégluti, et mes mains sur les accoudoirs se sont mises à trembler. Les maillons de la chaîne avaient beau cliqueter les uns contre les autres, je n'ai esquissé aucun geste pour me lever. Mes jambes ne seraient pas parvenues à me porter. Le Mage a dû s'en rendre compte, de même qu'il a su que le message était passé, car il a reculé et s'est adossé au bureau, d'où il a agité la main, légèrement écœuré.

« Peu importe. Reste là. Il faudra faire nettoyer ce siège. »

Je me suis senti rougir. Ce n'était pas de ma faute si j'empestais. Que ce Mage passe donc quelques mois dans la prison du roi, et on verrait s'il sentait toujours les vieux livres et le savon. Il m'a dévisagé un long moment sans paraître le moins du monde impressionné.

« Je t'ai vu à ton procès », a-t-il dit enfin.

Je n'ai pas répliqué que, moi aussi, je l'avais vu ce jour-là.

« Tu as perdu du poids. »

J'ai haussé les épaules.

« Dis-moi, a-t-il poursuivi, notre hospitalité est-elle si appréciable que tu aurais des réticences à nous quitter ? Tu as déclaré lors de ton jugement que la prison du roi elle-même ne saurait te retenir. Je m'attendais à ce que tu aies déjà pris congé. »

Visiblement, notre conversation l'amusait. J'ai croisé les jambes et me suis réinstallé dans le siège en prenant un peu plus mes aises. Il a cillé.

« Certaines choses prennent du temps, ai-je rétorqué.

— Très juste. Et combien de temps crois-tu que ça va te prendre ? »

Encore une demi-heure, ai-je pensé, mais je n'ai rien dit.

« Beaucoup, a-t-il repris. Je crois même que ça pourrait te prendre le reste de ta vie. Après tout, a-t-il plaisanté, une fois mort, tu ne seras plus prisonnier, n'est-ce pas ?

— Je suppose que non. »

Je ne trouvais pas ça drôle.

« Tu t'es vanté de nombreuses choses devant les juges. De vaines vantardises, il faut croire.

— Je peux dérober n'importe quoi.

— C'est effectivement ce que tu as clamé à tous vents. Et c'est d'ailleurs ce qui t'a conduit en prison. » Il a ramassé un bec de plume sur le bureau et l'a fait tourner un instant entre ses doigts. « Il est regrettable pour toi que l'intelligence aille rarement de pair avec des dons comme les tiens, et c'est une chance pour moi que ce ne soit pas ton intelligence qui m'intéresse, mais tes talents. Si tu es aussi doué que tu le prétends.

— Je peux dérober n'importe quoi, ai-je répété.

— Mais tu es incapable de te dérober à la prison du roi, n'est-ce pas ? », a-t-il demandé en ne levant cette fois qu'un seul sourcil.

J'ai à nouveau haussé les épaules. Bien sûr que je pouvais le faire, mais cela nécessitait du temps. Beaucoup de temps, même, et je n'étais pas contre une offre qui accélère les choses.

« Bon, au moins tu as appris à te taire. »

Il s'est éloigné du bureau et a traversé la pièce. Alors qu'il avait le dos tourné, j'ai écarté les cheveux de devant mes yeux pour mieux inspecter les lieux. On était dans son cabinet d'étude, mais ça, je le savais déjà. Les étagères étaient chargées de parchemins et de rouleaux. Des amphores et d'autres récipients d'argile encombraient un banc vermoulu. Des bouteilles en verre, aussi. Au fond se trouvait une alcôve masquée par un rideau en dessous duquel, à peine visibles, dépassaient deux pieds chaussés de bottes de cuir. Mon estomac s'est serré, et j'ai pivoté brusquement sur mon siège.

« Tu as la possibilité d'écourter ton séjour ici sans écourter ta vie », a repris le Mage.

Je l'ai regardé. J'avais perdu le fil de la conversation. Le temps de le retrouver, j'ai réalisé que lui-même semblait nerveux. Je me suis détendu.

« Je vous écoute.

— Je veux que tu dérobes quelque chose pour moi.

— C'est le Sceau du roi que vous voulez ? ai-je souri. Je peux vous l'obtenir.

— Si j'étais toi, a-t-il dit d'une voix rauque, je me garderais de trop me vanter à ce sujet. »

Mon sourire s'est élargi. L'anneau en or serti du rubis gravé était sous sa garde lorsque je m'en étais emparé. Le perdre avait dû nuire à sa réputation à la cour. Il a lancé un coup d'œil par-dessus mon épaule en direction de l'alcôve, avant d'en venir au fait.

« Il y a quelque chose que je voudrais que tu voles. Fais cela pour moi, et je veillerai à ce que tu ne retournes pas en prison. Si tu échoues, je veillerai à ce que tu n'y retournes *jamais*. »

Des détenus quittaient régulièrement la prison. Maçons, charpentiers, forgerons, tout artisan qualifié pouvait espérer achever sa peine en travaillant au service du royaume. On rassemblait plusieurs fois par an ceux qui n'étaient pas qualifiés pour les envoyer dans les mines d'argent au sud de la capitale. Il était rare qu'ils en reviennent. D'autres prisonniers, quant à eux, disparaissaient, purement et simplement.

Comprenant bien ce que le Mage avait en tête, j'ai acquiescé.

« Que dois-je voler ? »

C'est tout ce que j'avais besoin de savoir. Il a ignoré ma question.

« Tu connaîtras les détails plus tard. Ce qu'il faut que je détermine, c'est si tu es en état de le faire. »

Il voulait seulement vérifier que je n'étais pas dévoré par la maladie, estropié ou trop affamé pour lui être utile, suite à ma nouvelle vie carcérale.

« Je le suis, ai-je répondu. Mais vous devez me dire ce que je vais voler.

— Tu en seras informé en temps voulu. Pour l'heure, ça ne te regarde pas.

— Et si ce n'est pas possible ?

— Je croyais que tu pouvais dérober n'importe quoi, a-t-il ironisé.

— Mais je suis incapable de me dérober à la prison du roi, ai-je concédé.

— Ne fais pas le malin, a-t-il dit en secouant la tête. Tu joues mal la comédie. »

J'ai ouvert la bouche dans l'intention de dire quelque chose que je n'aurais pas dû, mais il a poursuivi.

« Nous allons devoir voyager pour atteindre l'objet de cette conversation. Tu auras largement le temps d'en découvrir plus durant le trajet. »

Je me suis renfoncé dans le siège, apaisé et ravi. Si je quittais la cité de Sounis, personne ne m'y ferait jamais remettre les pieds. Le Mage a dû comprendre ce qui me traversait l'esprit, car il s'est penché de nouveau vers moi.

« Ne me prends pas pour un imbécile. »

Ce n'était pas un imbécile, ça me paraissait évident. Mais il n'était pas motivé comme je l'étais. Il est retourné près du bureau, et je me suis confortablement calé en songeant que les dieux avaient fini par entendre mes prières. C'est à ce moment-là que les anneaux du rideau de l'alcôve ont glissé le long de leur tringle, et je me suis souvenu des deux pieds. Mon estomac, qui avait commencé à se détendre, s'est contracté derechef.

Un martèlement de bottes a traversé la pièce, et une main a surgi au-dessus du dossier de mon siège pour m'empoigner par les cheveux. Son propriétaire a tiré dessus tout en contournant le fauteuil, jusqu'à ce que je me retrouve face à lui.

« Ne me prends pas non plus pour un imbécile », a-t-il dit. Il était petit, comme son père avant lui, et trapu. Ses cheveux couleur d'or foncé bouclaient au niveau des oreilles. Un détail qui aurait rendu moins viril n'importe qui d'autre. C'est probablement ce qui avait attendri sa mère durant son enfance, même si, désormais, il n'y avait plus rien d'attendrissant chez lui. Il arrachait une touffe de mes cheveux, si bien que je devais me tenir sur la pointe des pieds pour moins souffrir. Lorsque j'ai posé mes mains sur la sienne pour qu'il cesse, j'ai été littéralement soulevé de terre.

Puis il m'a lâché. Mes jambes ont cédé et je me suis affalé avec un bruit sourd qui a résonné dans tout mon corps. Je me suis frotté la tête, tâchant de me repeigner. Quand j'ai levé le menton, le roi essuyait sa main sur ses vêtements.

« Debout », a-t-il ordonné.

Je me suis exécuté, en continuant de masser mon cuir chevelu.

Le roi de Sounis n'était pas un homme raffiné. Ce n'était pas non plus un homme à l'impressionnante carrure d'ours, ainsi qu'étaient dépeints les rois dans les contes de fées de ma mère. Il était trop petit et trop mielleux, et un poil trop en chair pour être élégant. Mais il était rusé. Il doublait régulièrement les impôts et possédait une armée suffisamment massive pour calmer toute velléité de rébellion chez ses sujets. Les impôts servaient à financer ses soldats, et lorsque ceux-ci devenaient une menace, il les envoyait combattre ses voisins. Ses victoires contribuaient à enrichir le royaume. Autrefois morcelé par les envahisseurs pour récompenser leurs alliés, Sounis était aujourd'hui bien plus vaste. Le roi avait chassé les Attoliens qui occupaient les terres sur le versant sounisien des monts Héphestial, les forçant à se replier par le défilé qui traverse le royaume d'Eddis jusque chez eux. Selon certaines rumeurs, il convoitait aussi ces terres, si bien que l'Attolie se préparait à une guerre.

Ignorant le Mage, Sounis a marché vers le banc placé contre le mur à côté de mon siège. Il y a pris une cassette qu'il a apportée jusqu'au bureau pour y déverser son contenu : une montagne d'écus en or massif. Un seul d'entre eux aurait suffi à acheter une ferme avec tout son bétail. Plusieurs pièces sont tombées en tintant sur le sol en pierre. L'une d'elles a roulé jusqu'à mon pied où, tel un œil jaune, elle est restée à m'observer.

J'ai failli me pencher pour la ramasser, mais j'ai retenu mon geste.

« Mon oncle en gardait autant sous sa couche et les comptait tous les soirs, ai-je simplement dit.

— Menteur, a répondu le roi. Tu n'as jamais vu autant d'or de toute ta vie. »

Il ne pouvait pas savoir qu'une nuit j'avais abusé de son hospitalité et que je m'étais faufilé dans son mégaron, rampant dans les conduits de l'hypocauste pour me dissimuler dans sa salle du trésor. Là, dans l'étouffante obscurité, j'avais dormi toute la journée sur les couvercles striés de ses coffres.

Sounis a tapoté la cassette renversée.

« C'est l'or que je compte offrir en récompense si tu ne parviens pas à rapporter ce que je t'envoie chercher. Elle reviendra à quiconque, de cette province ou d'une autre, te ramènera à moi. »

Il a redressé la cassette, qu'il a refermée dans un claquement sec.

Mon estomac s'est noué. Ardu d'échapper à une telle récompense. On me traquerait d'un bout à l'autre du monde.

« Il va de soi que je te veux vivant... », a-t-il ajouté, avant de décrire avec force détails ce qu'il comptait me faire subir une fois capturé. J'ai tenté en vain de faire la sourde oreille après les premiers exemples, mais il a impitoyablement poursuivi son énumération tandis que je demeurais hypnotisé, tel un oiseau face à un serpent. Les doigts croisés sur la poitrine, le Mage écoutait tout aussi attentivement. Il ne semblait plus nerveux. Probablement parce qu'il était satisfait que le roi ait accepté ses plans, et que les menaces de ce dernier m'encourageraient à mener à bien ma mission. Mon estomac allait de mal en pis.

Lorsque j'y suis revenu, ma cellule m'a paru soudain sûre et chaleureuse comparée au cabinet du Mage. Dès que les gardes ont disparu, je me suis allongé sur le banc et j'ai chassé sans cérémonie de mon esprit le roi et ses promesses. Pourquoi se tracasser pour des choses si déplaisantes ? Focalisant mes pensées sur une vision de moi quittant la prison, je me suis blotti aussi confortablement que possible et me suis endormi.

II

DEUX GARDES SONT VENUS m'arracher à mes quartiers le lendemain en fin de matinée, ce qui m'a de nouveau déconcerté. J'avais pensé que le voyage évoqué par le Mage mettrait un temps infini à s'organiser. De toute évidence, le roi n'avait donné son aval que la nuit précédente. Mes espoirs, qui jusque-là avaient été malmenés puis attisés, ont sombré quand j'ai pris conscience que le Mage n'avait pas précisé jusqu'où nous allions. Ce n'était peut-être qu'à quelques kilomètres de la prison. Cependant, à peine libéré de mes chaînes, j'ai retrouvé un peu d'entrain.

Cette fois, on a enlevé les fers de mes poignets en plus de ceux de ma taille et de mes chevilles. Aucun cliquetis ne nous a accompagnés tandis que, longeant les cellules, nous remontions la galerie jusqu'à la salle des gardes. Le seul bruit audible était celui des pas – ceux des geôliers, pas les miens – et le crissement des gilets en cuir sous leur plastron d'acier. Nous avons traversé la pièce jusqu'à la porte de la cour donnant sur le mégaron. Aussitôt le battant ouvert, j'ai appris une leçon : l'éclat des lanternes de la nuit précédente n'était pas comparable à la clarté du soleil.

Il n'était pas encore midi et la lumière tombait encore en diagonale : la pierre jaune pâle des murs la réfléchissait de toutes parts. J'ai enfoui ma tête dans mes bras en poussant un juron et me suis recroquevillé. Brûler sur un bûcher n'aurait pas été pire.

Il est amusant de constater que les nouveaux dieux adorés à Sounis depuis le passage des envahisseurs sont rarement invoqués lorsqu'il s'agit de jurer. Chaque fois que le peuple a besoin d'un blasphème satisfaisant, il en appelle aux anciens dieux. J'ai énuméré leurs noms, n'en oubliant aucun, usant de toutes les insultes apprises dans les bas-fonds de la cité. « Maudit des dieux, dieux maudits ! », ai-je lancé, complètement aveuglé, tandis que les gardes me conduisaient à l'escalier. Mes bras couvrant toujours mes yeux, les deux hommes me tenaient fermement par les coudes, au point que mes pieds ne faisaient qu'effleurer les marches en pierre.

Le Mage nous attendait en bas. Il m'a ordonné de me ressaisir.

« Que les dieux vous maudissent aussi », ai-je grogné entre mes doigts. L'un des gardes m'a flanqué un coup dans les côtes, et j'ai failli l'insulter à son tour, mais j'ai préféré rester concentré sur la douleur de l'éblouissement. Elle ne s'est pas vraiment atténuée, mais au bout de quelques minutes, quand j'ai écarté légèrement les mains de mon visage pour regarder vers le sol, j'ai pu distinguer les dalles à travers quelques larmes. Dans un reniflement succinct, j'ai essuyé le coin de mes yeux. Dès que j'en ai été capable, j'ai essayé de comprendre ce qui se passait autour de moi. En vérité, j'avais tout mon temps.

Il régnait dans la cour un incroyable vacarme tandis que les sabots claquaient sur les dalles et que le Mage criait ses ordres. Non loin, quelqu'un dépaquetait deux besaces dont le contenu s'éparpillait devant un cheval nerveux. Ce dernier avait beau essayer d'esquiver le désordre, il y était à chaque fois ramené par le garçon d'écurie qui tenait ses rênes. Manifestement, il manquait quelque chose dans l'une des sacoches. Avec de nouveaux jurons, le Mage a renvoyé le valet dans le palais pour le rapporter, quoi que cela ait pu être.

« Cherche sur le banc à côté de l'alambic ! a-t-il fulminé à l'adresse de la silhouette qui disparaissait. Elle s'y trouvait déjà la première fois que je t'ai dit de l'empaqueter, espèce d'idiot », a-t-il maugréé dans sa barbe.

Lorsque l'espèce d'idiot est revenu, j'ai vu qu'il portait une petite boîte en cuir carrée qu'il a fourrée dans sa besace. Puis il a empilé le reste par-dessus. Dans la cour, le brouhaha a diminué à mesure que le Mage cessait de crier et que les chevaux retrouvaient leur calme.

Je continuais à observer le monde à travers la fine fente de mes paupières. J'ai compté les formes floues devant moi. Ce n'était pas une grande équipée, il n'y avait que cinq chevaux, mais tous transportaient de larges ballots. Le voyage allait donc être long. Un sourire de satisfaction s'est peint sur mon visage. À côté de moi, le Mage a levé les yeux vers le ciel et a hoché la tête sans que cela ne s'adresse à personne d'autre qu'à lui-même.

« J'avais prévu de partir à l'aube. Pol ! a-t-il aboyé. Dis aux garçons de se mettre en selle. Je vais charger le voleur. »

Je n'ai pas aimé qu'il parle de moi comme d'un paquet à jeter dans une sacoche, ou, dans mon cas, à mettre sur une selle. Il s'est dirigé vers un cheval, et alors que j'avais très bien vu qu'il me faisait signe de le suivre, je n'ai pas bougé. Je ne fais pas confiance aux chevaux. Je sais que certains les considèrent comme des créatures nobles et gracieuses, mais si on s'en approche, il ne faut jamais oublier qu'ils sont aussi bien capables de vous toiser que de vous broyer les os.

« Quoi ? ai-je feint.

— En selle, bougre d'idiot.

— Moi ?

— Bien sûr, toi, imbécile. »

Je suis resté immobile, et le Mage s'est lassé d'attendre. Il s'est avancé, m'a attrapé par le col et m'a traîné jusqu'au cheval. Les pieds plantés dans le sol, j'ai résisté. S'il fallait que je monte sur une bête de huit fois ma taille, je voulais d'abord réfléchir à comment m'y prendre.

Le Mage était largement plus fort que moi. M'agrippant par la tunique, il m'a secoué une ou deux fois, et la tête m'a tourné. J'ai entendu le tissu de mauvaise qualité se déchirer. Cherchant une meilleure prise, il m'a pris par la nuque.

« Mets ton pied dans l'étrier, a-t-il commandé. Le gauche. »

Alors que je m'exécutais, deux palefreniers se sont approchés pour me hisser sur la selle avant que mon cerveau ait pu comprendre ce qui était en train de se passer. Une fois perché, j'ai secoué mes cheveux pour qu'ils ne me tombent pas devant les yeux. J'ai essayé de les coincer derrière mes oreilles, en scrutant les environs. Être à près de deux mètres du sol confère un sentiment de supériorité immédiat. J'ai haussé les épaules et croisé les bras, mais l'animal sous moi a fait un pas de côté si bien que j'ai dû les décroiser afin d'agripper le pommeau. Les mains sur celui-ci, j'ai attendu que les autres se hissent sur leur monture.

Une fois l'équipée prête, le Mage a dirigé son cheval vers un porche voûté. Le mien a docilement suivi, et les autres cavaliers se sont placés derrière moi tandis que nous passions sous les chambres et les couloirs du palais que j'avais traversé la nuit précédente. Mes yeux ont eu un bref instant de répit avant que nous n'atteignions la herse extérieure. Il n'y avait ni fanfare ni foule en délire venue nous souhaiter bonne chance pour notre aventure – et c'était tant mieux. La seule fois où j'avais été le centre de l'attention, ça avait été lors de mon procès, et je n'en gardais aucun souvenir particulièrement agréable.

Ne sortant pas par l'entrée principale du mégaron, nous avons débouché dans une ruelle à peine plus large que nos montures. Mes pieds effleuraient les murs blanchis à la chaux. Nous avons serpenté à travers d'autres contre-allées jusqu'à atteindre la Voie sacrée, que nous avons suivie jusqu'à la porte de la vieille ville. Celle-ci était constituée de blocs de pierre plus larges que je ne suis haut. Autre édifice à avoir été soi-disant assemblé par d'anciens dieux, elle était surmontée d'un linteau massif orné de deux lions sculptés censés rugir si un ennemi du roi passait en dessous. Du moins, on racontait qu'il s'agissait de lions. Les siècles les avaient érodés au point que seules subsistaient deux silhouettes difformes se faisant face. Elles sont restées silencieuses à notre passage.

Large et rectiligne, la Route du roi croisait encore à deux reprises la sinueuse Voie sacrée avant d'atteindre les quais. Lors de sa construction, des murs destinés à sa défense avaient bordé ce chemin qui reliait la ville à son port et ses navires. La Grande Muraille avait ensuite été démantelée pour fournir de quoi bâtir les nouvelles ailes du mégaron à mesure que la place forte originelle constituée d'une seule pièce se transformait en un palais de trois étages.

Tandis que nous chevauchions, le claquement des sabots de nos montures se mêlait au brouhaha de la ville. Midi n'avait pas encore sonné, et nous étions témoins du dernier pic d'activité avant que les habitants ne se retirent chez eux en attendant que retombe la chaleur. Il y avait quelques chevaux et de nombreux ânes. Les gens se déplaçaient à pied ou dans des chaises à porteurs. Les marchands convoyaient leurs produits sur l'avenue à bord de charrettes, puis ils guidaient des ânes chargés de balles de marchandises le long des venelles, jusqu'à la porte de service des demeures les plus riches dans l'espoir de vendre des légumes à la cuisinière, du linge à la gouvernante ou du vin à l'intendant. On se bousculait, on criait, et un chahut continuel s'y faisait entendre ; un ravissement après l'éternel silence étouffé de la prison.

Nous nous sommes frayé un chemin à travers l'agitation, non sans nous attirer des regards curieux. Mes compagnons portaient de solides vêtements de voyage. À une autre époque, le jaune vif de ma tunique m'avait tapé dans l'œil lorsque je l'avais achetée à un marchand de la ville basse, mais elle avait désormais viré au beige sale. En plus d'être élimée aux coudes, il y avait un bel accroc à l'épaule pour lequel il me fallait remercier les attentions du Mage. Je me suis demandé ce que je finirais par porter s'il continuait à déchirer mes habits.

Nous avons croisé la partie haute de la Voie sacrée, puis la partie basse où étaient situées les plus belles échoppes de la cité. Examinant le haut de l'avenue depuis l'intersection, j'ai vu des chaises à porteurs et de luxueuses calèches attendre devant l'entrée des établissements, à l'intérieur desquels de riches propriétaires bien nés faisaient leurs emplettes. Un joaillier près de l'angle ne vendait que des boucles d'oreilles, et j'ai fixé au passage sa devanture avec mélancolie. Nous étions trop loin et la circulation était trop dense pour que je puisse ne serait-ce qu'apercevoir les bijoux exposés.

Une fois dans la ville basse, l'agitation s'est calmée à mesure que la population rentrait chez elle. J'ai cherché en vain un visage familier. J'aurais voulu dire à n'importe qui de ma connaissance que j'étais libre, mais peu dans mon entourage étaient susceptibles d'errer dans ces rues en pleine journée. En arrivant aux docks, nous avons tourné et suivi le quai en direction de la porte nord pour sortir de la cité. Nous avons longé des navires marchands puis une jetée bondée de petits bateaux de pêche ou de plaisance, jusqu'aux vaisseaux de guerre royaux alignés sur leurs propres quais. Alors que je comptais les canons boulonnés aux ponts, j'ai failli ne pas voir Philonikes qui passait devant moi.

« Philonikes ! ai-je crié en me penchant sur la selle. Eh, Philonikes ! »

Je n'ai rien pu dire de plus, car le Mage m'a saisi par le bras et entraîné plus loin. Il a éperonné son cheval qui est parti au trot, suivi du mien. Je me suis retourné pour faire un signe de main à Philonikes au moment où celui-ci disparaissait à un angle, mais je n'étais pas sûr qu'il m'ait reconnu. Le Mage a tourné à un autre coin avant de nous faire ralentir, et nos quatre compagnons nous ont rejoints à la hâte.

« Nom de nom ! s'est-il exclamé. Qu'est-ce qui t'a pris ? »

J'ai pointé le doigt derrière moi, perplexe.

« Philo est un ami. Je voulais juste le saluer.

— Tu crois que j'ai envie que toute la ville sache que tu travailles pour le roi ?

— Pourquoi pas ?

— Est-ce que tu annonces à qui veut l'entendre que tu t'apprêtes à faire un cambriolage ? » Il a réfléchi un instant. « Oui, tu fais ça. Eh bien, moi, non.

— Pourquoi pas ? ai-je à nouveau demandé.

— Ce sont mes affaires. Contente-toi de garder la bouche fermée. C'est compris ?

— Soit », ai-je répondu avec un haussement d'épaules.

L'attroupement de montures et de cavaliers que nous formions au milieu de la chaussée bloquait le passage, et tout est rentré dans l'ordre lorsque nous avons repris notre chemin. J'ai baissé la tête pour masquer mon sourire tandis que mon cheval trottait derrière celui du Mage.

À la porte sud, nous avons traversé un autre tunnel baigné de fraîcheur, mais beaucoup plus long que celui pour sortir du mégaron et qui courait sous un remblai en pente et le mur récemment édifié de la ville. Puis nous avons émergé en plein soleil. Non que les murs aient marqué la limite de la cité. Les envahisseurs, avec l'empressement et l'esprit pratique qui les caractérisaient, avaient apporté avec eux la prospérité, et le centre n'avait jamais cessé de s'étendre. Nous sommes passés devant les belles demeures de marchands qui avaient choisi de ne pas vivre à l'étroit dans la vieille ville. Au-dessus des enceintes des jardins, on apercevait les orangers, les figuiers et les amandiers qui projetaient leur ombre sur l'herbe ou sur la bordure d'une terrasse couverte. Les chevaux nous permettaient de jeter un œil chez les gens. J'aurais cependant préféré escalader les murs pour épier jusqu'à m'en lasser. Je n'aimais pas apercevoir que par intermittence ces intérieurs luxueux qui disparaissaient derrière les feuillages au moment où ma curiosité était piquée.

Au-delà des villas, s'agglutinaient des fermes. De chaque côté, des champs lisses s'étendaient à perte de vue. On aurait cru le paysage parfaitement plat jusqu'à ce que la route atteigne les contreforts des monts Héphestial, des kilomètres plus loin. Quelque part sur la droite, entre nous et la mer, devait se trouver le fleuve Séperchia, mais je n'arrivais pas à l'apercevoir, même depuis mon cheval. Je me suis levé sur mes étriers pour mieux regarder, mais je ne pouvais qu'imaginer sa rive dissimulée derrière une rangée d'arbres. Au bout d'un moment mes genoux se sont mis à trembler, et je me suis rassis. Le cheval a laissé échapper un léger renâclement de protestation.

« Ne tire pas sur les rênes », m'a prévenu l'homme à ma droite.

J'ai baissé les yeux sur les lanières en cuir dans ma main avant de les lâcher. De toute évidence, l'animal savait où il allait sans que j'aie besoin de le guider. Nous avons longé plusieurs champs d'oignons, et ici et là des plantations de concombres ou de pastèques. Ces dernières étaient aussi grosses que ma tête. L'été était donc plus avancé que je ne le croyais. Sortir de prison avait pris beaucoup de temps.

Nous chevauchions sous un soleil de plomb. Les étésiens, ces vents de fin de la saison, ne soufflaient pas encore, aussi tout semblait immobile. Le soleil cognait, et la poussière elle-même restait au sol. Nous sommes passés devant un bosquet d'oliviers noueux dressé face à un corps de ferme. Leurs feuilles vert argent paraissaient sculptées dans la pierre.

En ville, j'avais voulu embrasser le soleil et m'enrouler dans ses rayons. C'est pourquoi j'avais légèrement tourné mon corps sur la selle afin de m'exposer le plus possible à sa lumière. Ça avait été agréable au début. Mais alors que la cité ne représentait plus qu'une pépite d'or derrière nous, j'ai eu l'impression de porter un manteau de poussière et de transpiration séchée, qui aurait rétréci de deux tailles. Ça me démangeait. D'autant que les diverses odeurs de la prison me suivaient à la trace, et je crois que cela incommodait même ma monture.

J'ai remarqué qu'à mesure que la chaleur se faisait de plus en plus implacable, les deux cavaliers qui me flanquaient s'écartaient davantage.

J'ai examiné notre compagnie. Le Mage, j'en avais déjà fait le tour. À ma droite se trouvait le soldat qui m'avait averti de ne pas tirer sur la bride. Sa profession ne faisait aucun doute, comme en témoignait l'épée nichée sous le rabat de l'une de ses sacoches. J'en ai déduit qu'il s'agissait du dénommé Pol, sur qui le Mage avait crié dans la cour du mégaron, car les deux autres membres du groupe étaient des écuyers. L'un était jeune, et l'autre, ai-je supposé, avait quelques années de plus que moi. Je n'avais aucune idée de pourquoi ils nous accompagnaient. Le plus âgé avait également une épée et, avec un peu d'entraînement, il devrait probablement être en mesure de hacher menu un homme de paille. Mais le plus jeune, lui, en semblait incapable. Il me paraissait évident qu'ils étaient tous deux de bonne famille, ce n'étaient pas des domestiques, si bien que je me suis demandé s'ils n'étaient pas frères. Comme le Mage, ils portaient une tunique bleu foncé qui bouffait à la taille par-dessus leur pantalon. Le plus vieux avait les cheveux sombres et était plutôt séduisant, ce qu'il avait l'air de savoir. Chevauchant à ma gauche, son nez se pinçait dès qu'un léger vent soufflait de ma direction, et il ne posait jamais les yeux sur moi. Le plus jeune, lui, restait la plupart du temps dans mon dos, et chaque fois que je tournais la tête pour le regarder, je le trouvais en train de me fixer. Pour l'heure, je les ai baptisés « Incapable l'Ancien » et « Incapable le Jeune ».

La chaleur est devenue insupportable, et mon épuisement s'est fait sentir à chaque nouvelle embardée de ma monture. Après ce qui m'a paru des heures à tanguer sur la selle, j'ai réalisé que je finirais par chuter si on ne s'arrêtait pas immédiatement.

« Je suis fatigué », ai-je dit.

Aucune réponse ; le Mage n'a même pas tiqué. J'ai donc pris les choses en main. J'ai glissé le long du flanc du cheval, croisant les doigts pour que la jambe laissée derrière me suive. C'est ce qu'elle a fait, mais sans grâce : l'animal avançait encore lorsque j'ai touché le sol, si bien que j'ai dû sautiller sur quelques mètres le temps que ma jambe rattrape son retard. Une fois les deux pieds par terre, je me suis dirigé vers l'herbe qui bordait la route, puis le fossé, et quand j'ai tenté d'en ressortir, je me suis affalé sur les genoux puis sur le ventre, sans même essayer de me relever.

Le soldat a dû se ruer sur moi à la vitesse d'une flèche. J'ai senti ses doigts attraper ma tunique au moment où je tombais. Tout le monde est descendu de cheval et s'est rassemblé à côté du fossé jusqu'à former un arc de cercle autour de moi. J'ai brièvement aperçu leurs bottes, avant de refermer les yeux.

« Que lui arrive-t-il, Mage ? »

C'était probablement le plus jeune.

« Nom de nom ! Nous ne sommes qu'à mi-chemin de Methana, et je voulais qu'on arrive à Matinaea ce soir. Il est exténué, c'est tout. Il est sous-alimenté et n'a plus de forces. Non, laisse-le », a-t-il ajouté lorsque quelqu'un m'a gratifié d'un léger coup de botte.

Que les dieux soient loués, ai-je pensé. *Ils vont me laisser là.* Je n'avais qu'une envie : rester étendu pour toujours dans cette herbe sèche et piquante, les pieds au frais dans le fossé. *Je pourrais faire office de borne sur la route. « Une fois arrivés au voleur, vous saurez que vous êtes à mi-chemin de Methana. » Où que cela puisse être.*

Ils ne m'ont pas laissé là. Ils ont dessellé leurs montures et ont sorti leurs provisions, puis ils se sont assis pour manger pendant que je somnolais.

Lorsque le soleil est descendu de moitié dans le ciel, Pol m'a donné de nouveaux petits coups de botte jusqu'à me réveiller. J'ai ouvert grand les yeux, sans avoir aucune idée d'où je me trouvais. Je n'étais pas dans un lit. Je n'étais pas chez moi. À plusieurs reprises, je m'étais réveillé désorienté lors de mon séjour en prison, aussi ai-je instinctivement contenu mon premier sursaut de surprise, pour empêcher les chaînes de venir égratigner d'anciennes ecchymoses. J'ai fini par me rappeler qu'il n'y avait plus de chaînes. Un bras sur le visage, j'ai produit un gémissement des plus convaincants. Je me sentais étonnamment reposé. Malgré une faim de loup, j'avais les idées claires. Me redressant, je me suis frotté le côté du visage pour le décongestionner, à l'endroit où l'herbe avait laissé son empreinte désagréable.

J'ai grogné et me suis plaint tandis que Pol me remettait en selle, et nous sommes repartis. Trottant à mes côtés, le

Mage me tendait des morceaux de fromage et du pain qu'il arrachait d'une miche. Je me nourrissais d'une main et me retenais à la selle de l'autre. Je n'imaginais pas de déplacement plus inconfortable. J'aurais voulu leur demander pourquoi ils n'avaient pas prévu de carriole, mais j'étais trop occupé à manger.

Nous avons atteint Methana alors que le soleil disparaissait derrière les montagnes. C'était une petite bourgade d'à peine quelques maisons, où une taverne s'élevait à un carrefour. Nous n'y avons pas fait halte. Nous avons poursuivi notre chemin jusqu'à ce qu'il fasse nuit noire. La lune n'était qu'une minuscule faucille, si bien que le soldat a mis pied à terre pour guider son cheval. Il marchait lentement afin de ne pas glisser dans le fossé au bord de la route pavée. Le reste du convoi le suivait.

Malgré la fraîcheur de la nuit, ma délicieuse sieste improvisée me paraissait désormais lointaine. Je vacillais sur le dos de ma monture, souhaitant que la selle me soutienne davantage, ma tête dodelinait d'avant en arrière. Le Mage devait avoir des yeux de voleur, car il a ordonné à Pol de marcher à mes côtés, une main sur mon genou, prêt à me secouer au cas où je m'assoupirais. Ce qu'il faisait, avec rudesse, avant de se résoudre à me pincer.

Nous sommes enfin arrivés à Matinaea. Ce n'était pas plus prestigieux que Methana, mais davantage de routes s'y croisaient. Une auberge d'un étage dotée d'un portail latéral s'ouvrait sur une cour entourée de murs. Là, un palefrenier est venu prendre nos chevaux. Nous avons glissé de nos montures les uns après les autres, et Pol s'est vite placé à côté de moi, une main fermement posée sur mon épaule. Chose facile, pour lui, car mon épaule lui arrivait au niveau de la poitrine. Parfois, ma taille est un problème ; à cet instant, elle m'a gêné, aussi ai-je esquissé un mouvement irrité, mais sa main n'a pas bougé.

Le Mage s'est présenté à l'aubergiste comme un seigneur en déplacement, puis il a ajouté qu'il avait envoyé un messager pour réserver des chambres. L'homme l'a salué avec entrain, et nous nous sommes dirigés vers l'entrée. Alors que je passais devant la femme du tenancier, celle-ci a froncé le nez avant de se mettre à protester lorsque je suis arrivé à la porte de l'établissement.

« Lui, là, a-t-elle dit d'un ton accusateur en me pointant de son long doigt. C'est lui qui sent mauvais. Pas question qu'il entre et qu'il dorme dans un de mes lits propres. »

Son époux lui a fait signe de se taire, sans succès.

« Non, pas de ça avec moi. Pas même s'il s'agit de votre fils, Seigneur, a-t-elle expliqué au Mage. D'ailleurs, j'espère que ce n'est pas le cas. »

J'ai senti mon visage rougir à mesure que mon sang bouillait. Le Mage et la femme se sont mis à négocier par-dessus les protestations de l'aubergiste. Le Mage a précisé qu'il était impossible que je dorme dans l'écurie, mais qu'il pouvait me faire dormir par terre à l'intérieur. Il lui a tendu un écu en argent supplémentaire en lui promettant que j'allais me laver sur-le-champ. La femme lui a indiqué le chemin de la pompe à eau, vers lequel Pol m'a poussé.

La pompe se trouvait au milieu de la cour, à l'arrière de l'auberge. Il y avait des écuries des deux côtés et un mur au bout. Pas franchement un décor pour un bain. Lorsque nous y sommes arrivés, Pol a saisi ma tunique par la taille et l'a brusquement soulevée. J'ai immédiatement baissé les bras pour empêcher le vêtement de passer par-dessus ma tête, aussi le tissu s'est-il déchiré dans ses mains. De nouveau, il a essayé de m'attraper, mais je l'ai esquivé, toute fatigue envolée.

« Ça, ai-je sèchement lancé, je peux le faire tout seul.

— Assure-toi juste de le faire bien », a-t-il répondu avant d'actionner la pompe. L'eau a jailli d'un conduit à hauteur de ma taille alors que j'ôtais ma tunique et que je la jetais sur les pavés. J'ai retiré mes chaussures ; je n'avais pas de chaussettes donc le pantalon a suivi aussitôt. À mesure que l'eau éclaboussait mes jambes nues, la saleté a cédé la place à la chair de poule. Pris de frissons, j'ai juré en m'exposant au jet glacé.

Alors que je me mouillais, Incapable le Jeune est arrivé. Il se tenait à bonne distance pour ne pas être arrosé.

« Pose ces sacs au sec, a dit Pol, et va en chercher deux autres dans l'écurie. »

Au retour d'Incapable, Pol lui a pris un des sacs et me l'a tendu en même temps qu'un pain de savon. M'accroupissant à côté d'une flaque d'eau, j'ai mouillé la toile et frotté le savon dessus. La quantité de mousse fut telle que, surpris, je me suis interrompu pour en respirer le parfum. J'ai éclaté de rire en reconnaissant le savon du Mage. Incapable le Jeune avait dû l'exhumer de l'une de ses sacoches.

Je me suis frictionné la peau avec le sac, me débarrassant de ce qui paraissait être des années de crasse. Après m'être rincé, je me suis de nouveau savonné avant que Pol n'arrête de pomper. J'ai fait aller et venir la toile de jute derrière mon cou et aussi loin que possible sur mes épaules, puis je me suis frotté le visage sans répit, tout en songeant que mon nez allait probablement rapetisser, mais qu'au moins il serait propre.

Incapable le Jeune restait là, à me regarder, et je me suis demandé ce qu'il pensait de moi. La ceinture en acier avait laissé de profondes ecchymoses autour de ma taille, et j'étais couvert de piqûres de puces et de lésions, dont les plus profondes étaient au niveau de mes poignets. À l'endroit où les menottes avaient arraché la peau, certaines zones à vif étaient partiellement couvertes de croûtes noires, qui ressortaient sur ma blancheur carcérale. Une fois lavé, et mes cheveux rincés, je me suis agenouillé face au tuyau pour essayer de trouver l'angle où le jet coulerait le plus doucement possible sur mes poignets. Plusieurs des plaies étaient infectées et requéraient des soins, qui ne seraient pas une partie de plaisir. Mon corps glacé tremblait, aussi ai-je serré les dents pour les empêcher de claquer tandis que je me penchais vers le filet d'eau.

Pol a contourné la pompe et s'est baissé pour examiner mes blessures. Le jet faiblissait.

« Laisse ça, a-t-il dit. Je vais m'en occuper à l'intérieur. »

Il m'a donné l'autre sac pour que je m'essuie, et quand ça a été fait, il m'a tendu une pile de vêtements : un pantalon et une chemise, plus une surchemise et une solide paire de bottes de charpentier. Fouillant des yeux à la recherche de mes vêtements, j'ai vu Incapable le Jeune disparaître dans l'écurie en les portant à bout de bras.

« Eh ! ai-je hurlé. Rends-moi ça ! »

Hésitant, il a fait demi-tour.

« Le Mage m'a dit de les brûler, a-t-il répondu.

— Tout sauf mes bottines ! »

Il a considéré la pile dans ses mains et a froncé le nez.

« D'accord, mais si le Mage dit de les brûler, il faudra le faire.

— Bien sûr », ai-je fait en sautillant pieds nus sur les pavés mouillés pour récupérer mes chaussures.

Le reste de mes frusques, je les livrais au feu sans regret, mais j'avais fait coudre ces bottines spécialement. Elles m'arrivaient un tout petit peu plus haut que la cheville, et leurs semelles renforcées étaient assez souples pour que je puisse me déplacer sans qu'on soupçonne ma présence. Je les ai tendues à Pol pour qu'il me les tienne, le temps que je trouve un endroit sec où m'habiller. Le pantalon était en coton grossier et bouffait aux chevilles, là où je le portais habituellement rentré dans mes bottines. Il était encore plus bouffant à la taille, toutefois une ceinture le maintenait en place. La chemise était également en coton. Il y avait quelque chose de divin dans le fait de porter une chemise propre sur une peau propre. En enfilant la surchemise, je souriais. Elle était bleu foncé à manches courtes. Elle m'arrivait aux cuisses et était tellement grande que, même si j'avais croisé les bras, elle ne m'aurait pas serré aux entournures. J'ai vérifié pour m'en assurer.

« Que les dieux bénissent le Mage, il pense à tout, n'est-ce pas ? », ai-je lancé à Pol. Ce dernier a grogné et m'a fait signe de rejoindre la porte de derrière.

Nous sommes entrés dans la salle principale, où nous attendaient le Mage et les deux Incapables. De grands bols de ragoût étaient posés sur la table commune, mais avant que Pol me laisse manger, il voulait examiner mes poignets. Le Mage a jeté un œil par-dessus son épaule, puis il a envoyé Incapable l'Ancien dans sa chambre chercher une besace contenant bandages et petits pots d'onguent.

Pol a décroché l'une des lanternes du mur et l'a placée sur la table à côté de lui. La femme de l'aubergiste a fait *tss-tss* et apporté un bol d'eau chaude, un linge et un savon. Tandis que je contemplais mon dîner avec regret, Pol s'est mis à la tâche en commençant par mon poignet droit. Une fois celui-ci rincé à l'eau claire, il a appliqué un peu d'onguent sur la croûte des deux plaies, une au-dessus de chaque os du poignet. Puis il l'a bandé délicatement avec un pansement immaculé. Très professionnel – j'ai été impressionné. Lorsqu'il a saisi mon poignet gauche, j'ai été pris de court. Il n'y avait qu'une seule plaie, mais elle filait en longueur ; au lieu d'une croûte, de la chair à vif et des cloques pleines de pus pris sous des lambeaux d'épiderme. Sans un avertissement, Pol a glissé un couteau sous l'un d'eux et l'a retourné d'un coup sec.

J'ai crié. Tout le monde a sursauté, y compris Pol, mais à ce moment-là le couteau était déjà loin de mon poignet. Je me suis débattu pour me libérer, mais il immobilisait mon avant-bras comme un étau. De ma main droite, j'ai essayé de lui soulever les doigts un par un, mais impossible. Alors que je continuais à mugir et à lui triturer les doigts, Pol, sans un mot, a posé son couteau sur la table et fouillé dans la besace. Il en a sorti un de ces mors en bois que l'on place dans la bouche de ceux à qui l'on compte faire subir une opération radicale, comme leur couper la jambe. Il l'a levé devant mon visage.

« Ça suffit », a-t-il tranché.

J'ai songé à lui expliquer que cette blessure était là depuis des semaines, que j'avais particulièrement veillé à ce que les menottes ne la raclent pas, et que je m'en étais occupé du mieux possible pour qu'elle ne me fasse pas souffrir davantage. Aussi, me prévenir avant de me dépecer avec son maudit couteau aurait été apprécié. Mais j'ai regardé le mors dans sa main et me suis tu. Je me suis seulement permis un tortillement et quelques plaintes alors qu'il incisait chacune des zones infectées et les nettoyait avant d'appliquer de l'onguent. Lorsque mon poignet a été pansé, j'ai reniflé et me suis mouché avec mon index avant de prendre la direction de la table commune pour manger.

Incapable l'Ancien m'observait d'un air amusé.

« Tu n'es pas vraiment un dur, n'est-ce pas ? », a-t-il fait.

Je lui ai répliqué de se fourrer son dîner là où je pensais, ce qui m'a valu un léger coup de coude dans les côtes de la part de Pol. J'ai boudé pendant les premières cuillerées de ragoût, jusqu'à me rendre compte à quel point il était bon. Tout en le dégustant, j'ai écouté les autres parler, et c'est ainsi que j'ai appris qu'Incapable l'Ancien s'appelait « Ambiades », et Incapable le Jeune, « Sophos ». Quoique sans lien de parenté, ils étaient tous deux les apprentis du Mage. J'ai mangé jusqu'à ce que je sois trop épuisé pour me tenir droit et me suis endormi sur la table, ma dernière cuillerée encore dans la bouche.

III

JE ME SUIS RÉVEILLÉ AU matin dans l'une des chambres à l'étage, étendu sur le sol. D'où je me trouvais, je voyais la toile attachée sous le cadre du lit à mes côtés ; le tissu s'arrondissait sous le poids de Pol. Il avait dû me porter puis m'étendre là avant de sombrer lui-même. J'ai regardé sa couche avec envie, même si, au moins, j'étais sur un parquet et pas sur de la pierre. Il y avait un tapis sous moi, et une couverture sur moi.

J'ai tendu une main pour écarter mes cheveux. Je les portais généralement assez longs, de façon à en faire une natte épaisse à la base de ma nuque, mais ils avaient beaucoup poussé en prison. Je ne sais quand, au cours de mon arrestation, j'avais perdu le lien de cuir qui les retenait, si bien que depuis, ils me tombaient sur le visage en mèches pleines de nœuds. La douche de la veille en avait un peu retiré la crasse, mais les nœuds étaient encore là. J'ai songé à emprunter un couteau à Pol afin de tout couper, avant d'abandonner l'idée. Au lieu de me le prêter, Pol se chargerait sûrement de le faire lui-même, et ce serait douloureux. D'ailleurs, j'aimais avoir les cheveux longs. Lorsqu'ils étaient propres et tirés en arrière, je me plaisais à croire qu'ils me donnaient un air aristocratique – ce qui pouvait parfois s'avérer utile. Il m'arrivait même d'enfoncer de petits objets à la base de ma natte pour les dissimuler.

Il n'empêche qu'à cet instant ma chevelure, ainsi emmêlée, n'avait rien d'aristocratique. J'ai dégagé mon front et me suis assis. Alors que je remuais, Pol a ouvert les yeux et j'ai chassé tout projet de fuite avant même de découvrir que j'étais enchaîné. Ma cheville était bandée avec la chemise de rechange d'un des membres de notre équipée, et, verrouillé autour, un anneau en fer dont la chaîne était attachée au pied du lit. Ce n'est qu'en le soulevant, et Pol avec, que j'aurais pu me libérer. Je me suis demandé qui avait eu l'idée de la chemise et de la couverture. Pol ne semblait pas le genre d'homme à se soucier du confort des autres.

Je me suis de nouveau lavé, cette fois à l'eau tiède, dans une salle située au bout du couloir sur lequel donnait la chambre. Le Mage et ses deux apprentis s'y trouvaient déjà, torse nu, à se savonner en répandant des gouttes autour d'eux. Lorsque Pol et moi sommes entrés, ils ont levé les yeux et j'ai compris que tous trois s'attendaient à ce que je m'agace d'être à nouveau frotté et rincé.

« Je me suis baigné hier soir, ai-je rappelé au Mage. Regardez (j'ai levé les bras), je suis très présentable. Pourquoi me laver encore ? »

Le Mage s'est écarté de la bassine face à lui et a attrapé l'un de mes bras, prenant soin de ne pas le saisir au niveau des pansements, avant de faire pivoter ma main et de la coller sous mon nez pour que je voie la poussière encore incrustée dans les replis de ma peau.

« Lave-toi », a-t-il ordonné, et avant que je puisse protester, Pol m'a empoigné par-derrière et m'a poussé vers une bassine vide posée à côté d'autres sur une étagère. Me tenant d'une main par la nuque, il a soulevé un broc pour verser l'eau fumante dedans.

« Je peux le faire tout seul », ai-je dit, sans que cela change quoi que ce soit.

Pol a attrapé un linge et un pain de savon, et s'est mis à me frictionner le visage. Lorsque j'ai ouvert la bouche pour me plaindre, de la mousse est entrée dedans. J'ai tenté en vain de lui glisser entre les doigts. Sa main sur ma nuque était ferme. Il était impitoyable lorsqu'il passait sur mes hématomes, et je faisais mon possible pour lui écraser les orteils en représailles. Il m'a serré plus fort jusqu'à ce que j'arrête. Il a frotté mes épaules, et d'une pression m'a fait me pencher en avant pour me laver le dos. Ainsi courbé, ses genoux étaient à ma portée. J'aurais pu en saisir un pour le faire tomber, mais je ne l'ai pas fait. Ce n'était pas le moment de leur révéler certaines de mes capacités insoupçonnées. En outre, si je m'y étais mal pris, j'aurais eu l'air idiot, et je m'étais déjà assez ridiculisé.

Pol m'a rincé à l'aide d'une cruche. Je me suis redressé en arborant un air hautain, malheureusement ma toilette n'était pas terminée. Il m'a fait traverser la pièce jusqu'à un baquet rempli à ras bord et m'y a plongé la tête alors qu'outré, je fulminais toujours. Il m'a ressorti de l'eau, et, tandis que je toussais, m'a frictionné les cheveux avant de m'y replonger.

Lorsque, enfin, la pression de ses doigts s'est relâchée, je me suis échappé pour tenter d'atteindre, ruisselant, l'autre côté de la salle de bains. Je l'ai regardé avec prudence tout en crachant mes poumons. Il a attendu patiemment alors que j'essorais mes cheveux. Lorsque j'ai grogné qu'il aurait été plus simple de me laisser faire seul, il m'a lancé une serviette, avant de lever un bras pour indiquer la porte d'un geste du doigt paresseux.

Son visage était quasiment dénué d'expression, cependant, les coins de sa bouche ont tressauté. Les mâchoires serrées, j'ai emprunté le couloir afin de récupérer ma chemise et ma surchemise dans la pièce où j'avais dormi.

« Mon pantalon a pris l'eau », me suis-je plaint alors que je m'habillais.

Pol n'a rien dit.

J'étais encore en train de passer la surchemise quand j'ai descendu d'un pas lourd l'escalier qui menait à la salle principale, où nous attendaient le petit déjeuner et les autres membres de l'équipée. Le Mage et ses apprentis souriaient à leur pitance. Les ignorant, je me suis vite installé à l'autre bout du banc.

Une fois mon bol de flocons d'avoine avalé, j'ai passé les doigts dans mes cheveux pour y mettre un semblant d'ordre. Démêlant quelques nœuds au passage, je les ai séparés en trois mèches que j'ai entortillées. Une main en tenant le bout, j'ai fouillé la salle du regard en quête d'inspiration. Par-dessus mon épaule, j'ai aperçu une jeune femme au comptoir. Je lui ai souri, et d'un doigt j'ai tracé un cercle autour de ma natte pour lui signifier ce dont j'avais besoin. Lorsqu'elle a gentiment agité une main pour me montrer qu'elle avait compris, je me suis tourné vers la tablée, croisant le regard féroce d'Incapable l'Ancien, dont le prénom, je m'en souvenais, était Ambiades. Ignorant ce qui l'avait irrité, j'ai baissé des yeux indécis sur mon bol.

Quelques minutes plus tard, la fille du comptoir est arrivée pour nous resservir, apportant aussi une ficelle pour mes cheveux. Alors qu'elle s'en allait, elle a dévisagé Incapable l'Ancien avec un reniflement de mépris ; le regard féroce qu'il m'avait lancé s'expliquait soudain ; à un moment donné, ses manières n'avaient pas dû lui plaire. Je ne m'étais pas fait d'amis ici et je n'étais pas là pour m'en faire, mais l'Ancien était dédaigneux avec tout le monde. J'ai réalisé que ceux qui glissaient du mépris dans leur sourire le faisaient presque toujours en me regardant.

Le Mage, Pol et Incapable le Jeune – Sophos – continuaient de petit-déjeuner studieusement.

« Elle a l'air gentille », ai-je dit, ce qui m'a valu un regard furieux d'Ambiades et de son maître. Puisque le Mage ne pouvait s'être fait éconduire par la serveuse, j'en ai déduit qu'il ne voulait pas que j'agace son apprenti.

« Vraiment amicale », ai-je ajouté pour le plaisir, avant d'attaquer mon deuxième bol de flocons d'avoine – légèrement pâteux, mais nappé de beurre et de miel. Il y avait un ramequin de yaourt non loin, que j'ai aussi dévoré. Sophos s'est servi un bol plus petit, et quand le Mage a eu les yeux détournés, j'ai escamoté le sien de sous sa cuillère levée pour le remplacer par le mien, vide. Sophos a eu l'air stupéfait et Ambiades a retenu un rire moqueur, mais aucun d'eux ne s'est plaint à son maître. Au centre de la table se trouvait une grande coupe remplie d'oranges, et, alors que je tendais la main vers elles, j'ai noté la désapprobation dans les yeux du Mage.

« Je suis affamé », me suis-je défendu en en prenant trois. J'en ai fait disparaître deux dans mes poches et j'ai pelé la dernière, que j'étais en train de manger lorsque la tenancière est arrivée.

Elle nous a demandé si l'on souhaitait un encas pour la route, avant de se figer d'étonnement en me voyant.

Je lui ai adressé mon plus beau sourire enfantin.

« Une petite toilette ne m'a pas fait de mal, n'est-ce pas ? ai-je demandé.

— Effectivement, a-t-elle répondu en me rendant mon sourire. Où vous étiez-vous fourré pour être aussi sale ?

— En prison.

— Ah. »

Les gens allaient constamment en prison.

« Je suppose que vous êtes content d'en être sorti.

— Oui, madame, le menu n'était pas aussi bon qu'ici. »

Elle a éclaté de rire et s'est tournée vers le Mage, qui affichait une mine sombre.

« Avez-vous besoin d'autre chose, Monseigneur ?

— Non, nous nous arrêterons à Evisa pour déjeuner, merci bien. »

À l'exception de lui et moi, les autres sont partis atteler les chevaux. Nous sommes restés attablés jusqu'à ce que Pol envoie Sophos nous dire qu'ils étaient prêts. Il y avait un montoir dans la cour, j'ai donc pu grimper seul sur ma bête, même si Pol lui immobilisait la tête et que Sophos tenait mes étriers tout en me donnant des conseils.

« Tu n'as pas besoin de t'agiter comme ça, a-t-il dit. Elle ne va pas s'échapper.

— Elle pourrait », ai-je répliqué, amer.

Tandis que nous quittions la cour, la femme de l'aubergiste est sortie par l'entrée principale avec un paquet enveloppé de tissu. D'une main, elle a arrêté mon cheval, ce que j'ai trouvé sacrément téméraire, mais elle n'a pas semblé y voir quoi que ce soit d'héroïque.

« Voilà un petit quelque chose à grignoter pour le voyage. La route est longue jusqu'à Evisa. » Elle m'a tendu le paquet en ajoutant : « Mon plus jeune est en prison.

— Oh, ai-je répondu, pas réellement surpris – sans doute n'avaient-ils pas assez soudoyé le collecteur d'impôts. Ne vous en faites pas trop, ai-je poursuivi alors que le Mage entraînait mon cheval. Ce n'est pas si terrible. »

Je me suis oublié un instant pour lui faire un sourire sincère, que j'ai remplacé par un rictus en voyant son visage s'illuminer en retour.

« Un sacré mensonge, celui-là », ai-je marmonné tandis que nous la laissions derrière nous.

La route sinuait entre des rangées d'oliviers drus. Dès que nous avons été hors de vue, le Mage a stoppé son cheval et le mien.

Il s'est penché, m'a donné une claque, avant de saisir le balluchon que j'avais suspendu à une boucle bien pratique de ma selle.

« Hé ! ai-je rugi, scandalisé. C'est à moi !

— Je n'ai pas besoin que tu bavardes avec toutes les serveuses entre ici et les montagnes.

— Je n'ai pas dit un mot à la servante, ai-je fait remarquer d'un ton blessé tout en frottant l'endroit où sa lourde bague sigillaire avait cogné mon crâne. Pas un seul. Je n'ai fait qu'être poli avec la propriétaire. »

Il a levé la main pour me frapper de nouveau, mais je me suis écarté.

« Garde tes civilités pour toi, a-t-il sèchement rétorqué. Tu ne parles à personne, c'est compris ?

— Très bien. Est-ce que je peux reprendre mon encas ? »

Non, je n'ai pas pu. Le Mage a dit que nous le partagerions plus tard. J'ai passé l'heure suivante à râler dans mon coin. Les yeux rivés sur ma selle, j'ai ignoré le paysage bucolique – les oignons, je connaissais –, jusqu'à ce que nous traversions un champ en pleine récolte. L'odeur sucrée et acide des légumes fraîchement cueillis a réveillé mon appétit. Je me suis redressé en regardant aux alentours.

« Hé ! ai-je interpellé le Mage. J'ai faim. »

Il ne m'a prêté aucune attention, mais j'ai décidé de mettre un terme à ma mauvaise humeur – ça ne m'aiderait pas à déjeuner plus tôt, et puis j'avais mal au cou à force d'être penché sur ma selle. J'ai sorti une orange de ma poche et me suis mis à la peler, jetant les épluchures sur le chemin. Dans les plaines, je m'étais étrangement senti comme un insecte pris au piège sous une nappe. À présent, le monde se refermait peu à peu sur moi, mais d'une manière rassurante. La route montait lentement, avec ici et là des creux tandis que nous gravissions les collines qui menaient aux montagnes au nord du royaume. Les champs étaient plus petits, environnés d'oliviers qui poussaient là où d'autres récoltes n'auraient pu. De petits vergers se mêlaient les uns aux autres en une forêt indistincte de tons argent et gris. Je me suis demandé comment les propriétaires parvenaient à visualiser les limites de leur terrain.

« N'est-ce vraiment pas si terrible ? a demandé Sophos à ma gauche.

— Pardon ?

— La prison. »

Je me suis souvenu de mon commentaire à la femme de l'aubergiste. Je l'ai dévisagé une minute, il chevauchait avec aisance sa jument pur-sang.

« Cette prison, ai-je répondu en toute sincérité, fut de loin l'expérience la plus abominable qu'il m'ait été donnée de vivre. »

À son regard, j'ai vu qu'il imaginait ma vie comme une longue suite d'expériences plus abominables les unes que les autres.

« Oh... », a-t-il dit en faisant avancer sa monture un peu plus vite afin de mettre un peu de distance entre nous.

Pol continuait de chevaucher derrière moi. Lorsque j'ai jeté un œil par-dessus mon épaule, il m'a fixé d'un air glacial.

J'ai mangé mon orange en écoutant la discussion entre le Mage, Sophos et Ambiades. Le maître interrogeait ses apprentis. Il a questionné le premier sur la classification d'un eucalyptus. Sophos s'est perdu dans sa réponse, jusqu'à se demander si oui ou non l'arbre donnait des fruits. Je n'entendais pas la majeure partie de ce qu'il récitait, mais il s'est sorti d'affaire, car le Mage s'est déclaré satisfait. Ambiades a eu plus de mal avec l'olivier, et le Mage n'était pas content du tout. Lorsque Ambiades a légèrement écarté son cheval de celui de son maître, j'en ai déduit qu'il n'était pas si inhabituel de se prendre des coups de bague sigillaire. Le Mage a demandé à Sophos quelle était la bonne réponse ; ce dernier l'a donnée, manifestement gêné pour son compagnon.

« Lui, au moins, semble avoir été attentif. As-tu une idée des raisons pour lesquelles ce type de classification est important, Ambiades ?

— Pas vraiment.

— Essaie quand même, a insisté le Mage.

— Eh bien, j'imagine que c'est pour savoir à quel endroit planter tel ou tel arbre.

— Mais encore ? »

Rien d'autre ne venait à l'esprit de l'apprenti.

Sophos a tenté de lui venir en aide.

« Si tu découvrais un arbre qui ressemble en tout point à un olivier, tu saurais si tu peux en manger le fruit...

— S'il ressemblait *en tout point* à un olivier, ça en serait un », a sèchement répliqué Ambiades.

J'ai mis tout mon poids sur un des étriers et me suis penché en avant. Je voulais examiner le visage de Sophos pour voir s'il rougissait – ce qui était le cas.

« Seulement, a souligné le Mage, si tu es incapable de classifier précisément une olive, Ambiades, je doute que tu saches en reconnaître une si tu la voyais, n'est-ce pas ? »

Je me suis penché sur l'autre étrier. C'était désormais au tour d'Ambiades de s'empourprer, tout en adoptant un air renfrogné.

« Essaie cette fois avec le figuier », a poursuivi son maître.

Ambiades s'est efforcé tant bien que mal de deviner ce qu'il devait dire en tâtonnant, et je me suis lassé de les écouter. J'étais éreinté. J'ai englouti ma seconde orange.

Je n'en pouvais plus bien avant qu'on atteigne Evisa. Je n'arrêtais pas de me plaindre de la fatigue, mais personne ne semblait m'entendre. Et puis, j'étais affamé. J'ai signalé au Mage que j'allais mourir de faim sur ma selle si on ne me donnait pas quelque chose à manger, jusqu'à ce que, à contre-cœur, il finisse par ouvrir le balluchon. Il a toutefois insisté pour partager son contenu équitablement entre Ambiades, Sophos et moi, alors même que j'avais bien attiré l'attention sur le fait qu'eux ne pouvaient être aussi affamés que moi.

Magnanime, Ambiades m'a tendu un petit bout de sa propre part, mais quelque chose dans la manière dont il l'a fait m'a hérissé.

L'après-midi était avancée lorsque nous avons atteint Evisa. Le Mage était agacé par notre retard. Il n'avait pas pris en compte mes inimaginables talents de cavalier.

Quoiqu'il n'y ait pas d'auberge, une femme servait à manger sur des tables installées à l'ombre des arbres de la place du village. Ambiades et Sophos ont été horrifiés par ce qu'on y servait (des olives fripées et du fromage dur), mais le pain était frais et goûteux. Il y avait suffisamment d'ail dans le yaourt pour tuer tous les vampires du pays. J'ai fini par presque tout manger. C'était difficile de faire la fine bouche dans la ville basse de Sounis, et impossible dans la prison du roi, donc j'étais habitué.

« Je vous avais dit qu'ils n'avaient pas si faim que ça, ai-je lancé au Mage. Je ne sais pas pourquoi vous ne m'avez pas laissé toutes les tourtes à la viande. »

Tandis que je parlais, il m'a retiré des mains le bol rempli d'olives.

« Tu vas te rendre malade. »

J'en ai subtilisé quelques-unes de plus, mais j'ai laissé le reste. Il avait raison. Si j'essayais de nourrir de force mon estomac, celui-ci n'allait pas se laisser faire. Titubant, j'ai quitté la table jusqu'à un carré d'herbe où je me suis allongé et presque aussitôt endormi. Au bout de ce qui m'a semblé une poignée de minutes, Pol m'a de nouveau trifouillé les côtes de son pied botté.

« Debout.

— Va-t'en.

— C'est moi qui vais te lever, m'a-t-il averti.

— Je ne veux pas bouger. Je veux que tu retournes d'où tu viens. »

Après qu'il s'est assuré que j'étais pleinement réveillé, je lui ai souhaité de se faire mordre par une bête venimeuse dans le prochain lit où il dormirait. Me traînant jusqu'à l'une des tables, j'ai regardé Ambiades, à côté des chevaux.

« Amène le mien par ici, ai-je dit. Je ne vais pas déplacer la table jusque là-bas. »

Mais Ambiades n'avait pas l'intention de bouger le petit doigt pour un misérable et insolent criminel. C'était le genre d'individu, ai-je compris, qui aimait classer les gens ; il voulait que je sache que je me trouvais tout en bas de l'échelle. Il était censé me traiter poliment même si j'étais son subalterne, et j'étais censé lui en être reconnaissant.

Pour ma part, je voulais qu'il assimile le fait que je me considérais comme une hiérarchie à part entière. Je pouvais m'incliner face à la force physique du Mage et de Pol, mais il était hors de question que je courbe l'échine devant lui. Aucun de nous deux n'a bougé.

Pol et le Mage ont continué de fixer attentivement les sabots des chevaux, laissant Ambiades et moi régler notre différend. Qu'il le sache ou non, l'apprenti s'était mis dans une situation inextricable. Il était certes plus grand que moi, mais il savait que je m'engagerais dans une rixe vicieuse et potentiellement embarrassante s'il essayait de m'obliger à marcher jusqu'à lui. Sophos est venu à son secours. Prenant l'animal par la bride, il l'a dirigé vers la table.

Ambiades l'observait avec dédain, sans comprendre,

m'a-t-il semblé, que c'était sa dignité que Sophos venait de sauver.

« Pourquoi ne pas avoir pris de charrette ? ai-je marmonné au Mage tandis que nous quittions la ville.

— De quoi ?

— De charrette... Vous savez, une grosse caisse en bois posée sur des roues, tirée par des chevaux.

— Pourquoi aurais-je fait une chose pareille ? a demandé le Mage, amusé.

— Pour que je puisse y dormir.

— Je n'ai pas organisé ce voyage pour ton confort.

— Ça, c'est certain. »

Pendant encore une heure, les chevaux ont gravi d'un pas lent des collines pierreuses. Le soleil se couchait lorsque le Mage, cédant à son mépris, m'a demandé si je parviendrais à rester en selle si mon cheval se mettait à trotter.

« Probablement pas », ai-je répondu en toute franchise. À cet instant, j'étais trop fatigué pour faire preuve d'optimisme.

« Il faudra que tu apprennes un jour ou l'autre. Nous n'allons pas faire tout le trajet au pas. Ambiades ! a-t-il crié. Viens par ici et montre-lui comment trotter. »

Ce dernier, qui nous précédait à une centaine de mètres, a fait demi-tour pour nous rejoindre, sans se presser.

« Belle assise. » Pol se trouvait juste derrière moi, et j'ai été surpris qu'il s'exprime sans qu'on lui ait d'abord adressé la parole. Le Mage a transmis le compliment à Ambiades, lequel s'est contenté de grimacer. Compliments comme railleries semblaient l'agacer.

« Maintenant, à toi, Sophos », a dit le Mage, et ce dernier s'est exécuté. Même moi je pouvais voir qu'il ne montait pas aussi bien qu'Ambiades. J'ai tourné la tête vers Pol pour guetter sa réaction. Il a cillé.

« Quel dommage qu'ils ne puissent échanger les rôles. Qu'Ambiades devienne duc et que Sophos me succède, a compati le Mage.

— Sophos va être duc ? », ai-je demandé, surpris.

Il était rare qu'un futur duc soit un apprenti. Bien que n'attendant pas de réponse, Ambiades m'en a offert une.

« Si son père ne le tue pas avant. »

Ma leçon d'équitation s'est muée en leçon pour Sophos également. Lui, Pol et moi nous sommes retrouvés derrière, tandis qu'Ambiades et le Mage chevauchaient à l'avant.

« Pol trouve que tu montes comme un sac », a lancé Ambiades à Sophos avant de s'en aller. Celui-ci s'est empourpré, et Pol a pressé Ambiades de partir. Un instant plus tard, nous avons entendu des bribes d'un exposé que lui faisait le Mage sur la classification des plantes et son importance. J'ai essayé de prêter l'oreille à la fois à l'exposé et à ma propre leçon, avant d'abandonner et de me concentrer sur Pol.

Il nous a expliqué que l'épaule du cheval se levait non pas en même temps que le pied, mais quand celui-ci redescendait.

« Et maintenant, a-t-il ajouté, tiens ta main comme ceci. »

Il a positionné la sienne comme s'il bénissait les champs à ses côtés. Sophos l'a imité, et Pol lui a donné un coup vif sur la paume. Lorsque ce dernier lui a dit de relever la main, l'apprenti a obéi, mais l'a brusquement retirée, si bien que le deuxième coup ne l'a que légèrement percuté. C'était une leçon simple que mon père m'avait enseignée des années auparavant : quand on pense que l'on va se prendre un coup, il faut au moins tâcher de s'écarter. Il me l'avait apprise au moyen du plat de son épée.

Pol a expliqué à Sophos, et accessoirement à moi, que s'il se décontractait et accompagnait mieux les mouvements de sa monture, la chevauchée lui serait plus confortable. Nous nous sommes donc essayés au trot, en soulevant nos fesses avant que le cheval hausse les épaules dans le but d'avancer un peu plus vite vers je ne sais quelle destination qui était la nôtre. Bientôt, je n'ai plus eu la force de me tenir correctement en selle, et mon cerveau a ballotté dans mon crâne pour le restant de la journée.

Fréquemment, nous nous remettions à aller au pas pour reposer les montures et ma personne, mais à la nuit tombée, j'étais à l'agonie, si bien que je n'ai quasiment rien vu de la ville où nous avons fait halte. Il y avait une auberge. Nous y sommes entrés, et j'ai mangé. Et, avant même d'être rassasié, je me suis de nouveau endormi à table.

Je me suis encore réveillé par terre, à côté du lit de Pol, mais cette fois, Ambiades et Sophos se partageaient une couche pas loin de moi. Songeant au triste spectacle que j'avais dû offrir tandis qu'on me portait à l'étage, j'ai grimacé.

Pol a ouvert les yeux au premier tintement de ma chaîne, et je me suis demandé si j'avais dormi la nuit entière sans bouger. C'était possible. Ou alors, il s'était régulièrement réveillé pour s'assurer que je ne tentais rien. Il a sorti ses pieds du lit et m'a poussé sur le côté afin de les mettre par terre.

« Debout », a-t-il grogné à l'adresse des deux apprentis encore endormis.

Ambiades s'est dépêtré de ses draps. Avec un bâillement, il a lentement avancé jusqu'à une chaise où tous leurs vêtements étaient entassés. J'avais dormi dans les miens. Sophos n'a pas bougé. Me redressant, j'ai jeté un œil dans sa direction. Ses paupières paraissaient être de plomb.

« *Pssst* », a sifflé Ambiades, mais trop tard. M'enjambant, Pol a réveillé Sophos aussi efficacement qu'il l'avait fait avec moi la veille, après le déjeuner. Une fois tout le monde debout, nous sommes sortis dans la cour pour nous laver à la pompe. Le soleil se levait à peine derrière les collines, le ciel était bleu et dégagé, mais le village, au creux des versants, restait plongé dans l'obscurité. L'eau avait beau être glacée, j'ai été le seul à m'en plaindre. J'ai averti Pol que s'il essayait encore de me laver, je le mordrais.

« Il est probablement infectieux », l'a mis en garde Ambiades, se moquant de moi d'un ton un peu plus condescendant qu'il ne l'avait fait avec Sophos.

Sans un mot, Pol m'a tendu un linge et m'a regardé tandis que j'ôtais de mes coudes, mes chevilles et ma nuque les derniers résidus de crasse de la prison. Le savon du Mage embaumait le chèvrefeuille.

Le petit déjeuner nous attendait dans l'auberge : flocons d'avoine et yaourt. Cette fois, pas d'oranges.

« D'où venait le raffut, ce matin ? », a demandé le Mage à Pol alors que l'on s'asseyait. Il me fixait.

« Celui-là, a répondu le soldat en pointant Sophos avec sa cuillère, serait capable de dormir sous le feu des canons. Un jour, il ne se réveillera que quand une lance l'aura transpercé. »

Sophos était gêné.

« Un sommeil léger est une vertu nécessaire pour un soldat, lui a fait remarquer le Mage. Et ce n'est une faute pour personne d'autre.

— Qui veut être soldat ? a grommelé Sophos, le nez dans ses flocons d'avoine.

— Pas moi », ai-je répondu.

La tablée m'a regardé avec surprise, comme s'ils avaient oublié que je pouvais parler.

« Personne ne t'a posé de question ! a raillé Ambiades.

— Si, lui, mon petit », ai-je répliqué en pointant ma cuillère vers Sophos alors qu'Ambiades levait brusquement la main à son visage.

La baissant tout aussi brusquement, il a demandé : « Qu'est-ce qu'une raclure de caniveau y connaît aux soldats ?

— Aucune idée, n'étant pas ce genre de raclure. Mais mon père est soldat, et c'est une besogne sanglante, ingrate et vaine, réservée à ceux qui sont trop stupides et trop laids pour entreprendre quoi que ce soit d'autre. »

Quoique mon père et moi en soyons arrivés à nous apprécier au fil du temps, sa profession me rebutait. Un détail que je n'aurais peut-être pas dû évoquer à ce moment-là. Parfois, mon manque de finesse m'étonne moi-même.

Un silence de plomb s'est abattu tandis que nous dévisagions tous Pol dans l'attente de sa réaction face à une telle insulte, mettant en cause tant son intelligence que ses manières. Il est resté impassible, mais le Mage m'a réprimandé : à l'avenir, je devais ignorer toute discussion qui ne me concernait pas directement et garder la bouche close tant qu'on ne m'adressait pas la parole. Je me suis souvenu que je ne faisais partie de ce voyage que parce qu'on me considérait comme un outil et non une personne.

J'ai fini de manger en silence. Lorsque le Mage s'est levé et a annoncé qu'il fallait atteler les chevaux, j'ai gardé les yeux rivés sur mon bol vide jusqu'à ce qu'il me donne une tape à l'arrière du crâne.

« Quoi ? Vous vous adressiez à moi ? Je croyais que j'étais censé ignorer les...

— J'ai une cravache dans mes bagages, m'a-t-il coupé. Veux-tu que je m'en serve ? »

Il était penché sur moi et sa voix était basse. Je ne suis pas certain que les autres avaient prêté l'oreille à notre échange, mais, personnellement, j'en avais entendu assez. Balançant une jambe par-dessus le banc, je me suis levé.

« Je vous suis. »

Plusieurs nouveaux paquets ont été ajoutés à nos sacoches avant que nous quittions l'auberge. Pendant qu'Ambiades, Sophos et moi les observions, Pol et le Mage ont disposé et redisposé les différents sacs afin que les chevaux soient équitablement chargés.

J'ai songé à Pol. Ce n'était pas un soldat d'infanterie ordinaire. Même Ambiades le traitait avec trop de déférence. Il allait de soi que le Mage l'appréciait et le respectait ; il comptait sur lui pour faire appliquer les ordres qui m'étaient adressés. Si je poussais trop loin ma chance, c'est sans doute lui qui ferait cingler la cravache.

Alors que nous quittions la ville, j'ai compris pourquoi le Mage n'avait pas opté pour une charrette. Aucune route ne partait de ce hameau sans nom, ou, du moins, aucune route telle que l'entendrait une personne civilisée, habituée aux rues des cités. Le chemin que nous suivions depuis Evisa avait été soigneusement entretenu, avec son terre-plein central herbeux et ses bas-côtés broutés par les chèvres des villages que nous laissions derrière nous. Il se séparait désormais en deux voies, une à l'est pour suivre les contreforts de la montagne, et l'autre à l'ouest pour croiser la grand-route menant au col qui traversait les monts Héphestial. Nous avons pris tout droit, sur le chemin qui paraissait le moins emprunté.

Nous avons encore croisé quelques fermes, puis le chemin s'est rétréci jusqu'à devenir un sentier envahi de végétation, bordé de chaque côté d'herbes hautes et de chênes rachitiques qui poussaient parfois si proches que leurs feuilles épineuses s'accrochaient à mon pantalon.

Par endroits, le sentier grimpait abruptement. Les chevaux donnaient tout ce qu'ils avaient ; en file indienne, ils montaient dans une fracassante dégringolade de cailloux. Avec mes genoux, je serrais les flancs de ma monture aussi fort que possible, inquiet de glisser lorsque la pente se faisait raide. Je me tenais également des deux mains, mais mes bras étaient aussi faibles que mes jambes, si bien qu'en milieu de matinée, ils tremblaient déjà sous l'effort.

« Eh, pourquoi on ne s'arrêterait pas pour déjeuner ? »

Le Mage m'a regardé avec aversion, mais lorsque nous avons atteint la clairière suivante, il a dirigé son cheval dans l'herbe et ma jument l'a docilement suivi. J'ai essayé de la convaincre de se mettre à l'ombre, mais elle s'est rangée à côté du Mage et a refusé de faire un pas de plus.

« Pourquoi ce maudit animal ne va pas là où je lui dis d'aller ? ai-je demandé, exaspéré.

— Cesse de donner des coups secs sur la bride. Il n'ira pas plus loin, a-t-il répondu.

— Je m'en suis aperçu, ai-je répliqué en me laissant glisser de ma selle. Il doit aimer votre cheval plus que je ne vous apprécie. »

M'entendant, Sophos a éclaté de rire.

« C'est un cheval de bât, a-t-il expliqué. Il est dressé pour s'arrêter à côté du cheval de tête.

— Vraiment ? (Surpris, j'ai regardé la bête à mes côtés.) Ils sont aussi intelligents ?

— Bien plus que toi, a dit Ambiades en nous rejoignant.

— Je n'ai jamais entendu parler d'un cheval qui pouvait voler le Sceau du roi, ai-je fait remarquer avec un sourire dont j'avais le secret.

— C'est bien ce que je dis, a rétorqué Ambiades.

— Avale des charbons ardents, toi. »

Je me suis dirigé vers Pol qui déballait la nourriture des sacoches. J'ai noté que Sophos me suivait des yeux.

« Quoi ? », lui ai-je lancé sèchement, et il a détourné le regard.

Ambiades a répondu à sa place.

« Il veut savoir si tu es réellement assez stupide pour avoir parié avec quelqu'un que tu pouvais voler le Sceau du roi, et le montrer le lendemain en guise de preuve dans une taverne. »

J'avais pris un risque calculé, mais ça ne servait à rien de le mentionner. Je leur ai tourné le dos.

Nous avons à nouveau déjeuné de pain, d'olives et de fromage. Lorsque j'en ai demandé plus, le Mage a refusé.

« Je ne suis pas certain que nous puissions nous réapprovisionner avant d'avoir franchi les montagnes. »

J'ai examiné les sacoches et les ballots encore attachés aux chevaux.

« Vous n'avez pas assez de provisions.

— Nous devrons reprendre la route cette nuit. Tu ne mourras pas de faim.

— En effet, ai-je répondu. Vous pourrez toujours me donner la part d'Ambiades. »

Le Mage m'a regardé de travers.

« Tu auras ta part et rien d'autre. Personne ici ne va s'affamer pour que tu puisses manger.

— Ah bon ? Je ne vois pas pourquoi, ai-je riposté, m'allongeant pour faire la sieste dans l'herbe séchée par le soleil estival, les tiges piquantes venant mordre mes bras et mon cou. Je suis bien plus important que n'importe qui ici », ai-je dit au ciel bleu qui s'étirait au-dessus de moi.

Personne n'a répondu. Et, au bout de quelques minutes, je me suis endormi.

IV

Nous avons à nouveau fait halte en début de soirée. Plus tôt que ce qu'avait prévu le Mage. Malgré ses bougonnements, il a consenti à chercher un endroit où camper après m'avoir vu frôler la chute de cheval lors d'une montée abrupte. Dès qu'il a eu choisi un endroit où nous pouvions nous installer, je suis descendu de ma monture et me suis effondré dans l'herbe. J'y suis resté pendant que le Mage faisait décharger les chevaux tout en écoutant Ambiades donner d'un ton aussi prudent que condescendant des instructions à Sophos sur la bonne manière d'allumer un feu pour cuisiner. J'ai tourné la tête pour les observer.

« N'as-tu jamais passé la nuit à la belle étoile lorsque tu étais à la chasse ? », lui a demandé Ambiades, examinant le petit bois empilé de façon compacte, dans une piteuse imitation de feu de camp.

Sophos a lancé un regard gêné à Pol.

« Jamais tout seul, a-t-il fini par avouer.

— Eh bien, Votre Majesté, s'est moqué Ambiades, si vous entassez les morceaux de bois, ils ne brûleront pas. Le feu va s'étouffer. Imagine comment tu te sentirais si ce bois était empilé sur toi. Regarde. » Il a démantelé la pile pour bâtir, avec une dextérité née d'une longue pratique, une petite hutte en pointe. « Construis une maison et le feu y vivra ; construis un tumulus et le feu y mourra. Compris ?

— Oui », a humblement répondu Sophos, avant de s'écarter pour permettre à Pol de cuisiner.

Je n'ai pas bougé jusqu'à ce que le repas soit prêt et qu'Ambiades vienne me donner un coup de botte.

« Le Mage te dit de te lever, ô petite raclure.

— J'ai entendu ses ordres, ai-je répondu en me retournant pour me mettre péniblement debout. Dis-moi, ai-je ajouté par-dessus mon épaule, ô source de toutes les connaissances, as-tu finalement saisi la différence entre un figuier et un olivier ? »

Il a rougi de colère et je suis allé manger, satisfait.

Après ce repas des plus frugal, le Mage a pointé une couverture en disant que c'était la mienne. Le soleil était toujours haut dans le ciel, et il lui faudrait encore plusieurs heures avant d'atteindre l'horizon. Cependant, j'ai réarrangé la couverture et me suis allongé dessus. Je disposais d'une épaisse cape pour me tenir chaud. J'ai fait glisser mes doigts sur la laine de belle facture. Comme celle du Mage, l'extérieur était bleu foncé, et bordée d'un or crémeux, pareil à un champ d'orge avant la récolte. Malgré l'absence de broderies, elle était minutieusement tissée. Elle me serait précieuse lorsque la chaleur du jour déclinerait. Du coin de l'œil, j'ai vu le Mage m'observer en train de tâter la laine, tel un tailleur qui en évalue la qualité – ou d'une petite raclure qui tripote une chose qu'il ne devrait pas. Lui tournant le dos, je l'ai laissé penser ce qu'il voulait.

Les quatre autres sont restés autour du feu. Lorsque je me suis endormi, le Mage avait délaissé la classification naturelle pour interroger ses apprentis sur des notions d'histoire.

Le lendemain, avant midi, nous avons atteint un petit corps de ferme niché près de ruines, au bout d'une piste. La chaux s'était estompée, et le plâtre, effrité en grosses plaques, révélant des murs en pierre grumeleux. Un homme est apparu à la porte tandis que nous entrions dans un jardin envahi de mauvaises herbes.

« Je vous attendais hier soir », a-t-il lancé au Mage.

Ce dernier m'a jeté un coup d'œil.

« Nous avons progressé plus lentement que prévu. As-tu reçu les provisions ?

— J'ai tout. Il y a du fourrage pour les chevaux dans la grange, assez pour deux semaines, et si vous ne passez pas par ici au retour, je les ramènerai en ville.

— Bien. »

Le Mage a ouvert l'une des sacoches accrochées à sa selle et s'est hissé sur la pointe des pieds pour en inspecter l'intérieur. Il en a sorti les chaînes avec lesquelles j'avais dormi jusque-là, avant d'ordonner à Ambiades et Sophos de s'occuper des chevaux. Pol et moi l'avons suivi à l'intérieur de la bâtisse. Traversant la pièce principale, nous sommes allés jusqu'à une chambre dotée de fenêtres et de plusieurs lits étroits.

« Il est trop tard pour commencer l'ascension, a dit le Mage à Pol lorsque nous sommes entrés. Nous allons rester ici et nous nous mettrons en route demain matin. Toi, a-t-il ajouté en se tournant vers moi, tu vas pouvoir te reposer autant que tu veux. »

Il m'a fait asseoir sur un des lits et s'est agenouillé pour cadenasser les fers à ma cheville. À l'aide de deux doigts, il s'est assuré qu'ils n'étaient pas trop serrés.

« J'ai oublié de prendre de quoi rembourrer, a-t-il poursuivi. Il faudra vivre avec jusqu'à ce que les garçons apportent les sacoches. »

Il a fait passer la chaîne autour du cadre de lit et a tiré les fers pour être sûr qu'ils ne glissent pas. Ensuite, lui et Pol sont partis. J'ai repositionné le fer en me demandant si la marque qui s'était formée sur ma cheville alors que j'étais en prison disparaîtrait un jour.

Aucune des fenêtres n'étant orientée au sud, la pièce était fraîche. Je dormais lorsque le Mage est revenu envelopper ma cheville dans l'une des chemises de Pol. J'ai passé la journée à somnoler. Parfois, je me redressais pour regarder la lumière crue et chaude du soleil embraser l'horizon. J'ai même aperçu Pol qui entraînait Ambiades et Sophos au combat avec des épées en bois, ou bien peut-être était-ce un rêve. Quand je me suis à nouveau redressé, il n'y avait plus personne.

Après le dîner, je suis resté étendu à écouter leurs voix dans la pièce voisine. Le ciel s'est assombri et les étoiles ont commencé à scintiller. Je me suis rendormi avant que la lune se lève, et je n'ai pas bougé jusqu'à ce que Sophos m'avertisse que le petit déjeuner était prêt. Il y avait un bol qui débordait de flocons d'avoine et un autre rempli de yaourt, mais aussi du pain, du fromage, des olives et plusieurs oranges – les petites à la peau fine, difficiles à peler, mais juteuses et sucrées.

« Régale-toi, a dit le Mage, voyant que je ne me privais pas. Tu ne mangeras pas aussi bien avant un bon moment. »

J'ai dévoré tout ce que je pouvais sans me plaindre. Lorsque le Mage m'a demandé s'il m'était possible de ne pas mâcher la bouche ouverte, ainsi que je m'y employais assidûment depuis notre premier repas ensemble, je me suis plié à sa requête avec un effort ostentatoire. Pol soignait mes poignets, il retirait les pansements tachés et nettoyait les cloques pour y appliquer à nouveau de l'onguent. Plutôt que de me débattre inutilement, je me suis contenté de maugréer assez d'insultes pour qu'il sache que j'aurais pu me montrer beaucoup plus bruyant, mais que je m'en abstenais presque. Les plaies étaient déjà plus propres, et j'étais d'accord avec sa décision de les laisser à l'air libre, même si j'ai compris que mon avis n'avait aucune importance pour lui.

J'avais eu de la chance de ne pas tomber malade en prison. Autrement, il m'aurait fallu trois jours de nourriture et d'air frais supplémentaires pour me rétablir. Pendant que le Mage supervisait le remplissage des sacs à dos que tout le monde sauf moi porterait, je me suis étiré, me penchant en avant pour toucher mes orteils, puis en arrière sur les mains pour une descente en pont, afin de mesurer les forces qui m'étaient revenues après une journée de repos. Combien de temps restait-il avant que le Mage me mette à l'œuvre ? Je me suis ensuite assis dans l'embrasure en pierre de la maison, où j'ai attendu que les autres finissent d'endosser leurs fardeaux.

Devant moi, la montagne grimpait sans pitié. Elle s'élevait à pic au-dessus de ses contreforts, dont les pentes pierreuses étaient plantées de buissons tenaces parvenus à se fixer dans une terre meuble et argileuse. De solides affleurements de calcaire et de marbre saillaient un peu partout. N'importe qui pouvait voir que les gravats qui couvraient les pentes escarpées rendaient cette montée difficilement franchissable – une défense parfaite pour Eddis, le royaume caché sur les hauts plateaux, niché non loin du sommet. Il y avait des gorges creusées par l'eau et, plus loin, des carrières, mais je n'étais pas sûr de pouvoir retrouver l'endroit où elles coupaient ce versant de la montagne, car j'ignorais où j'étais précisément – la seule chose dont j'étais certain, c'est que nous étions dans l'arrière-pays de la Séperchia.

Le Mage m'a crié de me lever et nous a conduits en haut de la colline la plus proche, jusqu'à une étroite fissure à flanc de montagne. Le sentier, qui la veille n'avait été guère plus large qu'un cheval, était à présent aussi étroit qu'un homme et à peine visible. Nous avons longé le lit d'un ancien cours d'eau, probablement asséché la majeure partie de l'année. En hiver, enflé par les pluies, le ruisseau devait se frayer un chemin à travers l'argile et l'ardoise, et plus difficilement, mais tout aussi inévitablement, à travers le marbre et le granit. Les oliviers avaient pris racine à l'endroit où l'eau s'était écoulée. De part et d'autre s'élevaient les flancs de la montagne – des murailles culminant parfois à plusieurs centaines de mètres. À notre passage, les sarments rouges et verts qui poussaient en touffes broussailleuses laissaient sur notre peau des égratignures blanchâtres.

Lorsque le sentier finissait sur une petite falaise, qui devait se transformer en cascade pendant la saison des pluies, le Mage se mettait en quête de prises et en trouvait toujours. Nous n'avons croisé aucun obstacle impraticable, quoiqu'il nous ait fallu franchir des troncs d'arbres tombés au sol et parfois escalader à quatre pattes. Je me suis réjoui de porter mes bottines.

Nous nous sommes arrêtés pour déjeuner bien avant que je ne sois épuisé, mais j'étais soulagé de pouvoir reprendre mon souffle. De toute évidence, le Mage comptait nous faire remonter le lit de ce ruisseau jusqu'à ce que nous quittions Sounis pour entrer dans le royaume d'Eddis, ce pays montagneux. Peut-être nous y trouvions-nous déjà. J'hésitais à poser la question, aussi ai-je été ravi qu'Ambiades le fasse à ma place.

« Où sommes-nous ?

— Depuis ce dernier escarpement, à Eddis.

— Pourquoi ? »

J'ai haussé les sourcils. Ainsi, le Mage n'avait pas dit à ses apprentis où nous allions. Je me suis demandé s'il s'était confié à Pol.

Le Mage s'est tourné vers Sophos.

« Que t'a appris ton tuteur au sujet d'Eddis ? »

Sophos lui a récité ce qu'il en savait pendant que nous mangions. Eddis était gouverné par une reine et une cour de onze ministres, dont un premier ministre. Ses principales exportations étaient le bois et l'argent des mines. Le royaume importait la majeure partie de son grain, de ses olives et de son vin. C'était une contrée qui s'étirait sur le sommet d'une chaîne de montagnes au sud et au sud-est de Sounis.

On aurait dit un paragraphe extrait d'un opuscule intitulé *Nos chers voisins*, ou quelque chose d'aussi simplet.

Lorsque Sophos a eu fini son exposé, le Mage s'est adressé à son apprenti plus âgé.

« D'après toi, quelles sont les caractéristiques les plus importantes d'Eddis ? »

À quoi Ambiades a admirablement répondu. J'ai pensé qu'il avait tout ce qu'il fallait pour réussir sa formation, même si j'avais le sentiment qu'il considérait son apprentissage comme indigne de lui. Peut-être ne digérait-il pas le fait que Sophos soit le fils d'un duc.

« Eddis contrôle le seul col de montagne accessible entre Sounis et l'Attolie, les deux royaumes commerçants les plus riches de cette partie du monde. Eddis a aussi la mainmise sur la dernière exploitation forestière de cette côte. Toutes nos forêts à nous ont été défrichées. Ils n'ont pas beaucoup d'autres ressources naturelles dans les montagnes, et l'essentiel de leur richesse provient du commerce. Eddis prélève une taxe sur chaque caravane qui traverse la montagne, et vend son bois aux navires marchands de Sounis et d'Attolie. Après avoir repoussé les envahisseurs, nous aurions dû envahir l'Attolie, mais les Eddisiens nous en ont empêchés.

— Excellent », a commenté le Mage. Puis il a demandé à Sophos s'il était au courant de cet incident.

« Quand ils ont démonté le pont au-dessus de la Séperchia ? a deviné celui-ci.

— Oui. Puisque le fleuve s'écoule dans une gorge, il est impossible pour une armée de traverser le col vers l'Attolie sans franchir cette gorge.

— Des lâches, qui se croient en sécurité dans leur montagne », a lâché Ambiades. Il répétait avec assurance une opinion largement répandue parmi les Sounisiens.

« Pourquoi auraient-ils permis à Sounis de traverser, alors que la guerre nuit au commerce ? », ai-je demandé, oubliant que je risquais de me faire sévèrement réprimander pour m'être immiscé dans une discussion à laquelle je n'avais pas été convié.

Même Sophos connaissait la réponse.

« Parce que les Attoliens ont menti. Lorsque les envahisseurs ont débarqué avec leurs galères la première fois, Eddis a permis à l'armée d'Attolie de passer par le col car ils devaient combattre à nos côtés. Mais au lieu de ça, ils ont aidé les envahisseurs à nous vaincre lors du siège de Solonis.

— Donc, après tout ce temps, Sounis cherche à se venger ? », ai-je demandé. Nourrir une rancœur pendant plusieurs centaines d'années me paraissait bien long.

« La plupart des gens trouvent pénible de perdre leur liberté, Gen », a sèchement rétorqué le Mage.

Sophos n'a pas prêté attention à la remarque, mais Ambiades a ri.

« D'accord, mais Eddis n'a pas été renversé, n'est-ce pas ? ai-je dit. Les envahisseurs ne s'en sont jamais emparé ?

— Non, a répondu le Mage. Ils ont fini par conquérir également l'Attolie, alors que le règne d'Eddis n'a jamais changé de mains, et ce grâce à l'intervention d'une force extérieure. »

Ces derniers mots ont mis un terme à la discussion aussi bien qu'au déjeuner, et nous avons repris notre ascension.

Magnanime, le crépuscule est rapidement tombé dans la gorge qui abritait le cours d'eau. Lorsque nous n'avons plus été capables de voir où poser les pieds, notre groupe a considérablement ralenti. Pol m'aidait à avancer, et je devais tenir la main d'Ambiades. Nous avons finalement atteint un endroit où le sentier s'élargissait, puis une zone plane qui avait servi de bivouac à de nombreux voyageurs avant nous. Quelqu'un avait construit un âtre en pierre dans la paroi du ravin, et les multiples feux en avaient noirci le granit.

Après le dîner, une fois nos couvertures étendues au sol, nous nous sommes assis près du feu et Ambiades a demandé une nouvelle fois ce qui nous amenait à Eddis. Le Mage a esquivé en posant une autre question, à laquelle Ambiades a patiemment répondu, de toute évidence habitué à ce genre de manège.

« Que sais-tu des règles de succession à Eddis ?

— Eh bien, ils ont une reine, comme en Attolie, donc la succession au trône ne se fait pas uniquement par la lignée masculine. J'imagine que le pouvoir se transmet de parent à enfant, comme à Sounis.

— Sais-tu si cela a toujours été vrai ?

— Depuis les envahisseurs, a-t-il répondu en haussant les épaules.

— Et avant ça ?

— Vous faites référence au Don d'Hamiathes ? a demandé Ambiades, comprenant où le Mage voulait en venir.

— Effectivement, a fait ce dernier avant de s'adresser à Sophos. As-tu entendu parler du Don ? »

Face à sa réponse négative, le Mage s'est expliqué.

« Ce n'est pas surprenant. Il y a bien longtemps que Sounis et l'Attolie se sont convertis à la religion des envahisseurs, dont nous prions les dieux dans la grande basilique de notre cité. Mais il fut un temps où tout le monde vénérait les dieux de ce pays montagneux. Il existe ici un panthéon presque infini, avec une divinité pour chaque ruisseau et rivière, pour chaque montagne et forêt. Néanmoins, on trouve aussi une cour supérieure de dieux encore plus puissants régis par Héphestia, la déesse du feu et des éclairs. Celle-ci gouverne tous les dieux à l'exception de sa mère, la Terre, et de son père, le Ciel. Le règne d'Eddis tire soi-disant son origine d'une histoire selon laquelle Héphestia récompensa un roi nommé Hamiathes d'une pierre trempée dans l'eau d'immortalité. La pierre affranchissait son possesseur de la mort, mais à la fin de sa vie naturelle, le roi légua la pierre à son fils puis mourut. Le fils fit de même avec son propre fils, de sorte que posséder la pierre devint synonyme du droit de régner sur le pays. Lorsqu'un usurpateur déroba cette pierre et mourut peu après, on comprit que cette dernière perdait son pouvoir si elle n'était pas *offerte* à celui qui la porterait. De ces événements naquit une tradition qui permit au trône d'Eddis de changer de mains pacifiquement, le peuple respectant à la lettre cette tradition, là où un autre royaume aurait peut-être sombré plusieurs fois dans la guerre civile. Quiconque pouvait ainsi voler la pierre pour l'offrir au candidat au trône de son choix, faisant de ce dernier le roi légitime.

— Ce n'est qu'un mythe, a protesté Ambiades – ce à quoi j'ai silencieusement acquiescé.

— Il est difficile de distinguer mythe et réalité, a fait remarquer le Mage. Il se peut qu'un roi nommé Hamiathes ait commencé cette tradition. Nous savons qu'il a existé une pierre appelée Don d'Hamiathes, et qu'à l'époque des envahisseurs, les gens croyaient encore en son pouvoir et son autorité. Au point que les envahisseurs ont cherché à prendre le contrôle d'Eddis en mettant la main sur la pierre, dont on disait aussi qu'il s'agissait d'une fabuleuse pierre précieuse. Mais le Don disparut. Les envahisseurs furent chassés des montagnes et reportèrent leur attention sur Sounis et l'Attolie, des royaumes plus faciles à gouverner.

— Qu'est-il advenu de la pierre ? a demandé Sophos.

— Le roi d'Eddis l'avait dissimulée, et il est mort sans la léguer à son fils ni en révéler la cachette. Depuis lors, elle est restée introuvable.

— Pensez-vous qu'on la retrouvera un jour ? », s'est enquis le jeune apprenti.

Le Mage a hoché la tête. Il y eut un bref silence.

« Pensez-vous pouvoir la retrouver, *vous* ? », a fait Ambiades, le visage pincé par l'excitation et sans doute aussi par l'envie, ai-je pensé.

Le Mage a de nouveau acquiescé.

« Vous voulez dire, ai-je lancé d'une voix stridente, qu'on est ici, dans le noir, à la recherche d'un objet imaginaire ?! »

Il m'a dévisagé. Peut-être avait-il oublié que j'écoutais la leçon.

« Des archives du temps d'avant les envahisseurs ont survécu, Gen. Elles font référence à la pierre.

— Et vous pensez réellement savoir où elle est ? a insisté Ambiades.

— Oui.

— Où ça ? a-t-il demandé alors que je secouais la tête d'incrédulité.

— Si elle existe vraiment, ai-je fait, pourquoi êtes-vous le premier en cent ans à avoir réussi à la localiser ?

— Je ne le suis pas. »

Cette réponse m'a surpris.

« Selon les archives que j'ai lues, nombreux sont ceux qui

se sont mis à sa recherche, mais ceux qui se sont le plus rapprochés de l'endroit où je crois qu'elle est, n'en sont jamais revenus. Cela m'a laissé penser que, d'une certaine façon, ces gens devaient être mal équipés. (Il m'a souri avec bienveillance depuis l'autre côté du feu.) Si on en croit la tradition, récupérer la pierre nécessite un voleur exceptionnellement compétent, raison pour laquelle tu as été invité à rejoindre nos rangs.

— Ces archives que vous avez trouvées, vous êtes sûr qu'elles datent d'avant les envahisseurs ? »

Des manuscrits aussi vieux, il faudrait d'abord que je les voie pour y croire.

« Oui, a-t-il répondu, agrippant un genou de ses mains jointes et se balançant d'avant en arrière avec un air satisfait. Mais elles n'existent plus. Après que j'ai obtenu les renseignements dont j'avais besoin, elles ont été détruites afin d'empêcher quiconque de remonter cette piste. »

J'ai cillé. Il aurait mieux valu que ces archives n'aient jamais existé. Ambiades a demandé à nouveau où nous allions.

« Tu le sauras quand nous y serons, a répliqué son maître.

— Et pourquoi y aller ? ai-je fait, narquois. Pour que vous puissiez devenir roi d'Eddis ? Ce pays désespérément arriéré peuplé de bûcherons ? » C'était la description la plus charitable qu'on entendait dans les rues à propos des Eddisiens.

« Je donnerai évidemment la pierre à Sounis. C'est lui qui sera roi. Et moi, je serai le Voleur du Roi. »

Cette idée a piqué mon orgueil professionnel. J'allais me charger du méfait, et c'est lui qui s'en attribuerait le mérite. Son nom allait être gravé sur une stèle à l'extérieur de la grande basilique, et le mien serait écrit du bout d'une branche dans la poussière. Je lui ai indiqué qu'il me revenait d'être appelé le Voleur du Roi.

« À moins que vous vous attendiez à ce que je vous remette le Don d'Hamiathes, pour ensuite me faire poignarder dans le dos ? C'est pour cette raison que Pol nous accompagne, non ? »

Il n'a pas mordu à l'hameçon et, de l'autre côté du feu, Pol n'a pas bougé. Un frisson m'a parcouru.

« Ce ne sera pas nécessaire, a dit le Mage d'un ton détaché. Personne ne te verra jamais autrement que comme un outil nous permettant d'arriver à nos fins, Gen. Lorsqu'une épée est bien équilibrée, à qui, du forgeron ou de son marteau, en attribue-t-on le mérite ? Es-tu réellement plus malin qu'un marteau si tu exhibes la preuve de ton crime dans une taverne ? »

J'ai rougi et il a éclaté de rire. Si je n'avais pas été autant en colère, j'aurais remarqué que son rire n'était pas dénué de gentillesse.

« Que ferais-tu, Gen, si tu étais le Voleur du Roi ? Mâcherais-tu la bouche ouverte aux côtés de Sa Royale présence ? Bavarderais-tu avec les courtisanes, élidant voyelles ou consonnes au début de tes phrases et avalant la fin de presque tous les mots ? Toute ta personne révèle ta basse extraction. Tu ne serais jamais chez toi à la cour.

— Mais je serais célèbre.

— Oh, tu l'es déjà, Gen… », a-t-il affirmé avec pitié.

L'idée m'aurait amusé si le ricanement d'Ambiades ne m'avait pas tant piqué au vif. J'ai changé de sujet.

« Et Sounis vous fait confiance pour lui rapporter la pierre ?

— Bien entendu », a sèchement rétorqué le Mage.

J'avais touché un point sensible. Il s'était assuré de la confiance de Sounis en détruisant les fameuses archives afin que personne d'autre que lui ne puisse retrouver le Don.

« Vous en êtes certain ? l'ai-je taquiné. C'est peut-être pour cette raison que Pol est avec nous. C'est peut-être vous que l'on poignardera dans le dos. »

Ses sourcils se sont froncés jusqu'à toucher son nez. Enfin, il était énervé.

« Ne sois pas stupide, a-t-il répondu.

— Et pourquoi Sounis voudrait du royaume d'Eddis ? ai-je continué. Il a déjà le sien. Et tout ce qu'ils ont, ici…

(J'ai désigné la montagne derrière moi.) Ce sont des arbres. Beaucoup d'arbres. Sounis veut se faire construire une flotte ?

— Non, a expliqué le Mage, se souvenant que je ne valais pas la peine qu'on se mette en colère. Il veut la reine. »

La surprise m'a estomaqué : « Nous entreprenons tout ça pour qu'il puisse...

— ... se marier, a complété le Mage. Jusqu'à présent, Eddis a refusé, mais elle ne le pourra plus s'il prouve qu'il est le roi légitime de son pays. Nous avons prévenu la reine qu'à sa prochaine demande en mariage, il sera en possession du Don d'Hamiathes. »

Voilà pourquoi nous nous trouvions là, au fond de cette gorge, à la recherche d'une relique qu'il avait déjà promis d'offrir.

« Que se passera-t-il si plus personne ne croit en votre pierre ridicule ? ai-je demandé. Si nous finissons par mettre la main dessus et que tout le monde s'en moque ?

— La place d'Eddis sur son trône n'est pas assez assurée pour qu'elle puisse se permettre d'offenser les dieux de son peuple. Aucune femme ne le pourrait. »

J'ai fixé les flammes. Pendant un moment, personne n'a rien ajouté.

« Il ne veut pas de la reine, ai-je fini par dire, la vérité commençant à se faire jour. Il ne veut même pas de ce pays. Il veut obtenir le contrôle du col pour envahir l'Attolie. »

De l'autre côté des flammes, Pol et Ambiades ont acquiescé. Pour ceux qui connaissaient Sounis, cette explication était plus sensée que celle que nous offrait le Mage.

Ce dernier a haussé les épaules.

« L'important n'est pas de savoir pourquoi il veut le Don. L'important est de l'obtenir. Je crois qu'il vaut mieux que tu te reposes, maintenant. »

Tel un outil qu'on range, un marteau bien élevé, je me suis étendu à côté du feu et me suis endormi.

Le lendemain matin, la lumière a lentement inondé le ravin, et lorsque notre journée a commencé, j'étais parfaitement reposé. Mais les échanges de la veille continuaient de me travailler, aussi ai-je pris bien soin de mastiquer la bouche ouverte au petit déjeuner, jusqu'à ce que le Mage fasse une grimace et détourne le regard. La passe où nous progressions s'est élargie et nous avons croisé des genévriers, des arbustes épineux rouges et verts, et, ici et là, des sapins, tandis que les falaises cédaient la place à des coteaux escarpés et pierreux. Dans la soirée, enfin, la gorge s'est encore élargie et nous nous sommes retrouvés dans une étroite vallée boisée. Sous nos pieds, les pierres dures se sont petit à petit changées en terre, puis en un tapis d'aiguilles de pin. Sans un bruit, nous avons grimpé hors de la vallée, jusqu'à une forêt plus vaste qui s'étendait à l'infini devant nous.

« Je vous avais bien dit qu'il n'y avait que des arbres ici », ai-je lancé en me tournant pour regarder d'où nous venions. En contrebas, je pouvais contempler l'entaille que formait la gorge jusqu'à ce qu'elle bifurque puis, entre les montagnes, au loin, j'apercevais les plaines de Sounis. La piste que nous avions suivie dans les contreforts n'était pas visible, pas plus que la cité, mais on distinguait un coude de la Séperchia qui sinuait à travers les campagnes. Au-delà, un fragment de mer étincelait à l'horizon.

« Est-ce qu'on peut s'arrêter, maintenant ? ai-je demandé. Mes pieds n'en peuvent plus.

— Non, a répliqué le Mage en secouant la tête. Avance. »

Le sentier continuait à sinuer à travers les arbres. Nous avons marché sans relâche et en silence. J'ai levé la tête vers la canopée qui obstruait le ciel : les cimes de sapins de montagne dont les pommes de pin commençaient à s'ouvrir pour laisser tomber leurs graines.

« Je m'ennuie. Comment se fait-il que l'ennui m'épuise autant ? »

Puisque personne n'a daigné me répondre, j'ai posé une nouvelle question.

« Quand est-ce qu'on s'arrête ? »

Le Mage a ralenti le temps d'un coup d'œil par-dessus son épaule.

« Silence.

— Je voulais juste... »

Comme à son habitude, Pol était derrière moi. Il s'est penché pour m'administrer un coup entre les omoplates.

Il faisait presque nuit quand nous avons atteint une route, pavée de pierres géantes alignées de façon parfaitement uniforme. Nous avons attendu à couvert des arbres que le Mage s'assure que la voie était libre, puis nous avons couru jusqu'à l'autre côté.

« Où cette route mène-t-elle ? a demandé Ambiades au Mage.

— Elle va de la capitale d'Eddis au grand col qui franchit la montagne.

— Comment l'ont-ils construite ? », s'est enquis Sophos.

Le Mage a haussé les épaules.

« Ça remonte à trop loin pour qu'on le sache. Elle a été bâtie en même temps que les anciens murs de notre cité. Personne ne sait comment ils s'y sont pris.

— Polyphème, a dit Ambiades.

— Quoi ? a fait Sophos.

— Ils doivent sûrement penser que c'est l'œuvre de Polyphème. Le géant à un œil qui a soi-disant construit les vieux murs de Sounis ainsi que la prison du roi. Tu ne connais aucune de ces histoires ? »

Sophos a secoué la tête.

« Mon père pense que nous devons oublier les anciens dieux. Il dit qu'un royaume avec deux panthéons est comme un pays avec deux rois. Personne ne sait envers qui être loyal. »

Notre chemin reprenait de l'autre côté de la route. Nous l'avons suivi parmi les conifères jusqu'à ce que le soleil passe derrière la montagne. Le crépuscule a duré le temps que nous installions le camp et que Pol cuisine quelque chose sur un minuscule feu, les aiguilles de pin faisant office de petit bois.

Pendant que nous mangions, j'ai recommencé à agacer le Mage. J'aimais le voir perdre son sang-froid et se rappeler que je n'étais pas digne de son mépris. Lorsque Pol et lui ont cherché un moyen de récupérer la journée perdue dans le refuge de montagne, je lui ai dit que s'il avait voulu avancer plus vite, il aurait dû prendre une charrette pour la première partie du voyage. Alors que j'avais encore la bouche pleine, j'ai demandé s'il y avait plus à manger et me suis plaint qu'il n'ait pas pensé à emporter plus de réserves.

« Ce n'est pas toi qui les portes, a fait remarquer Ambiades.

— Exact, a enchéri le Mage. Peut-être devrais-tu porter ta part demain ?

— Ah non, pas moi, ai-je protesté. Le trajet jusqu'ici m'a déjà bien fatigué. »

Je me suis allongé sur ma couverture et me suis tortillé sur le dos jusqu'à poser mes pieds sur un tronc tombé à terre.

« Pourquoi n'avez-vous pas pris des couchages plus confortables ? », ai-je encore demandé.

Le Mage a commencé à répondre, mais Sophos l'a interrompu. Il a prié le Mage de lui en dire plus sur les anciens dieux d'Eddis.

« Je pensais que ton père ne voulait pas que tu en entendes parler ? », a fait Ambiades.

Sophos a pris le temps de réfléchir.

« Je crois qu'il veut simplement que personne ne les vénère, ou soit superstitieux. Il ne ferait sans doute pas objection à un intérêt d'ordre scolaire.

— Ah oui ? a ri Ambiades. Je pensais qu'un intérêt d'ordre scolaire était exactement ce à quoi il ferait objection. Est-ce qu'il n'a pas un jour menacé de te jeter dans la rivière, attaché à tes encyclopédies ? »

Même Pol a ri tandis que Sophos s'empourprait.

« Il trouve que je passe trop de temps à étudier. Pourtant, il n'y voit pas d'inconvénient pour les autres... »

Autour du feu, il y a eu un bref silence que je n'ai pas compris. À en juger par le visage d'Ambiades, quoi qu'ait pu être ce qui le tracassait, sa plaisanterie se retournait finalement contre lui. Afin de parer au mutisme soudain des membres de la compagnie, le Mage a dit à Sophos qu'il allait lui raconter quelques histoires des anciennes divinités. Il a commencé par la création et la naissance des dieux, et ne s'en est pas trop mal tiré. J'ai mis les mains sous ma nuque pour écouter.

V

La création de la Terre et la naissance des dieux

La terre était seule. Elle n'avait nul compagnon. Elle préleva donc un morceau au centre d'elle-même pour façonner le Soleil. Ce fut le premier dieu. Mais, après un temps, il la quitta. Il promit certes de toujours lui transmettre sa lumière pendant la journée, néanmoins la Terre était de nouveau seule la nuit. Elle préleva donc un morceau à la périphérie d'elle-même et façonna la Lune. Ce fut la première déesse. À son tour, après un temps, la Lune quitta la Terre. Elle lui promit toutefois de la lumière la nuit, afin de lui tenir compagnie. Mais les promesses de la Lune n'ayant aucune valeur, elle ne lui en envoya qu'un peu, quand elle n'oubliait pas complètement. Lorsqu'elle oubliait, il n'y avait aucun clair de lune, et la Terre était à nouveau seule.

Elle souffla donc sur le firmament et conçut le Ciel. Celui-ci se lova autour d'elle et devint son compagnon. Il lui promit de rester pour toujours auprès d'elle, et la Terre fut heureuse. Les premiers enfants de la Terre et du Ciel furent les montagnes. Héphestia était l'aînée. Puis ils en eurent d'autres, les grands océans et la Mer du milieu, et les plus jeunes furent les fleuves Séperchia et Skander.

Un jour, le Ciel voulut savoir à quoi il ressemblait, aussi la Terre façonna-t-elle mille déesses qu'elle dispersa partout sur elle pour servir de miroirs : ce furent les lacs. Le Ciel s'y observait ; il était bleu, puis blanc avec des nuages, et parfois noir et parsemé d'étoiles. Lorsque le Soleil se couchait, le Ciel était réellement grandiose. Aussi devint-il vaniteux. Il regarda la Terre, ronde et incolore, et se sentit supérieur.

« Je suis somptueux, lui dit-il, et toi, tu es insignifiante. Seuls tes lacs sont beaux. » Il passait son temps à se mirer dans l'eau et n'adressait plus la parole à la Terre. Celle-ci rassembla donc la poussière des montagnes pour créer la neige, et la poussière des vallées pour créer une terre noire et sombre dans laquelle elle répandit les graines des forêts et des fleurs, puis elle se couvrit d'arbres verts et de couleurs vives, et soutint au Ciel qu'elle aussi était magnifique. Mais lui n'avait d'yeux que pour les lacs qui reflétaient sa propre gloire. Ceux-ci portèrent ses enfants, les rivières et les ruisseaux. Jalouse, la Terre fit pousser des arbres autour de chacun des lacs afin de les masquer à la vue du Ciel.

Celui-ci se mit en colère. Il préleva de la terre noire des vallées et de la neige des montagnes, puis il les mélangea avant de souffler de toutes ses forces pour les disperser à travers le monde. Chaque grain devint un humain, certains noirs comme le creux des vallées, d'autres blancs comme la neige des sommets. Ainsi, bien que l'on soit issu de la Terre, il nous faut remercier le Ciel pour notre création, car c'est lui qui conçut l'homme et la femme. Mais le Ciel était impatient, si bien que son travail ne fut pas aussi abouti que ce qu'aurait fait la Terre. L'homme naquit petit et faible, privé de dons divins. Lorsque le Ciel envoya les hommes défricher les forêts autour des lacs, pour que ces derniers redeviennent visibles, ils furent trop faibles pour les abattre.

La Terre les regarda arpenter ses forêts et dit : « Pourquoi as-tu créé cela ? »

Alors le Ciel eut honte. Il lui expliqua qu'il voulait voir les lacs, et la Terre eut honte à son tour, avouant qu'elle désirait que le Ciel ne parle qu'à elle. Le Ciel promit qu'il ne contemplerait les lacs que de temps en temps, et la Terre promit de ne plus masquer que certains d'entre eux. Ainsi redevinrent-ils heureux.

Mais la Terre regarda les humains et les prit en pitié. Ils avaient froid et faim. Elle leur donna donc le feu pour se réchauffer, et des graines à semer. Elle créa des animaux pour qu'ils puissent se nourrir. Seulement, peu importe ce qu'elle leur offrait, ils se montraient ingrats. Ils ne remerciaient que le Ciel de les avoir créés. La Terre se mit en colère et trembla de rage si bien que les maisons que les hommes avaient construites s'écroulèrent et que les animaux qu'ils avaient réunis en troupeaux prirent peur et s'enfuirent. Alors seulement les humains comprirent qu'ils avaient commis une grave erreur. À partir de ce moment, il y eut toujours des humains pour remercier la Terre de ses dons. Et quelques autres pour remercier le Ciel de leur création.

Lorsque le Mage eut terminé, nous avons gardé le silence. Puis Sophos a demandé : « Le peuple d'Eddis croit-il réellement à tout cela ? »

J'ai poussé un rire tonitruant, et ils se sont tous tournés vers moi.

« Croit-on vraiment, dans la cité de Sounis, que neuf Dieux ont remporté la Terre dans une bataille contre des Géants ? Que le Premier Dieu a conçu des nourrissons divins à droite et à gauche, et que son épouse est une acariâtre qui se fait éternellement duper ? » Me redressant, j'ai calé mes avant-bras derrière ma tête. « Non, ils n'y croient pas, Sophos. C'est juste leur religion. Ils aiment aller au temple les jours de fête et se persuader qu'un dieu exige en sacrifice les mauvais morceaux de viande d'une vache, leur permettant de manger le reste. C'est simplement un prétexte pour tuer la vache.

— Tu sembles particulièrement érudit, Gen. D'où tiens-tu tout cela ? », s'est étonné le Mage.

Je me suis redressé pour me rapprocher du feu avant de lui répondre.

« Ma mère était originaire des montagnes. Les pratiques dans les terres sont les mêmes que dans les cités. Tout le monde se rend au temple, et tout le monde aime écouter de vieilles histoires après le dîner, mais ça ne veut pas dire qu'ils s'attendent à ce qu'un dieu vienne frapper à leur porte.

— Ah oui ?

— Oui, ai-je dit, incapable de tenir ma langue. Et puis, vous avez commis des erreurs. Vous ne prononcez même pas le nom du royaume correctement. Le peuple de la montagne l'appelle “Iddis”, et non “Eddis”. De même, vous avez oublié la partie où la Terre se met à pleurer quand le dieu Ciel l'ignore, et qu'elle transforme les océans en sel.

— J'ai fait ça ?

— Oui. Je vous l'ai dit, ma mère me racontait ces histoires quand j'étais enfant. Je les connais toutes, et je sais qu'ils appellent leur pays “Iddis”.

— Sur ce dernier point, Gen, laisse-moi te dire que “Iddis” est l'ancienne prononciation utilisée avant l'arrivée des envahisseurs. Depuis cette époque, nous avons modifié la prononciation de beaucoup de mots, tandis que celle des Eddisiens est restée inchangée. Aujourd'hui, “Eddis” se prononce différemment, quoi que ses habitants puissent raconter.

— C'est leur pays, ai-je marmonné. Ils sont en droit de dire comment on prononce son nom.

— Ce n'est pas que “Iddis” soit incorrect, Gen. Mais c'est archaïque. Le reste de la civilisation a évolué. Dis-moi donc quelles autres erreurs j'ai commises. »

J'ai énoncé toutes celles que j'avais relevées. La plupart de ses méprises étaient des omissions.

Quand j'ai eu terminé, il a dit : « Il est toujours intéressant d'entendre différentes versions des contes populaires, Gen, mais tu ne devrais pas croire que les histoires rapportées par ta mère sont à la hauteur des mythes originels. Je les étudie depuis de nombreuses années et je suis certain que mes versions sont les plus exactes. Il arrive souvent que des émigrés comme ta mère ne se souviennent plus de certaines parties de l'histoire originale, si bien qu'ils en inventent d'autres ou oublient certains épisodes. Beaucoup de ces mythes ont été créés il y a des siècles par de formidables conteurs, il est donc inévitable que livrés aux gens du peuple ils soient dénaturés.

— Ma mère n'a jamais rien dénaturé de toute sa vie, ai-je rétorqué avec virulence.

— Oh, ne le prends pas mal. Je suis certain que ce n'était pas son intention. Mais ta mère n'avait pas d'éducation. Les personnes sans éducation en connaissent souvent peu sur ce dont elles parlent tous les jours. Elle n'a même probablement jamais su que ton nom, Gen, est le diminutif d'Eugènides.

— Bien sûr qu'elle le savait, ai-je insisté. C'est vous qui ne savez rien. Vous n'avez pas connu ma mère, et vous ne savez rien d'elle.

— Ne sois pas bête. Évidemment que je sais des choses sur elle. Elle est morte en tombant d'une fenêtre du quatrième étage de la villa du baron Eructhes, lorsque tu avais dix ans. »

Le vent a soupiré parmi les aiguilles au-dessus de moi. J'avais oublié que ces éléments étaient consignés dans le pamphlet qui me servait de casier judiciaire. Les tribunaux du roi étaient capables d'archiver la vie entière d'un pick-pocket, écrite en tout petit sur une kyrielle de feuilles pliées dans la salle des annales de la prison.

Conscient qu'il m'avait touché en plein cœur, le Mage a poursuivi, la voix dégoulinant de mépris.

« Peut-être que je me trompe. Peut-être que Gen est un patronyme. Le titre de Voleur du Roi est désormais héréditaire à Eddis, et il me semble que le nom de l'actuel Voleur est Eugènides. Peut-être êtes-vous apparentés ? Peut-être es-tu le cousin, pourquoi pas, d'une personnalité prestigieuse ? »

Il a ricané.

Sentant mon visage brûler, j'ai su qu'il était entièrement rouge.

« Eugènides, ai-je presque bégayé, était le dieu des voleurs. Nous portons *tous* son nom. »

D'un bond, je me suis levé et suis retourné à ma couverture

d'un pas furieux. Comme la nuit était fraîche, je me suis enveloppé dedans tout en devant admettre que le Mage avait eu le dessus lors de cet échange. Les autres semblaient tous d'accord sur ce point.

Le lendemain, le Mage se pavanait, tel un chat. Pol a préparé le petit déjeuner, puis nous avons rassemblé nos affaires en prenant garde de ne laisser aucune trace de notre présence à proximité du chemin. Sophos et Ambiades ont ramassé des aiguilles de pin pour couvrir les cendres calcinées de notre feu. À midi, nous avions atteint l'autre côté de la crête montagneuse et contemplions la descente.

« Je ne m'attaquerai à ça que quand j'aurai déjeuné, ai-je annoncé. Je n'ai aucune intention de mourir le ventre vide. »

Malgré ma désinvolture, j'étais parfaitement sérieux. Et lorsque le Mage a essayé de me forcer à reprendre la marche, je me suis dérobé. Il m'a mis un coup sur la tête avec son anneau, mais je n'ai pas cédé. J'allais me reposer avant de m'engager sur cette pente dangereusement escarpée, pour laquelle j'aurais besoin non seulement de mon équilibre, mais aussi de toutes les forces qui avaient été érodées par mon séjour en prison. Les talons fermement plantés dans le sol, je n'ai plus bougé. Aussi avons-nous déjeuné.

Après le repas, nous avons entamé la descente. Pol a refusé que je ferme la marche. Je me suis retrouvé avant-dernier, si bien que je n'ai eu à me préoccuper que des pierres que Pol délogeait en marchant. Le Mage, qui avançait en tête, se prenait celles de Pol, mais aussi les miennes, celles de Sophos et d'Ambiades. Du bout de la chaussure, j'en ai poussé quelques-unes spécialement pour lui, mais m'en suis voulu quand Sophos en a reçu une pile à l'arrière du crâne. Aucun de nous n'a pu s'arrêter pour vérifier la gravité de sa blessure jusqu'à ce que nous arrivions au pied du flysch[1], une vingtaine

1. Formation géologique présentant une alternance de bancs de grès et d'argile.

de mètres en contrebas. Dès que nous avons été en sécurité sur une roche plane, Pol a examiné Sophos.

« Tourne-toi.

— Tout va bien, a assuré l'apprenti, dont les yeux étaient encore humides. Ça ne saigne pas. »

Il ne cessait de regarder sa main pour s'en assurer. Pol a frotté la bosse qui enflait à l'arrière de la tête du jeune homme et conclu que ce dernier allait survivre.

« Je suis désolé, a-t-il ajouté, semblant prendre au sérieux son excuse pour une chose qu'il n'aurait pu empêcher. Tu as besoin de te reposer un moment ?

— On pourrait s'autoriser un second déjeuner », ai-je suggéré, ce qui m'a valu un regard noir du Mage.

Sophos a répété qu'il ne saignait pas, donc nous nous sommes remis en route. Il n'y avait nul cours d'eau à suivre désormais, du moins pas là. Nous avons longé le flanc de la montagne en suivant un sentier qui se faufilait entre de lourds rochers. Je me sentais exposé à la vue de tous et inquiet de qui pourrait nous apercevoir. La dernière chose que je voulais, c'était être surpris en plein périple à travers Eddis en compagnie du Mage du roi sounisien. Or, nous ne pouvions pas être plus visibles, à flâner tous les cinq parmi une végétation pas plus haute que le genou. J'ai demandé au Mage pourquoi nous avions fait preuve de tant de discrétion au matin, alors que n'importe qui pouvait désormais nous voir sur ce terrain si dégagé.

« Seulement quelqu'un qui suivrait le même itinéraire que nous. Et ce sentier est rarement emprunté, a-t-il répondu. Tant que nous ne laissons pas de traces, personne ne saura que nous sommes passés par là. Il y a de meilleures routes pour arriver en Attolie.

— Je n'en doute pas, ai-je dit en levant la tête vers les gravats au-dessus de nous. On ne peut pas nous voir depuis la forêt ?

— Il est peu vraisemblable que quelqu'un s'y aventure. »

J'ai eu un reniflement de mépris.

« Un voleur accompli ne dépend pas de la vraisemblance des choses, ai-je remarqué.

— Un voleur accompli ? a rétorqué le Mage. Mais comment le saurais-tu ? »

Contrarié, je me suis retiré de cette joute.

Au bout de presque cinq cents mètres, nous avons descendu une pente particulièrement abrupte pour déboucher sur un plateau minuscule pavé de dalles et bordé d'oliviers noueux. À l'arrière du plateau, qui s'apparentait en fait davantage à une profonde corniche, une grotte s'ouvrait à flanc de la montagne. Un figuier, qui poussait d'une fissure au-dessus de la grotte, en ombrageait l'entrée. Une source glougloutait quelque part dans l'obscurité caverneuse et s'écoulait par un canal carrelé jusque sur le dallage. À côté de celui-ci se trouvait un petit temple, de trois mètres de haut tout au plus, construit avec des blocs de marbre et dont la façade s'ornait de fines colonnes.

« Ô surprise, a fait le Mage avec un ample geste de la main, voici l'endroit où nous sommes censés nous restaurer. Regarde bien, Sophos. C'est ton premier temple païen. »

Il a expliqué qu'il s'agissait d'un autel dédié à la déesse de la source qui s'écoulait dans la grotte. Il avait probablement été érigé presque mille ans auparavant. Le Mage lui a montré le savoir-faire requis pour polir le marbre de manière que chaque pierre s'assemble parfaitement aux autres.

« En observant ce temple miniature, on comprend la façon dont les plus grands ont été construits. Tout est proportionné. Si les colonnes du temple dédié aux dieux des rivières comportent chacune quatre blocs, alors il y en aura quatre sur chaque colonne ici, et les aboutements seront les mêmes. »

Sophos était aussi fasciné que le Mage. Tous deux sont entrés dans le temple pour apprécier la statue de la déesse et en sont ressortis impressionnés. De son côté, Ambiades s'ennuyait. En voyant son expression, le Mage a lancé : « Tu sais, connaître la religion des autres t'aidera à les manipuler. C'est la raison pour laquelle le père de Sophos pense qu'aucun royaume ne devrait avoir plus d'un panthéon. Laisse-moi te donner des exemples. »

Nous avons descendu le chemin que l'eau de la source avait creusé au cours du dernier millénaire. C'était assez facile. Il y avait même des marches taillées dans la pierre aux endroits escarpés – sans doute l'œuvre de pèlerins passés par là pendant des centaines d'années pour se recueillir devant l'autel que nous avions laissé. Tandis que nous marchions, Ambiades écoutait le Mage avec intérêt. Il était évident qu'il ne prêtait attention qu'à ce qu'il pensait pouvoir lui être utile. Il ne voyait simplement pas l'intérêt de l'histoire naturelle.

Le Mage a commencé à poser des questions. Ambiades a répondu à chacune d'entre elles. Puis Sophos s'est mis à répondre, et les commentaires d'Ambiades se sont faits de plus en plus maussades. J'ai essayé d'écouter, mais seules des bribes me parvenaient. Après qu'Ambiades se fut moqué de Sophos à plusieurs reprises, le Mage a envoyé le jeune apprenti marcher à l'arrière afin de sermonner l'autre en tête à tête. J'ai été surpris d'entendre Sophos et Pol bavarder derrière moi comme de vieux amis. Pol voulait savoir ce qui avait irrité Ambiades.

« L'identification des montagnes. Il n'aime pas ce genre de choses, donc il n'est pas attentif. Mais il n'empêche, il en sait plus que moi.

— Tu rattraperas ton retard.

— J'imagine, si mon père m'y autorise.

— Ah ?

— Tu sais de quoi je parle, Pol. S'il découvre que je veux rester, il me forcera à rentrer.

— Tu veux donc rester ?

— Oui, a répondu Sophos avec fermeté. J'aime apprendre, et le Mage n'est pas aussi effrayant que je le pensais.

— Ah non ? Tu veux que je lui répète ?

— N'y pense pas. Et n'en parle pas non plus à mon père. Tu sais qu'il espère que le Mage m'endurcira. D'ailleurs, tu ne trouves pas qu'il est plus sympathique qu'il en a l'air ?

— Je ne dirais pas ça, non, a répondu Pol.

— Il n'est pas aussi sévère avec moi qu'avec Ambiades.

— Mais Ambiades l'est avec toi.

— Oh, ça ne me dérange pas. Je l'apprécie. Il a de la suite dans les idées, et puis il n'est généralement pas si… si…

— Autoritaire ? a suggéré Pol.

— Caractériel. Je crois que quelque chose le travaille. (Il a changé de sujet.) Sais-tu où nous allons ? »

J'ai tendu l'oreille.

« En Attolie, a dit Pol – ce qui n'était rien de plus qu'une évidence à ce stade du voyage.

— C'est tout ce que tu sais ? Alors pourquoi nous accompagnes-tu ?

— Ton père m'a chargé de garder un œil sur toi. De t'endurcir. »

Sophos a éclaté de rire.

« Non, allez, pourquoi ?

— Je viens de te le dire.

— Je pense que le Mage avait besoin d'une personne de confiance. Père a dû se dire que tu ne pouvais le suivre que si je me joignais à vous. »

Je pariais que Sophos avait raison.

Nous avons atteint un long versant excessivement difficile, que nous avons dû descendre en rampant. Une fois en bas, Pol s'est mis à marcher derrière Sophos, coupant court à leur conversation. Celui-ci s'est placé à mes côtés.

« Ton nom vient-il vraiment du dieu des voleurs ?

— Oui.

— Et toi, comment savait-on ce que tu deviendrais alors que tu n'étais qu'un nourrisson ?

— Comment savait-on ce que tu allais devenir quand tu étais un nourrisson ?

— Mon père était duc.

— Eh bien, ma mère était voleuse.

— Tu étais donc obligé d'en devenir un ?

— C'est ce que pensaient la plupart des membres de ma famille. Mon père voulait que je sois soldat. Il a été déçu. »

Derrière nous, j'ai entendu Pol grogner. Aucun doute qu'il estimait aussi que la déception de mon père était justifiée.

« Ton père ? Il voulait vraiment ça ? »

Sophos a été surpris lorsque je me suis tourné vers lui pour lui demander : « Pourquoi ne l'aurait-il pas souhaité ?

— Oh, eh bien, je veux dire... »

Sophos s'est encore empourpré et j'ai songé à la circulation de son sang : peut-être son corps en gardait-il naturellement un supplément rien que pour son visage, toujours prêt à rougir.

« Qu'est-ce qui t'étonne ? Que mon père ait été soldat ? Ou bien que je l'aie connu ? Tu croyais que j'étais un enfant illégitime ? »

Il a ouvert et fermé la bouche, sans rien ajouter.

Je lui ai expliqué que je n'étais pas illégitime malgré les apparences.

« Et j'ai aussi des frères et sœurs, ai-je poursuivi. Du même père. »

Le pauvre, il avait l'expression de quelqu'un qui aurait aimé que la terre l'engloutisse.

« Que font-ils ? a-t-il fini par demander.

— Eh bien, l'un est soldat, l'autre horloger.

— Vraiment ? Est-ce qu'il sait faire ces nouvelles montres dont l'arrière est plat plutôt que bombé ? »

Il paraissait intéressé, aussi m'apprêtais-je à lui raconter que Sténides avait conçu sa première montre plate deux ans auparavant, quand le Mage s'est aperçu que nous discutions et a ordonné à Sophos de le rejoindre.

Tandis qu'il s'éloignait, j'ai lancé d'une voix plus forte : « Non seulement mes sœurs sont mariées, mais en plus ce sont d'honnêtes épouses. »

Du moins, la plupart du temps.

Érodé par l'eau, le chemin ne devenait néanmoins jamais assez profond pour prétendre à être une gorge. Ses flancs se courbaient doucement devant nous, et il n'était caillouteux qu'en peu d'endroits. Au fur et à mesure de notre descente, nous apercevions l'Attolie étendue devant nous et, à notre droite, une mer turquoise. Piquetant l'horizon, des îles prolongeaient l'imposante chaîne de montagnes dans notre dos. À l'autre bout de la vallée, se trouvait une autre chaîne de montagnes, de laquelle jaillissait le fleuve Séperchia. Il sinuait ensuite à travers la plaine, parfois proche des monts Héphestial, parfois à des kilomètres. Puis, avant d'atteindre la côte, le fleuve se heurtait à une saillie rocheuse dans les contreforts avant de se perdre dans les montagnes. Là-bas, la roche était composée d'un calcaire meuble, de sorte que les flots s'étaient frayé un passage jusqu'à Sounis, où il traversait la cité du roi pour finalement se jeter dans la Mer du milieu.

« C'est beaucoup plus vert que chez nous, n'est-ce pas ? », a fait remarquer Sophos sans s'adresser à l'un de nous en particulier.

Il n'avait pas tort. Alors que les paysages de Sounis se paraient de nuances bronze relevées de touches d'or cuit, ce pays se déclinait dans un camaïeu de vert. Même les oliviers, plantés en contrebas, étaient d'une couleur plus riche que celle des arbres gris argenté de l'autre côté des montagnes.

« Les nuages d'est lâchent leurs pluies quand ils heurtent la montagne, a expliqué le Mage. Chaque année, il pleut presque deux fois plus en Attolie que chez nous.

— En plus des céréales, ils exportent du vin, des figues, des olives, du raisin. Ils ont des pâturages pour nourrir leur bétail et ils n'importent pas de moutons d'Eddis », a savamment ajouté Ambiades, ce qui a fait rire le Mage.

« Dieux ! Il suivait, en fait ! »

J'ai d'abord cru qu'Ambiades allait sourire, mais il s'est renfrogné et n'a plus parlé jusqu'à ce qu'on fasse halte pour la nuit – et encore, seulement pour réprimander Sophos.

Un comportement étrange pour quelqu'un qui s'était autant rengorgé la nuit précédente au coin du feu. Je ne comprenais pas pourquoi Sophos disait l'apprécier, même s'il était évident qu'il ne mentait pas. *Vénérer* aurait même été plus juste. Il aurait pu bâtir un temple miniature à son nom et lui demander de se tenir sur l'autel.

J'en ai déduit qu'Ambiades devait habituellement être de meilleure compagnie. Le Mage ne semblait pas du genre à tolérer la maussaderie prolongée chez ses apprentis et j'avais l'impression qu'il tenait Ambiades en haute estime, même s'il lui arrivait de le traiter d'idiot.

Après le dîner, Sophos a demandé s'il existait d'autres mythes célèbres sur les dieux d'Eddis, et le Mage s'est mis à conter l'histoire d'Eugènides et les éclairs du dieu Ciel, avant de s'arrêter abruptement.

« C'est ton dieu protecteur, m'a-t-il dit. Pourquoi ne pas expliquer à Sophos qui il est ? »

J'ignore ce qu'il attendait de moi, mais j'ai raconté l'histoire telle que je la tenais de ma mère. Il ne m'a pas interrompu une seule fois.

La naissance d'Eugènides, dieu des voleurs

Bien des années s'étaient écoulées depuis la création de l'homme, qui s'était multiplié de toute part. Un jour, alors que la Terre se promenait dans ses forêts, elle rencontra un bûcheron. Sa hache sur le sol à côté de lui, il pleurait.

« Pourquoi pleures-tu, bûcheron ? Tu n'es pas blessé.

— Oh, dame, répondit celui-ci, ma blessure est profonde, car je pleure les souffrances de quelqu'un d'autre.

— Les souffrances de qui ? », demanda la Terre.

Le bûcheron lui apprit alors que lui et sa femme désiraient avoir des enfants mais qu'ils n'en avaient toujours pas, ce qui attristait tant son épouse qu'elle passait son temps chez elle à se lamenter. Et le bûcheron, lorsqu'il pensait à elle, se mettait à pleurer.

La Terre sécha ses larmes et lui dit d'attendre neuf jours puis de la retrouver ici, dans la forêt. Alors, elle lui apporterait un fils.

Le bûcheron rentra chez lui et raconta à son épouse ce qui s'était passé. Neuf jours plus tard, il retourna dans les bois afin d'y rencontrer la déesse. Celle-ci demanda : « Où est ta femme ? »

Le bûcheron expliqua qu'elle n'était pas venue. C'était une chose de rencontrer une déesse, c'en était une autre de convaincre sa moitié que cela s'était réellement passé. Pensant que son mari avait perdu la raison, sa femme s'était mise à pleurer davantage.

« Dis-lui de venir demain, lui enjoignit la Terre, ou bien elle n'aura ni enfant, ni époux, ni maison lorsque la journée sera terminée. »

Le bûcheron rentra chez lui et supplia sa femme de l'accompagner dans la forêt, aussi, pour lui faire plaisir, celle-ci accepta. Le lendemain, elle était donc à ses côtés, et la Terre lui demanda : « As-tu un berceau ? »

La femme secoua la tête. C'était une chose d'accuser son époux d'être devenu subitement fou, c'en était une autre de faire savoir aux voisins qu'on l'était nous aussi en demandant à leur emprunter un berceau pour un bébé qu'une déesse était censée leur offrir.

« Va trouver un berceau, des vêtements de petite taille et des couvertures, dit la Terre, ou bien tu n'auras ni enfant, ni époux, ni maison demain à la même heure. »

Le bûcheron et son épouse se rendirent donc chez leurs voisins, qui étaient des personnes respectables. Ils donnèrent au bûcheron et à sa femme ce dont ils avaient besoin sans poser de questions, car il ne faisait aucun doute pour eux que le couple avait perdu la tête.

Le lendemain dans la forêt, lorsque la déesse demanda : « Avez-vous un berceau ? »

Le bûcheron et sa femme répondirent : « Oui.
— Avez-vous des vêtements de petite taille ?
— Oui.
— Et des couvertures ? Et tout ce dont vous aurez besoin pour un bébé ?
— Oui », répétèrent-ils, et la Terre leur montra le bébé dans ses bras. La femme du bûcheron s'approcha et dit : « Avez-vous un nom pour lui ? »

La Terre n'en avait pas. Les dieux se connaissent, ils n'ont pas besoin de noms. C'est l'homme qui nomme les choses, y compris les dieux.

« Nous l'appellerons donc Eugènides, déclara la femme du bûcheron. Le bien-né. »

Ils ramenèrent Eugènides chez eux, et il devint leur fils. Affectant l'apparence d'une vieille femme, la Terre lui rendait parfois visite et lui apportait des présents. Puisqu'il était encore tout petit, ses cadeaux étaient proportionnels à sa taille : une toupie de plusieurs couleurs, des bulles de savon flottant au-dessus de son berceau, une belle couverture en fourrure de taupe pour lui tenir chaud en hiver. Pour ses cinq ans, elle lui apporta le don des langues afin qu'il puisse comprendre les animaux. Pour ses dix ans, elle lui offrit celui de la convocation afin qu'il puisse converser avec les dieux inférieurs des ruisseaux et des lacs.

Lorsque Eugènides eut quinze ans et que la Terre s'apprêtait à lui offrir l'immortalité, le Ciel l'arrêta en chemin.

« Où vas-tu ? lui demanda-t-il.
— Je vais voir mon fils.
— De quel fils parles-tu sinon des miens ?
— J'ai mon propre fils, qui est celui du bûcheron », répondit la Terre, ce qui mit le Ciel en colère.

Il se rendit chez Eugènides et fit s'abattre mille éclairs, détruisant leur maison et forçant le garçon et ses parents à fuir, terrorisés, dans la forêt. Le Ciel tenta de les débusquer, mais la forêt appartenait à la Terre si bien qu'au nom de celle-ci, elle les garda cachés.

Le Ciel fut encore plus courroucé et cria à la Terre : « Tu n'auras aucun autre fils que les miens ! Tu n'auras aucun autre peuple que le mien ! »

Et il fit s'abattre ses éclairs sur les villages où l'on bénissait la Terre pour ses dons, mais épargna ceux où les hommes le remerciaient, lui, pour leur création.

Alors la Terre, se mettant elle aussi en colère, déclara qu'elle ne voulait plus de ceux qui ne la révéraient pas, et trembla de fureur, saccageant les villages que le Ciel avait épargnés. Dans toutes les provinces du monde, les villages des peuples de la Terre et du Ciel furent détruits. Les récoltes s'embrasèrent dans les champs, les bêtes s'enfuirent et les humains, épouvantés, prièrent pour qu'on leur vienne en aide. Mais la Terre et le Ciel étaient trop enragés pour entendre leurs suppliques.

Les hommes auraient probablement tous péri si Héphestia n'avait pas entendu leurs cris. C'était l'aînée de la Terre et du Ciel, et ses pouvoirs égalaient presque les leurs. Elle alla voir l'un et l'autre pour les faire revenir à la raison : « Pourquoi la Terre n'aurait-elle pas les enfants qu'elle désire ? Regarde ceux que tu as eus. » Alors le Ciel se souvint des ruisseaux et des fleuves, et constata qu'ils étouffaient sous les décombres des incendies que ses éclairs avaient provoqués.

Héphestia se présenta devant la Terre et dit : « Pourquoi ne veux-tu pas du peuple du Ciel ? Regarde à quoi en est réduit le tien. » Et quand la Terre regarda, elle vit son peuple terrifié, sans toit, sans nourriture, leurs maisons ainsi que leurs biens ravagés. Le peuple du Ciel était également apeuré, aussi la supplia-t-il de s'apaiser et de lui pardonner s'il l'avait offensée. C'est ainsi que la Terre chassa sa colère, de même que le Ciel chassa la sienne.

Héphestia leur demanda : « Pourquoi faudrait-il qu'ils souffrent parce que vous êtes furieux l'un contre l'autre ? Donne-moi tes éclairs, Père, et cède-moi ton pouvoir de faire trembler la terre, Mère, afin qu'ils n'aient plus à subir les conséquences de votre courroux. »

La Terre fit don à Héphestia de son pouvoir de faire trembler le sol, et le Ciel promit à sa fille qu'il lui confierait ses éclairs. Il promit également de ne pas faire de mal à Eugènides, mais réclama que la Terre ne fasse plus de présents à ce dernier ni n'offre l'immortalité à aucun enfant, hormis les siens. La Terre lui donna sa parole, aussi firent-ils la paix.

Les peuples du Ciel et de la Terre rebâtirent leurs habitations, retrouvèrent leurs bêtes et semèrent à nouveau leurs champs. Mais à partir de ce moment, ils prirent garde de construire deux autels dans chaque village pour remercier le Ciel de leur création *et* la Terre pour ses présents. Désormais, ils seraient toujours le peuple de deux dieux. Et en temps de grand malheur, ils prièrent non seulement la Terre et le Ciel, mais également Héphestia, afin qu'elle intercède en leur faveur.

« On dirait que tu es une autre personne quand tu racontes une histoire, a remarqué Sophos.

— Ça, ai-je répondu avec sarcasme, c'est parce que je les raconte comme ma mère me les a apprises.

— Ça m'a plu.

— Eh bien, c'est tout ce que tu entendras ce soir, est intervenu le Mage. Eugènides et le Dieu du Ciel devront patienter jusqu'à demain. Ta mère semble s'être emparée de l'histoire pour la faire sienne, a-t-il ajouté à mon intention.

— Évidemment, s'est gaussé Ambiades. C'était une voleuse. »

Cette nuit-là, je n'ai dormi que d'un œil pour la première fois depuis mon incarcération. Je me suis réveillé alors que la lune, à moitié pleine, brillait sur le flanc de la colline. En me tournant pour voir quelles étoiles je pouvais distinguer, j'ai remarqué qu'Ambiades était assis sur ses couvertures.

« Pourquoi es-tu réveillé ? ai-je demandé.

— Je te surveille. »

J'ai jeté un regard aux trois corps assoupis.

« Vous prenez des tours de garde ? »

Ambiades a acquiescé.

« Depuis quand ?

— Depuis la dernière auberge.

— Vraiment ? J'étais trop fatigué pour m'en rendre compte jusque-là. »

J'ai secoué la tête d'un air navré et me suis rendormi.

VI

Au matin, nous avons fini ce qu'il nous restait de nourriture et bu les dernières gorgées de l'eau que les apprentis avaient transportée à travers la montagne dans leurs sacoches en cuir. Le pain était rassis et dur comme la pierre, et je n'étais pas le seul à avoir encore faim. En me voyant regarder avec dégoût le quignon dans ma main, le Mage a ri. Il était de bonne humeur après m'avoir vertement remis à ma place la veille, et paraissait vouloir mettre de côté nos différends.

« Je sais. Pas la peine de te plaindre. Tu auras du pain frais pour le déjeuner, je te le promets.

— C'est dans longtemps ? »

Il s'est tourné pour observer le chemin devant nous, qui descendait en pente abrupte et offrait une vue dégagée sur la vallée. Le panorama n'était pas aussi grandiose que celui dont nous avions joui plus haut dans la montagne. Le fleuve avait disparu. La mer aussi.

« Tu vois cette clairière, au milieu des oliviers ? », a-t-il demandé. J'ai regardé dans la direction qu'il pointait et aperçu le toit d'une poignée de maisons, à seulement cinq ou six kilomètres. « C'est là que nous nous arrêterons.

— Dans ce cas, je vais laisser le reste de mon petit déjeuner aux oiseaux », ai-je décidé en jetant mon quignon par-dessus les rochers qui entouraient le campement.

Tout le monde sauf Pol a fait la même chose. En tant que soldat, il avait dû manger pire.

Bientôt, nous nous sommes de nouveau retrouvés en terrain dégagé. L'étroit sillon creusé par la source prenait fin au sommet d'une falaise qui marquait le bord escarpé de la montagne. Des vagues d'oliviers murmuraient à une vingtaine de mètres en contrebas. Pareil à l'écume laissée par le ressac, un entassement de pierres de toutes les tailles gisait entre la falaise et les arbres. Que ce soit à gauche ou à droite, falaise, arbres et rochers s'étendaient aussi loin que mon regard pouvait porter. Devant nous, les oliviers s'étiraient sur des kilomètres, s'élevaient légèrement puis descendaient vers le fleuve, leur surface argentée semée d'îlots vert vif – des chênes – et d'autres arbres qui servaient de paratonnerre, en l'occurrence de hauts cyprès solitaires dressés sur leur garde telles des épées. Les toits que le Mage avait indiqués étaient la seule trace de civilisation à rompre la monotonie de cette étendue végétale.

« On dirait une mer, a dit Sophos, en écho à mes pensées.

— C'est une mer, a doucement confirmé le Mage. On l'appelle "la mer des Oliviers". Elle a été plantée en l'honneur de l'un des anciens dieux, il y a si longtemps qu'on ignore lequel. Les arbres s'étendent depuis la côte jusqu'au bord de la dystopie, à une cinquantaine de kilomètres à l'intérieur des terres. »

Ambiades s'intéressait davantage à l'aspect pragmatique de la situation.

« Comment descend-on ? »

J'ai regardé aux alentours, à la recherche du sentier de chèvres dont j'avais connaissance et qui ne devait pas être loin, et j'ai poussé un léger sifflement en le trouvant.

« Je suis content d'avoir passé une bonne nuit, ai-je dit. Tout le monde s'est bien reposé, j'espère ? »

Personne n'a mentionné les tours de garde de trois heures.

« Eh bien, l'indécision n'est pas ce qui nous fera avancer », ai-je poursuivi.

Le sentier s'arrêtait net sur une crevasse créée par un immense rocher qui s'était détaché de la falaise, avant de s'écraser au sol tout en bas. Juste sous le rebord, se trouvait une saillie d'environ deux mètres cinquante. J'ai plié les genoux et sauté avant que le Mage puisse m'arrêter. Sur mes pas, Pol a atterri si près de moi qu'il a failli nous faire basculer dans la pente. Je l'ai stabilisé, puis j'ai hélé Sophos.

« Allez, à ton tour. Baisse-toi, puis glisse tes jambes vers nous. »

Pol et moi l'avons aidé à nous rejoindre, et l'espace s'est retrouvé bondé. J'ai entamé l'étape suivante, laissant à Pol le soin d'assister le Mage et Ambiades.

La terre semblait ferme et dépourvue de pierres prêtes à se déloger, raison pour laquelle je suis passé le premier. Cependant, je craignais qu'un des autres glisse et me tombe dessus. Je suis descendu aussi vite que la prudence me le permettait.

Le sentier allait et venait le long de la falaise, avec des virages tous les trois mètres environ et plongeant d'un mètre cinquante à chacun d'eux. Il ne faisait pas plus d'une quinzaine de centimètres de large, même moins à certains endroits, et ressemblait parfois plus à un sillon creusé à même la pente. À deux reprises, c'était si raide que j'ai dû m'asseoir et me laisser glisser en attrapant une plante au passage pour ralentir ma course. Tandis que je descendais, j'ai marmonné, imitant la voix du Mage : « "Ce chemin est rarement emprunté", qu'il dit. "Il y a de meilleures routes." Un peu, qu'il y en a ! », ai-je conclu en jurant à voix haute lorsque mon pied a dérapé. J'ai facilement retrouvé l'équilibre, mais mon poignet a heurté un affleurement rocheux, ce qui m'a arraché un nouveau juron.

Tandis que je suçotais la zone douloureuse, je me suis laissé glisser le long de la dernière partie du sentier. En bas, j'ai avancé avec précaution parmi les gravats. Certains rochers y étaient gigantesques, plus hauts que moi, et reposaient sur des amas de pierres plus petites qu'ils avaient entraînées dans leur chute en se détachant de la paroi. Une fois atteint l'espace dégagé avant les oliviers, j'ai attendu les autres. Ils progressaient lentement.

Tous les quatre descendaient la falaise en crabe, en s'aidant de leurs mains. Même presque vides, les sacs qu'ils portaient risquaient de leur faire perdre l'équilibre, Pol excepté. Ce dernier et le Mage ne cessaient de s'arrêter pour m'observer. Regardant par-dessus mon épaule, j'ai été tenté d'aller m'asseoir à l'ombre des arbres, mais le Mage s'était montré plus courtois que d'ordinaire et je ne voulais pas le contrarier. Je les ai donc attendus sous un soleil de plomb, là où il pouvait parfaitement me voir. La journée était déjà chaude, et la sueur dégoulinait de mon visage.

Quand ils m'ont rejoint, sains et saufs, nous sommes allés nous rafraîchir sous le couvert des oliviers. Les arbres étaient si denses que peu de lumière atteignait le sol. À la place du genièvre et de la sauge, quasiment rien ne poussait là-dessous, si ce n'est une herbe clairsemée et quelques rares buissons filiformes.

« Je vais marcher jusqu'au village pour acheter des chevaux et de quoi manger, a annoncé le Mage, se levant pour s'épousseter. Il va me falloir presque une heure pour faire l'aller-retour, en plus du temps nécessaire aux achats. Nous avons toujours une journée de retard, il faudra donc déjeuner sur la route. »

Il a disparu parmi les oliviers.

Pol s'est retourné pour ouvrir le sac contre lequel il avait été adossé.

« Pas la peine de perdre de temps », a-t-il dit en extrayant deux épées en bois.

Il en a tendu une à Sophos, une autre à Ambiades, et la leçon a commencé. Me rappelant la scène aperçue depuis la fenêtre du refuge, j'ai songé que je n'avais pas rêvé tant que ça ces derniers jours, en fin de compte.

« En garde ! », a lancé Pol, et les deux apprentis se sont mis à faire des mouvements auxquels ils étaient de toute évidence habitués.

Après avoir répété leurs exercices suffisamment longtemps pour que leurs muscles se soient échauffés, Pol les a fait combattre. Ils s'entraînaient prudemment, et je les regardais avec intérêt. Ambiades était de loin un meilleur épéiste, même s'il faut dire qu'il avait quatre ou cinq ans de plus. Sophos apprenait encore à maîtriser les techniques de base, mais il faisait preuve d'une bonne coordination et d'un certain talent. Avec le professeur adéquat, il deviendrait un adversaire redoutable. Pour l'heure, il était trop inexpérimenté et trop peu accoutumé à cette arme pour faire autre chose que des moulinets dans l'espoir de toucher sa cible. Lors de certaines attaques, il lui arrivait encore de fermer les yeux. Quand Ambiades, se fendant en avant, a percé sa défense et l'a touché à la tête, j'ai cillé.

« Est-ce que ça va ? » Ambiades a aussitôt lâché son épée, l'air inquiet. « J'ai cru que tu allais parer. » Il a levé la main pour frotter le crâne de Sophos, mais Pol l'a repoussé.

« C'est ce qu'il aurait dû faire. Reprenez. »

Il a forcé Ambiades à répéter son assaut encore et encore, jusqu'à ce que Sophos soit capable de trouver une parade. Celui-ci s'est pris deux coups supplémentaires, mais Ambiades retenait son geste pour ne faire que des touches. Il s'excusait à chaque fois, et j'ai commencé à penser que sous son arrogance et ses persiflages, je pourrais trouver une raison de l'apprécier. Puis, pour la septième ou huitième fois, il a percé la défense de Sophos et ce dernier a enfin fait un pas de côté pour parer depuis cette nouvelle position.

« Pas mal », a fait Pol en guise de compliment, mettant un terme à la leçon.

Sophos et Ambiades se sont effondrés dans l'herbe, haletants, tandis que Pol rangeait leurs épées. J'ai vérifié si des fourreaux étaient cousus sur les sacs des deux apprentis, comme sur celui du Mage. En découvrant que c'était le cas, j'ai compris pourquoi ils ne les avaient pas ôtés pour les jeter au bas de la falaise avant de se laisser descendre. Qui voudrait que sa précieuse épée s'abîme contre les rochers ? J'ai été rassuré qu'ils ne se soient pas aventurés dans ces contrées sauvages équipés uniquement des armes en bois de Pol, mais je me suis demandé ce que les deux Incapables, l'Ancien et le Jeune, feraient avec les leurs s'ils se retrouvaient obligés de se battre. Je me suis également questionné sur Pol et le Mage : l'un ou l'autre cachait-il un pistolet dans ses affaires ? Puisqu'ils agissaient sur les ordres du roi, ils avaient le droit d'en posséder un, du moins à Sounis. Les armes à feu n'étaient peut-être pas aussi précises que les arbalètes, mais elles étaient plus pratiques à transporter ; et ce serait un soulagement de savoir qu'ils en avaient une.

Une fois son sac fermé, Pol s'est assis à son tour dans l'herbe et a interrogé Sophos du regard.

« N'expose pas ton point faible au point fort de ton adversaire ? a dit Sophos d'une voix hésitante.

— Et ton point faible, c'est ?

— Ma taille ?

— Et le point fort d'Ambiades ?

— Des années de leçons d'escrime », ai-je grommelé sans que personne ne m'entende.

Sophos a trouvé la bonne réponse.

« Sa taille.

— Souviens-t'en. »

Il a ensuite mollement complimenté Ambiades et lui a prodigué quelques conseils. Tous deux ont discuté un moment d'homme à homme sur le maniement de l'épée. Manifestement, Pol respectait ce qu'Ambiades avait à dire, aussi ce dernier affichait-il un air ravi et fier. J'ai moi-même failli me mettre à l'apprécier pour de bon.

Il restait du temps avant que le Mage ne revienne, je me suis donc allongé dans la terre meuble sous un olivier et j'ai fermé les yeux. À son retour, nous dormions tous, à l'exception de Pol. Je me suis réveillé en entendant les fers des chevaux trotter vers nous, mais je n'ai pas bougé. C'était agréable d'être étendu là, les yeux levés sur cet enchevêtrement touffu. Sous mes doigts, la terre était douce comme de la poudre. Une brise faisait onduler les branches les plus fines, à travers lesquelles s'agitaient de minuscules fragments de ciel blancs. Des mouches bourdonnaient autour de ma tête. Le seul autre bruit était celui des sabots. Je n'ai pensé qu'à la toute dernière minute qu'il pourrait en fait s'agir d'un inconnu, et non du Mage. J'ai failli bondir de peur, mais il n'y avait pas de quoi s'inquiéter.

« Heureux de voir que quelqu'un est sur le qui-vive, même si c'est un peu tard », a-t-il déclaré en avançant parmi les oliviers.

Ambiades et Sophos se sont aussitôt mis debout et ont pris les rênes des chevaux, tandis que le Mage s'entretenait avec Pol.

« Je pense que nous allons suivre la route. Nous n'atteindrons pas Profactia avant la nuit tombée. Aussi pourrons-nous la contourner sous le couvert des arbres. La lune brillera, nous devrions donc pouvoir bien avancer. Cela nous permettra de rattraper un peu notre retard. »

Pol a acquiescé et s'est levé. Il a aidé les deux Incapables à ranger les provisions dans leurs sacoches. Enfourchant nos montures, nous avons chevauché lentement entre les arbres en essayant de profiter du pain frais, du fromage et des olives. Il nous fallait sans cesse nous pencher sur l'encolure de nos montures tandis qu'elles progressaient sous les branches sans se préoccuper des cavaliers perchés sur leur dos. Monter des ânes aurait été moins fatigant. Une fois sur la route, cependant, ils n'auraient pas été assez rapides.

Nous avons vite progressé. Malgré l'envie, je n'ai pas beaucoup mangé, gêné de devoir m'accrocher d'une main tout en me nourrissant de l'autre. Flanqué de Pol et d'Ambiades, j'ai cahoté le long de ce chemin jusqu'à m'habituer à la faim. Le Mage avait ordonné à ses apprentis de ne pas parler si nous croisions d'autres voyageurs, car leur accent trahirait leur appartenance à l'aristocratie de Sounis.

« Toi, tu n'as pas à t'en faire, Gen, a-t-il ajouté, moqueur.

— Vraiment ?

— Impossible de distinguer la lie d'Attolie de celle de Sounis », a-t-il affirmé, ce qui nous a fait rire, moi et les autres.

J'étais particulièrement fier de mon argot et de ma manière d'avaler à moitié les mots.

Lorsque nous nous sommes retrouvés seuls sur la route, à marcher à côté de nos chevaux pour qu'ils se reposent un peu, Sophos a demandé ce qu'il se passerait si quelqu'un découvrait que nous ne venions pas d'Attolie.

« Rien, a répondu le Mage avec un haussement d'épaules. Des marchands font encore des affaires, ici. Le commerce ne prendra fin qu'en cas de guerre ouverte, et encore...

— Et s'ils découvrent *pourquoi* nous sommes ici ? », ai-je voulu savoir.

Le Mage m'a lancé un regard perçant avant de répliquer : « On nous arrêterait pour nous remettre à la reine, probablement. »

J'ai compris qu'il préférait ne pas aborder la question.

« Et que ferait-elle ? ai-je quand même risqué.

— Elle nous ferait couper la tête. En public. »

Après un frémissement, j'ai frotté ma nuque. Ambiades est devenu vert. Il s'est montré nerveux et désagréable jusqu'au soir.

C'était le crépuscule, et l'activité s'est faite plus dense aux abords de Profactia. Nous avons attendu que la route soit déserte, avant de disparaître dans la forêt d'oliviers, où nous avons de nouveau attendu que Pol et le Mage se soient assurés que tous les cueilleurs avaient bien quitté l'oliveraie. Nous avons silencieusement chevauché entre les arbres sans rien voir de la cité, à ma grande déception. Nous sommes revenus sur la route en toute discrétion. La lune s'était levée. L'air nocturne était vif, aussi avons-nous sorti nos capes. Tels des brigands, nous avons poursuivi notre voyage jusqu'à ce que je sois à bout de forces. Alors que la lune se couchait, le Mage a finalement fait virer son cheval pour pénétrer dans un bosquet à la recherche d'un endroit où camper. Nous avons pris un dîner froid et dormi sans la chaleur d'un feu.

Pol nous a réveillés avant l'aube et nous nous sommes enfoncés plus profondément entre les arbres à la suite du

Mage, qui se guidait à l'aide d'une boussole protégée par un étui en cuir. Au bout d'une heure environ, alors que le soleil se mettait à chauffer, nous avons fait halte pour petit-déjeuner dans une minuscule clairière où plusieurs oliviers morts n'avaient pas été remplacés. Le repas n'était pas différent des autres : pain et fromage. Néanmoins, Pol a fait bouillir de l'eau sur un minuscule feu et préparé un café épaissi de nombreuses cuillerées de sucre.

« Ça va nous revigorer », a-t-il assuré.

Non loin coulait une petite source, et le Mage a suggéré que nous nous lavions avant de rassembler notre paquetage. Sophos, le Mage et Pol ont ôté leurs vêtements et plongé leurs chevilles dans l'eau glacée. Après quelques hésitations, je les ai rejoints. Je ne voulais pas qu'ils pensent que j'aimais être propre, mais la fraîcheur de l'eau était bienvenue. Seul Ambiades est resté sur la berge, encore enveloppé dans sa cape tandis que sa petite tasse de café tiédissait devant lui. Il était demeuré silencieux toute la matinée, ce qui était déjà le cas la veille au soir – nulles railleries à mon égard ou sarcasmes envers Sophos. Il ne songeait pas à se baigner, et je me demandais quelles déplaisantes pensées occupaient son esprit lorsqu'il a sursauté tel un chat apeuré. Le Mage venait de lui envoyer une giclée d'eau.

« Lave-toi », a-t-il ordonné.

Ambiades s'est levé et a laissé tomber sa cape sur la rive. Comparée à celle de Sophos, elle avait piètre allure. Les autres avaient beau être de bonne facture, elles étaient ordinaires : la mienne avait sûrement appartenu au Mage et été retaillée pour l'occasion, et celle de Pol était une simple cape militaire. Sophos, lui, avait un modèle particulièrement ouvragé, fabriqué à partir d'un tissu épais à la coupe généreuse et orné d'une élégante pampille en soie au niveau de l'ourlet arrière. À côté, la coupe étroite de celle d'Ambiades paraissait clinquante mais démodée, sans parler de la série de trous mal raccommodés qui couraient de la capuche à l'ourlet, là où une mite avait dû la dévorer pendant son remisage d'été.

Alors qu'il trempait ses orteils, Ambiades a levé la tête en direction du Mage et Sophos qui s'apprêtaient à rejoindre la berge, leur rapide bain terminé. Ses yeux se sont plissés, et j'ai senti les poils à la base de ma nuque se dresser. J'avais déjà vu un regard envieux, et je sais les ravages que peut causer ce sentiment. Il m'a surpris en train de le dévisager, et l'envie s'est muée en fierté. S'il était une chose parfaitement claire pour lui, c'était l'insignifiance de ma place dans son univers.

« Qu'est-ce que tu regardes, raclure ? a-t-il grogné.

— Demande le seigneur des loques et des guenilles », ai-je répondu avec un sourire forcé en lui faisant une profonde révérence, avant de pointer sa cape miteuse.

L'instant d'après, j'étais étendu sur le dos dans l'eau froide, les yeux aveuglés par le soleil et les oreilles bourdonnantes. Ambiades se tenait au-dessus de moi, à crier quelque chose à propos de son grand-père qui avait été duc de je-ne-sais-quoi. Il m'aurait roué de coups de pied si Pol ne s'était pas interposé en mettant une main sur son épaule pour le faire reculer. Un moment plus tard, le Mage me regardait de haut, le soleil dans le dos.

« Faire preuve d'un peu de prudence serait sage pour quelqu'un dans ta position, Gen, a-t-il poliment suggéré. Sans parler de présenter des excuses. »

Eh bien, ma position n'était pas idéale, j'étais prêt à en convenir, mais elle pouvait s'arranger sans trop de difficulté. J'ai ramené mes genoux contre ma poitrine, avant de me relever d'un bond.

« Des excuses ? ai-je lancé au Mage. Pour quelle raison ? »

Je me suis éloigné, tétant ma lèvre enflée et léchant le sang au coin de ma bouche. Puis je me suis arrêté pour chiper un peigne qui dépassait de l'un des sacs de selle ouvert, et me suis assis sur la souche d'un olivier pour démêler mes cheveux et pourquoi pas ôter quelques poux datant de mon séjour en prison. Pol a rangé la cafetière dans ses affaires pendant qu'Ambiades et Sophos préparaient les chevaux.

Le Mage est resté à m'observer. Au bout d'un moment, il a ouvert la bouche pour ajouter quelque chose, et j'ai pensé qu'il allait me conseiller de me couper les cheveux. Mais il m'a demandé d'une voix sèche : « Où as-tu trouvé cette chose ? »

Déconcerté, j'ai baissé les yeux sur le peigne dans ma main : beau et certainement onéreux. Il était en carapace de tortue et doté de longues dents aux extrémités incrustées d'or.

« Je crois qu'il est à Ambiades », ai-je fini par répondre.

Je l'avais tiré de son sac.

Ce dernier s'est retourné si vite que le cheval qu'il sellait a reculé de peur. Il a laissé la bête forcer sur ses rênes en renâclant et a traversé la clairière pour m'arracher l'objet des mains. Il a lancé son poing vers ma figure, mais cette fois j'étais prêt, et il n'a fait qu'atteindre mon épaule alors que j'esquivais. Il a tout de même réussi à me faire basculer en arrière, sur le tronc d'arbre où j'étais assis quelques instants auparavant, et je suis tombé. Quoique je ne me sois pas blessé, j'ai crié en insinuant que j'avais le bras cassé.

Pour la deuxième fois en peu de temps, le Mage se tenait au-dessus de moi, à présent soucieux.

« Tu t'es mal rattrapé ? a-t-il demandé en se baissant.

— Non, j'ai mal là où il a frappé, ai-je répondu. Il m'a cassé le bras. »

Un mensonge éhonté. Quand le Mage a compris, il est parti en trombe, d'un air dégoûté.

Il a expliqué à son apprenti, suffisamment fort pour que tout le monde entende, que j'aurais très bien pu me fouler le poignet, et qu'alors je ne lui aurais plus été d'aucune utilité.

« Je croyais avoir été clair avec toi. »

Il a ponctué ses commentaires suivants de coups sur la tête d'Ambiades avec sa grosse bague sigillaire, tandis qu'étendu au sol, j'écoutais ce dernier pousser de petits cris tout en m'agaçant d'être traité comme un outil, même de valeur.

Une fois son sermon achevé, le Mage a fini de charger son cheval, puis il est allé ranger son savon et son rasoir dans sa sacoche. À plusieurs reprises, je l'ai vu lever la tête avec une expression perplexe non pas pour me surveiller moi, mais Ambiades. S'il pensait lui avoir rendu sa bonne humeur de force, il se trompait. J'ai remarqué les regards venimeux que ce dernier lui retournait.

Après que Sophos eut préparé sa monture et celle de Pol, il m'a prêté son peigne. Je lui ai avoué sans détour qu'il était trop généreux pour être duc. Il s'est empourpré avant de hausser les épaules.

« Je sais, a-t-il répondu.

— Son père aussi le sait », a raillé Ambiades, se penchant depuis sa selle alors qu'il passait à côté de nous.

La journée n'avait donc pas commencé sous les meilleurs auspices. Ambiades avait boudé la majeure partie de la matinée, et Sophos chevauchait les épaules voûtées, essayant d'ignorer la tension dans l'air. De temps à autre, je touchais ma lèvre pour mesurer l'enflure.

« On en apprend tous les jours, ai-je lâché au bout d'un moment.

— Qu'as-tu appris ? a demandé Sophos.

— À me taire, j'espère.

— Tu veux dire, à ne pas te vanter dans les tavernes que tu peux voler le Sceau d'un roi ?

— Ce n'est pas exactement ce que j'avais en tête, mais je peux t'assurer que ça, je ne le referai pas non plus. Dis-moi, puisque le grand-père d'Ambiades est quelqu'un d'important, pourquoi sa cape est-elle miteuse ? »

Sophos s'est assuré que l'autre apprenti se trouvait hors de portée de nos voix.

« Son grand-père était le duc d'Eumène. »

J'ai dû réfléchir un instant.

« De la conspiration d'Eumène ? », ai-je murmuré.

Les gens du peuple ne parlaient pas à voix haute de cette conspiration.

« Après qu'il a eu tenté de renverser l'oligarchie et qu'il s'est fait exécuter, sa famille a dû céder ses terres et ses titres. Je crois que le père d'Ambiades a néanmoins hérité d'un peu d'argent, mais qu'il a tout perdu au jeu. L'hiver dernier, lorsque Ambiades lui a écrit pour lui demander une nouvelle cape, celui-ci lui a fait parvenir l'une de ses plus anciennes.

— Ah. Pauvre garçon. » Sophos m'a lancé un regard en biais. « Je me demande pourquoi il méprise ceux qui n'ont rien alors qu'il est aussi pauvre que n'importe qui, et qui plus est sans terres ? Je parie qu'il se réveille chaque matin en détestant ce qu'il est devenu. »

Nous évitions les routes. Bien que croisant plusieurs sentiers, nous nous sommes prudemment frayé un chemin parmi les arbres. Nous progressions lentement. De temps en temps, le Mage vérifiait sa boussole pour s'assurer que nous suivions la bonne direction.

La lumière de la lune ne pénétrait pas l'enchevêtrement de feuilles, nous nous sommes donc arrêtés sitôt la nuit tombée, mais suffisamment loin de la plus proche cité pour que le Mage consente à ce que nous fassions un vrai feu, sur lequel Pol a cuisiné un ragoût avec un peu de viande séchée. Personne n'a prononcé un mot tandis que nous mangions au chaud. Après le dîner, le silence est devenu pesant. Finalement, le Mage a pris la parole : « Puisque Gen s'octroie certaines libertés avec les mythes, j'imagine que je peux en faire autant », a-t-il dit, avant de raconter à Sophos une nouvelle histoire sur les anciens dieux.

Eugènides et les éclairs du dieu Ciel

À la suite de sa dispute avec le Ciel, la Terre remit à Héphestia son pouvoir de faire trembler le sol. Le Ciel avait promis à sa fille de lui donner ses éclairs, mais il tardait. Il inventait des excuses. Il les faisait polir ; il les avait prêtés à un ami ;

il les avait oubliés près d'un ruisseau pendant qu'il chassait. En fin de compte, Héphestia alla demander conseil à sa mère, et la Terre fit quérir Eugènides.

Celle-ci avait promis de ne plus lui faire aucun présent, à l'exception de ceux qu'elle offrait à tous. Elle fit donc savoir à Eugènides qu'il devrait se servir de sa propre astuce pour s'emparer des attributs d'un dieu. L'intelligence était un cadeau qu'elle avait offert à tous les hommes, quoique rares étaient ceux à qui elle en avait donné autant qu'au fils du bûcheron. Elle confia toutefois à Eugènides que le Ciel dormait parfois avec l'une des déesses des lacs de montagne ; quand c'était le cas, il posait ses éclairs près de lui.

Eugènides se rendit d'abord chez sa mère, et lui réclama la couverture en fourrure de taupe qui lui avait tenu chaud quand il était bébé. Il l'emporta chez Olcthéménès, le tailleur, et lui demanda de lui en faire un costume – à la fois une tunique et un collant. Plus tard, dans la forêt, Eugènides supplia chaque grive de lui donner une plume. Il porta celles-ci chez Olmia, la tisserande, à qui il demanda de fabriquer un chapeau à plumes. Puis, Eugènides grimpa jusqu'aux lacs de montagne et s'assit silencieusement sous le couvert des arbres pour attendre la venue du dieu Ciel.

Celui-ci arriva en fin de soirée et sortit ses éclairs de leur carquois avant de les poser près du lac. Lorsque tout fut silencieux, Eugènides se déplaça sans un bruit parmi les buissons, mais la déesse du lac l'entendit. « Qu'est-ce qui a bougé ? », demanda-t-elle. Le Ciel regarda et vit un bout de la tunique d'Eugènides. « C'est une taupe qui furète dans le crépuscule, rien de plus. » Alors Eugènides avança plus discrètement, mais la déesse l'entendit et dit à nouveau : « Qu'est-ce qui a bougé ? » Le Ciel jeta un œil, mais sans y prêter attention, et aperçut les bords du chapeau à plumes d'Eugènides. « Ce n'est qu'une grive qui fait son nid dans les buissons pour la nuit. » Eugènides avança encore plus silencieusement, et ni le lac ni le Ciel n'entendirent le moindre bruissement lorsqu'il s'éloigna furtivement avec les éclairs.

Il faisait encore noir quand le Ciel voulut les récupérer. Ne les trouvant pas, il pensa d'abord qu'il les avait égarés et les chercha partout au sommet des montagnes ; ce n'est qu'au lever du jour qu'il comprit qu'ils avaient bel et bien disparu.

Lorsqu'il aperçut Eugènides qui traversait la plaine dans la vallée, il l'arrêta pour lui réclamer ses éclairs. Eugènides répondit qu'il ne les avait pas, et le Ciel constata qu'il disait vrai.

« Alors, dis-moi où ils se trouvent, ordonna le Ciel, ce qu'Eugènides refusa.

— Je vais t'empoigner et t'écraser jusqu'à te réduire en poussière », menaça le Ciel, mais le jeune homme refusait toujours. Malgré sa peur, il savait que le Ciel ne pouvait lui faire de mal sans rompre sa promesse à la Terre. Il ne céda à sa requête que lorsque le Ciel eut accepté de lui donner ce qu'il voudrait en échange.

Eugènides lui demanda donc de se rafraîchir à la source d'immortalité.

Le Ciel fulmina et Eugènides trembla. Mais il tint bon car le courage est un cadeau que la Terre avait offert à tous les humains, et à son fils plus qu'à quiconque.

Finalement, le Ciel se rendit à la source d'immortalité et y remplit un calice d'eau à laquelle il avait mélangé de la racine de coléus en poudre, avant de le tendre à Eugènides.

Celui-ci lui révéla où il avait caché les éclairs. « Regarde sur le trône de ma sœur, dans la grande salle où elle commande aux dieux inférieurs. Tu les y verras. » Puis il but l'eau, et sa bouche se tordit.

« Mêlé à l'eau de vie, dit le Ciel, le coléus ne te fera aucun mal. Mais il a rendu ta coupe amère, tout comme je rendrai ta vie amère. » Sur ce, il s'en alla. Il se rendit auprès du trône d'Héphestia dans la Grande Salle des Dieux pour y chercher son bien, qu'il vit effectivement, mais sur les genoux de sa fille. Elle ne fit nulle mention d'Eugènides, se contentant de remercier son père pour avoir enfin tenu sa promesse, et le Ciel fut incapable de réclamer ce qu'il avait juré d'offrir.

C'est ainsi que le dieu Ciel donna l'immortalité à Eugènides et consentit à ce que Héphestia obtienne le pouvoir des éclairs. Munie de ces derniers et de la capacité à faire trembler la terre, elle devint la reine de tous les dieux à l'exception de son père et sa mère.

« Joliment raconté ! ai-je lancé lorsque le Mage eut terminé son récit.

— Eh bien, merci, Gen. »

Était-il réellement flatté ?

VII

UNE FORME DE CORDIALITÉ entre le Mage et moi a perduré jusqu'au lendemain matin, jusqu'à ce que Pol découvre qu'il manquait la majeure partie des provisions dans l'un des sacs. Il a fait venir le Mage, et ils se sont entretenus à voix basse, lançant des regards dans ma direction. Le Mage a examiné le sac à son tour et a juré. Il a soufflé un ordre à Pol, puis ils ont traversé la clairière pour se camper devant moi. Le Mage avait sa cravache à la main. À leur approche, je m'étais levé avec méfiance.

« J'espère que tu t'es bien restauré ? a demandé le Mage.

— Pas vraiment, ces derniers jours, ai-je répliqué, avant de réaliser qu'un sarcasme n'était pas la réponse la plus appropriée.

— Tiens-le. »

Le Mage a levé la cravache. Lorsque Pol m'a saisi l'épaule, je me suis écarté, mais trop tard. D'un mouvement, j'ai essayé de lui faire perdre l'équilibre, et je me suis retrouvé la tête coincée sous son bras. Puis j'ai voulu le renverser en l'attrapant par le genou, ce qui nous a fait tomber tous les deux, lui sur moi. Il a réussi à mettre presque tout son poids sur ma tête et m'a maintenu ainsi tandis que le Mage me fouettait le dos et les épaules.

Des dizaines de jurons (je ne sais plus lesquels) se sont fait entendre, tandis que je tentais de rassembler mes forces. Mais impossible de bouger Pol ne serait-ce que d'un pouce. Il m'a écrasé plus fort, jusqu'à ce que je sois épuisé et que je n'aie plus assez de souffle pour pester. Après ça, le Mage m'a encore donné quelques coups, puis il s'est arrêté. Lorsque Pol m'a relâché, j'ai attrapé sa chemise pour me relever. Il m'a aidé.

Sitôt debout, je l'ai frappé sous le sternum du tranchant de la main, le laissant haletant tandis que je me jetais sur le Mage. Jamais de ma vie mon sang n'avait fait qu'un tour de cette façon. Même en prison, je n'avais pas été à ce point humilié. Si Pol, plié en deux et le souffle coupé, ne m'avait pas bloqué au dernier moment et repoussé en arrière, s'interposant entre le Mage et moi, j'ignore ce qu'il serait advenu. Un simple coup d'œil à mon visage avait convaincu ce dernier de reculer.

Je ne percevais aucun son hormis la respiration laborieuse de Pol tandis que le Mage et moi nous faisions face. Ma bouche était si pleine de menaces qu'étrangement rien ne sortait. Et c'était pour le mieux. Si un seul mot avait été lancé, les autres auraient suivi. Comment osait-il me traiter de cette manière ? Finalement, j'ai préféré lui cracher dessus. Il a fait un bond en arrière pour esquiver, et j'ai tourné les talons. J'ai marché jusqu'à mes couvertures, sur lesquelles je me suis jeté, la tête enfouie dans les bras. J'ai frotté ma figure dans la laine de la cape roulée en boule sous moi ; après ça, je n'ai plus bougé. Pendant ce temps, Pol a préparé le petit déjeuner, les autres ont mangé, puis ils ont commencé à plier leurs affaires.

Pol s'est alors approché et m'a touché doucement le coude.

« Lève-toi », a-t-il dit très bas.

Il n'a pas proposé de m'aider, et j'ai remarqué, en me mettant debout, qu'il restait hors de portée et m'observait avec attention, le corps en position défensive.

Sophos tenait les rênes de mon cheval. Il l'avait déplacé jusqu'à une souche dont je pouvais me servir comme marchepied. L'ignorant, j'ai éloigné ma monture. Il s'est positionné à côté de l'animal pour m'aider à grimper, et une nouvelle fois, je l'ai ignoré. Un pied dans l'étrier, j'ai sauté en selle. Afin de ne pas glisser, j'ai tiré sur la bride de mon cheval, lui faisant lever la tête de surprise.

Je me suis arrêté pour prendre une profonde inspiration, que j'ai lentement expirée. Je sentais mes sourcils se presser l'un contre l'autre, et mes dents étaient si serrées que les muscles de mes mâchoires tremblaient. J'ai pris une nouvelle inspiration et me suis rappelé que la bête n'avait rien fait de mal. Seule mon ambition personnelle me retenait auprès d'eux. Je pouvais abandonner cette équipée d'érudits aventureux si je le souhaitais. Ni la récompense du roi ni Pol ne pouvaient m'arrêter. Mais je désirais être un faiseur de roi. Je désirais être le premier sur des centaines et des centaines d'années à dérober le Don d'Hamiathes. Je voulais la célébrité. Sauf que je ne pouvais pas voler ce maudit bibelot si j'ignorais où il était, et seul le Mage le savait. J'allais devoir rester jusqu'à ce qu'il m'y conduise. Toutefois, je me suis fait la promesse qu'un jour je planterais un couteau aiguisé dans son arrogance et que j'y tournerais la lame.

Le Mage et Pol étaient en selle.

« Nous allons donc suivre le ruisseau en direction de l'ouest, en espérant trouver un village le long de son cours ? C'est notre meilleure chance ? », a demandé le Mage à Pol.

Celui-ci a acquiescé. Le Mage a rangé sa carte.

« Dans ce cas, en avant », a-t-il dit en nous conduisant à travers les arbres. Comme d'habitude, mon cheval lui a emboîté le pas.

Alors que nous progressions, j'ai examiné ma colère avec un peu de recul. Ma fureur avait été telle que j'avais effrayé le Mage, alors même que Pol était entre nous. C'était un événement tout à fait inédit, aussi l'ai-je savouré tandis que la matinée passait. J'étais également satisfait d'avoir tenu ma langue. Elle avait causé la plupart des épisodes douloureux de mon existence ; et j'avais tout à gagner à parvenir à mieux la contrôler.

« Est-ce que tu vas bien ? », m'a chuchoté Sophos.

Je l'ai regardé de sous mes sourcils encore froncés.

« Bien sûr que je vais bien. »

Et c'était vrai. Les coups de cravache n'avaient pas été portés avec suffisamment de force pour me lacérer. Les vêtements que le Mage m'avait prêtés étaient assez épais pour empêcher ma peau de se fendre. La correction ne m'avait pas handicapé. Mon dos me faisait souffrir, mais d'ici ce soir, la brûlure s'estomperait. Peu importe quand on arriverait à l'endroit tant attendu, je serais en état d'accomplir ma tâche. Jamais le Mage ne m'aurait fait subir quoi que ce soit qui puisse nuire à mes capacités.

Nous avons atteint une rivière peu profonde bordée de broussailles, que nous avons remontée vers l'amont jusqu'à une trouée dans l'oliveraie, où se trouvaient d'autres plantations. Le Mage a fait faire demi-tour à son cheval et nous a de nouveau conduits dans les bois.

« Il doit y avoir un village non loin. Pol et moi allons nous y rendre pour nous réapprovisionner. Ambiades, te voilà en charge de Sophos et du voleur. Pour l'amour des dieux, ne le quitte pas des yeux. »

Quoique le Mage ne m'ait pas regardé en parlant, son apprenti s'est tourné vers moi avec un air méprisant.

J'ai noté que j'avais cessé d'être « Gen » pour redevenir une sorte d'animal indigne de confiance, tel un ruminant qui aurait tendance à prendre la clé des champs. Le Mage et Pol nous ont laissé leurs chevaux et leurs sacs, et ont emprunté un chemin qui longeait le cours d'eau jusqu'à la civilisation. Ils ont également laissé ce qu'il restait de nourriture en nous autorisant à la manger pour le déjeuner. Sophos a ouvert les sacs et en a sorti du pain et des morceaux de fromage, qu'il nous a tendus. Il m'a donné une miche à partager, dont j'ai pris la plus grosse part avant de tendre le reste à Ambiades. Celui-ci a protesté.

« Je n'ai rien mangé depuis hier soir ! », ai-je grogné, et il a reculé.

De toute évidence, ma colère avait marqué les esprits. Il ne me demanderait pas pourquoi j'avais manqué notre collation matinale.

Une fois avalés pain et fromage, et alors que nous mastiquions des tranches de viande séchée, Sophos s'est plaint : « Je suis affamé. »

J'ai croisé les bras sans rien dire. Les pauvres.

« On pourrait pêcher, a suggéré Ambiades. Pol a une canne et des hameçons dans son sac. »

Sophos a levé les yeux vers moi.

« Pas question que je vous aide, ai-je déclaré.

— Personne ne s'attend à ce que tu nous aides, a objecté Ambiades. Mais je parie que tu ne diras pas non à du poisson si j'en attrape.

— Je pourrais pêcher pendant que tu le gardes », a proposé Sophos.

J'ai noté que lui aussi m'assimilait à du bétail impossible à parquer.

« Tu ne sais pas pêcher. Tu donnes des à-coups trop secs et l'appât se détache à chaque fois.

— Dans ce cas, je le surveille pendant que tu pêches. »

Ambiades a eu un reniflement de dédain.

« S'il se levait pour partir, tu ne parviendrais pas à l'arrêter. Non. On va plutôt l'attacher.

— Jamais de la vie, ai-je protesté.

— Avec quoi ? a demandé Sophos, m'ignorant.

— Il y a une corde dans le sac du Mage. Va la chercher. »

Sophos s'est exécuté tandis que je continuais à m'indigner.

« Vous n'allez certainement pas m'attacher. Le Mage a dit de me surveiller. Pas d'aller à la pêche.

— Tais-toi, a répliqué Ambiades. C'est de ta faute s'il n'y a plus rien à manger.

— Non, vous n'allez pas m'attacher », ai-je répété.

J'étais assis par terre, jambes croisées. Lorsque Ambiades s'est penché avec la corde, j'ai roulé sur le côté. Il s'est jeté sur moi en agrippant mes épaules endolories, et j'ai laissé échapper un cri. Il a glissé un nœud autour d'une de mes mains et a refait un tour, comprimant la peau neuve et rosée de mon poignet, à l'endroit où mes blessures étaient presque guéries.

« Ne fais pas ça. » J'ai crié de nouveau et attrapé la corde pour l'empêcher de serrer plus fort tout en essayant de dégager ma main. Mais le cordage épais n'a fait que mordre davantage dans la peau tendre.

Ambiades m'a forcé à lâcher avant de tirer sur le nœud.

« Tiens-toi tranquille ou je serre encore », a-t-il menacé, alors j'ai abandonné la lutte.

Je suis resté sans bouger pendant qu'ils liaient mes poignets et mes chevilles, non sans cesser de vitupérer.

« Assure-toi que ce soit assez tendu, a dit Ambiades à Sophos, qui s'occupait de mes chevilles.

— Tu noues mes mains trop fort, l'ai-je prévenu.

— Tais-toi, a rétorqué Ambiades.

— Tu es sûr que ce n'est pas trop serré ? a demandé Sophos.

— Évidemment que j'en suis sûr. Tu as fini avec les pieds ?

— Ambiades, ai-je dit dans un dernier effort pour le convaincre, je ne sens plus mes doigts.

— Tu devrais l'écouter, Ambiades.

— Ne sois pas bête, Sophos, il dit ça uniquement pour se plaindre. Ses mains vont très bien.

— C'est faux ! Regarde. »

J'ai levé les mains vers Sophos. La peau rosée de chaque côté de la corde commençait déjà à enfler. Ambiades les a examinées.

« Ça n'est pas bleu.

— Bientôt, ça le sera.

— N'importe quoi. Allez, viens, Sophos. »

Ambiades avait déjà sorti le matériel de pêche, et il s'est éloigné en entraînant Sophos avec lui.

Je voulais leur crier de revenir, mais je craignais qu'en étant aussi proche d'une ville attolienne, quelqu'un ne m'entende. Un villageois curieux aurait pu nous enfermer dans une cave jusqu'à ce qu'un garde de la reine vienne nous interroger. Je ne voulais pas me faire couper la tête, et les cordes n'étaient pas serrées au point que je sois incapable de les supporter, du moins un peu. Je n'arrêtais pas de penser que le Mage ou les deux Incapables allaient réapparaître d'un moment à l'autre. Assis, j'ai observé mes mains lentement virer au bleu.

Ambiades et Sophos ne sont rentrés de la rivière que lorsqu'ils ont vu Pol longer les berges. Ils m'ont trouvé étendu sur le dos, la respiration silencieuse, m'efforçant mentalement de faire circuler le sang à travers les nœuds et dans mes mains, à présent gonflées et marbrées.

« Oh non, a fait Sophos.

— Tu l'as dit, ai-je sifflé. Détache-moi. Fais attention ! »

Ambiades s'était mis à triturer le nœud, et la douleur est devenue insoutenable. Il s'échinait si maladroitement que les liens se sont resserrés.

« Arrête, arrête ! N'y touche plus. Coupe-la. »

Mais il ne m'écoutait pas. Il est parvenu à défaire une boucle, qu'il a tirée par-dessus mon poignet, éraflant la peau à vif de mes jointures.

« Tu veux me tuer ?! », suis-je parvenu à crier au moment où Pol s'élançait à travers la clairière. Il a repoussé Ambiades et baissé les yeux sur moi, puis sur les poissons qui frétillaient au sol, oubliés dans la confusion.

« Retournez pêcher, tous les deux. »

Après quelques pas en arrière incertains, Sophos et Ambiades ont fait demi-tour et ont rapidement rejoint les buissons en bordure de rivière. Une fois qu'ils ont été partis, Pol s'est attelé à défaire prudemment chaque nœud. Je ne me suis pas donné la peine de geindre. Je suis resté allongé sans rien dire tandis qu'il coupait la corde et poussait un sifflement en la retirant de la peau meurtrie.

Il a commencé à redresser mes doigts recroquevillés.

« Laisse mes mains, ai-je dit.

— Il faut les faire bouger. Le sang ne circule plus.

— Je vais m'en occuper. Tout seul. »

Il a hoché la tête.

« Où est le Mage ? ai-je demandé.

— Il m'a envoyé devant avec une partie de la nourriture. Heureusement. (Il a lancé un regard par-dessus son épaule, en direction de la rivière.) Il n'a pas besoin de savoir ce qui s'est passé.

— Oh si, il en a besoin. »

À cet instant, je voulais qu'Ambiades se fasse écorcher vif.

« Non, il n'en a pas besoin, a répété Pol, s'accroupissant davantage pour me regarder dans les yeux. Le Mage a mis sa réputation et sa vie en jeu pour tenter de trouver cette pierre ridicule, où qu'elle soit, et il s'en prendra à quiconque l'en empêchera. Et cette personne ne sera pas… (Il a agité son doigt devant mon visage.) … Sophos. »

J'ai compris qu'il était impossible de faire punir Ambiades sans aussi causer d'ennuis à Sophos.

« Son père m'a chargé de veiller à sa sécurité et à ce qu'il tire quelque chose de ce voyage. Mais il n'en tirera rien si tu ruines les machinations d'un homme comme le Mage. »

Je ne l'avais encore jamais entendu prononcer autant de mots. Il a empoigné le tissu de ma chemise et a collé mon visage contre le sien.

« On m'a donné pour ordre qu'il ne lui arrive rien. Que l'on réussisse ou non à trouver une babiole sortie d'une légende m'est complètement égal. Tu as compris ? »

J'ai hoché vigoureusement la tête avant de la secouer de gauche à droite. Oui, je comprenais, et non, le Mage n'avait pas besoin d'être mis au courant. D'ailleurs, quand j'y pensais, je n'en tenais pas rigueur à Sophos. Quant à la bavure d'Ambiades, je réglerais ça moi-même.

Pol est allé vers sa sacoche et en a sorti son nécessaire de soin qu'il a rapporté avec des pansements et de l'onguent à appliquer sur mes mains meurtries, ainsi qu'une pochette en papier contenant des baies séchées.

« Mâches-en deux. Elles vont soulager ta douleur. Puis nous allons dire au Mage qu'une des plaies s'est à nouveau infectée.

— Combien de temps il nous reste, Pol ?

— Jusqu'à quoi ?

— Jusqu'à ce qu'on arrive là où on est censés arriver.

— Comment le saurais-je ?

— Tu sais combien de nourriture le Mage a acheté. »

Il a réfléchi un instant.

« Encore deux jours. »

Le Mage est revenu avec le reste des provisions et a accepté sans poser de questions l'histoire de Pol à propos de mes poignets. Seules mes mains et leur aptitude semblaient l'inquiéter, et Pol l'a rassuré. Ambiades affichait toujours un air méprisant, mais Sophos paraissait soulagé. Lorsque nous sommes retournés dans l'oliveraie, le jeune homme a fait avancer son cheval aux côtés du mien et s'est platement excusé. Je lui ai dit de se taire et il a rougi. J'ignore ce qui s'était passé entre lui et Ambiades sur les bords de la rivière, mais ce dernier semblait être tombé de son piédestal pour finir dans un fossé. J'ai songé qu'il y regrimperait sans doute bientôt, mais pas tout de suite. Pour le moment, Ambiades trottait près du Mage, si bien que Sophos a ralenti le pas de sa monture pour chevaucher à côté de Pol, et parfois, même, à mes côtés. Je lui ai demandé d'où venait sa cape, et il s'est de nouveau empourpré, aussi régulier qu'un métronome.

« Ma mère me l'a achetée quand elle a appris que je voyagerais jusqu'à la ville pour être instruit par un nouveau tuteur.

— Le Mage ?

— Oui.

— Où vivais-tu avant ?

— Dans l'une des villas de mon père. Sur la rivière Eutoas. C'était agréable.

— Mais ?

— Mon père est venu nous rendre visite et a découvert que je ne savais ni manier l'épée ni monter à cheval. Et que je préférais la lecture à la chasse. (Il a levé les yeux au ciel.) Le jour même, il a congédié mon instructeur d'équitation, mon maître d'armes et mon tuteur. Puis il a décrété que Pol m'enseignerait l'équitation et le maniement des armes, et que j'irais vivre avec lui en ville, là où il pourrait me garder à l'œil.

— Pol est l'homme de main de ton père ? »

Lançant un coup d'œil par-dessus mon épaule, j'ai croisé le regard du soldat avant de revenir vers Sophos.

« C'est le capitaine de sa garde. »

J'ai sifflé intérieurement. Ce garçon devait être sacrément important pour son père si celui-ci demandait à son bras droit de lui apprendre à monter à cheval, et acceptait de s'en passer pour qu'il joue au garde du corps.

La mer infinie des oliviers a changé d'aspect à mesure que nous la traversions. Au lieu de rangées de troncs serrés, les arbres étaient davantage espacés. Les fossés d'irrigation ont peu à peu été envahis par les mauvaises herbes et la vase, avant de disparaître complètement. Des chênes secs ont fait leur apparition, jusqu'à ce que nous nous retrouvions à chevaucher parmi une multitude d'arbres revenus à l'état sauvage.

« Personne ne récolte plus ces olives ? », a demandé Sophos en voyant des traces de fruits pourris dans l'herbe.

Le Mage l'a entendu.

« Plus maintenant, a-t-il répondu par-dessus son épaule. Depuis la peste, il n'y a plus assez d'habitants en Attolie pour s'occuper de tous ces arbres. La ville où nous avons acheté les provisions était probablement responsable de cette section, mais il n'y reste plus que cinq ou six familles, désormais. Et elles ne s'occupent plus des parcelles éloignées. »

Je savais qu'une épidémie de peste avait eu lieu trente ans avant ma naissance. Elle avait traversé la Mer du milieu à bord des navires marchands, pour se répandre dans les provinces et tuer des familles entières. Dans les tavernes, on racontait que la moitié des habitants de Sounis avait péri. Tout commerce maritime avait cessé. Les récoltes avaient pourri dans les champs, et Eddis avait fermé ses portes afin de tenir la maladie à distance. Mon grand-père m'avait raconté qu'aucun voleur n'osait toucher les biens d'une victime de la peste par crainte de la contagion. Tout était brûlé.

« Existe-t-il encore de tels lieux à Sounis, a demandé Sophos, où l'on manque de main-d'œuvre pour cultiver les terres agricoles ?

— Il y en a peu, a répondu le Mage. Sounis a toujours été un pays plus petit que l'Attolie, et il possède déjà un excédent de population. Quelques fermes sont abandonnées – celle où nous avons fait halte avant d'attaquer l'ascension de la montagne, par exemple. Le dernier et unique survivant de cette famille l'a quittée pour recevoir une éducation à la capitale.

— Comment le savez-vous ? a demandé Sophos, avec sa manie de ne pas comprendre l'évidence.

— C'était moi. » Le Mage m'a lancé un coup d'œil. Nos montures, qui avançaient lentement à travers les arbres, se sont arrêtées. La mienne a alors baissé la tête pour brouter une touffe d'herbe tendre. Au bout d'un moment, le Mage a ajouté : « Cela va te paraître étonnant, Gen, mais tu penses manifestement à quelque chose, et je suis curieux de savoir ce que c'est. »

Je songeais aux nombreux membres de ma famille, que je considérais pour la plupart comme de sérieux fardeaux. Mais s'il n'y avait pas eu quelqu'un parmi eux que j'aimais beaucoup, jamais je n'aurais échoué en prison. Il était préférable, je suppose, d'avoir une grande famille plutôt qu'aucune. C'était sans doute la première fois qu'il me venait une pensée charitable concernant certains de mes cousins.

« J'ai une très grande famille, ai-je dit au Mage, et je me demande si j'ai plus de chance que vous.

— Ça se pourrait. »

D'un coup de talons, il a fait repartir son cheval.

Au bout d'un moment, Sophos a repris la parole. Il ne demeurait jamais silencieux bien longtemps.

« S'il ne reste pas assez de monde dans ces régions, pourquoi personne de l'extérieur ne vient s'y installer ?

— D'où ? a demandé le Mage.

— Du reste de l'Attolie ? a suggéré Sophos avec hésitation.

— Imbécile, ils sont morts aussi, est intervenu Ambiades, faisant ciller le Mage.

— La peste a décimé la population sur tout le territoire, a expliqué celui-ci avec plus de douceur. Il y a très peu d'endroits surpeuplés. Même dans les villes.

— Ils pourraient venir de Sounis.

— Oui. Ils pourraient. »

C'était, évidemment, exactement ce que le roi de Sounis avait en tête.

« Cela tiendrait de l'invasion, ai-je dit.

— Et alors ? a rétorqué Ambiades d'un air de défi.

— Alors les Attoliens pourraient ne pas être d'accord.

— Mais ils n'utilisent même pas leurs terres, Gen », a protesté Sophos.

Je me suis demandé comment il se sentirait si les rôles étaient inversés, si c'était l'Attolie qui annexait la terre de son peuple.

« Malgré tout, ils pourraient ne pas l'accepter, ai-je répété.

— Ce qui n'aura pas d'importance, a tranché le Mage.

— Ça en aura certainement pour les Attoliens », ai-je dit à mon cheval.

Le soir venu, nous avons atteint la frontière de la mer des Oliviers. Nous suivions depuis plusieurs heures un chemin de terre envahi de mauvaises herbes. Lorsque la piste a viré au sud, le Mage nous en a éloignés pour revenir à couvert des arbres. Cinq cents mètres plus loin, ceux-ci ont disparu comme si les dieux avaient tiré un trait entre les falaises à notre gauche et la rivière, hors de vue, à notre droite. La montagne était noire contre le ciel rose et bleu du couchant. Longtemps, les branches l'avaient occultée, et c'était rassurant de revoir son impressionnante silhouette.

Devant nous, il n'y avait ni arbres ni buissons. La terre craquelée était striée de rocs et de broussailles sèches. Le crépuscule faisait s'étirer leurs ombres ténébreuses sur le sol mort.

« Que s'est-il passé ? a demandé Sophos.

— Ici commence la dystopie, a répondu le Mage. Nous allons nous arrêter pour la nuit. »

Tandis que Pol préparait à manger, le Mage a expliqué que ce qu'on appelait la dystopie était le vestige de la roche bouillante qui s'était déversée de la Montagne sacrée des milliers d'années auparavant. Le sol riche en minéraux était cependant trop dur pour permettre aux plantes de prendre racine. Sa traversée était difficile et on ne pouvait pas y creuser de route. La dystopie semblait aussi déserte que n'importe quelle terre reculée.

« Il existe évidemment un mythe à ce propos, a ajouté le Mage en bâillant et passant ses mains dans ses cheveux. Mais je suis trop fatigué ne serait-ce que pour écouter Gen le raconter. En quelques mots, il faut simplement retenir ceci : Eugènides a voulu essayer les éclairs qu'il avait dérobés au Ciel, et il a provoqué un incendie qui a brûlé ces terres.

— Et il a tué son frère, ai-je ajouté, allongé sur mes couvertures.

— Mmmh ? Tu disais, Gen ?

— Ses parents – pas la Terre, mais ses parents mortels – ont finalement eu des enfants, et Eugènides a accidentellement tué son frère dans l'incendie. C'est à ce moment-là que Hamiathes l'a sauvé, et que Héphestia lui a offert le Don en récompense, car elle avait une tendresse particulière pour son frère.

— Voilà, maintenant, on sait tout », a conclu Ambiades, acerbe, sous ses propres couvertures.

Sur ces mots, nous nous sommes tous endormis.

Cette nuit-là, j'ai fait un rêve étrange à propos d'une pièce aux murs en marbre où se tenait une femme vêtue de blanc ; je me suis réveillé alors que la lune se couchait derrière les oliviers. Incapable de me rendormir, je me suis redressé. Pol était de garde. Si ça avait été le Mage, il m'aurait ordonné de me rallonger. Sophos, lui, aurait voulu parler. Mais Pol, derrière les braises, s'est contenté de m'observer sans un mot. Je me suis levé pour faire quelques pas, m'étirant afin de détendre les muscles de mon dos. Certaines zones restaient sensibles suite aux coups du Mage, mais c'est la douleur à mes poignets qui me tracassait. Maudissant Ambiades, j'ai contourné le feu pour venir m'accroupir aux côtés de Pol. « Ces baies que tu m'as données...

— Les ossiles ?

— Il t'en reste ? »

Il s'est tourné vers son sac et en a sorti la petite sacoche de cuir. Dedans se trouvait une pochette qui contenait les baies. Il en a versé une poignée dans sa paume et l'a déposée dans ma main ouverte.

« Seulement deux à la fois, m'a-t-il rappelé.

— Que tes efforts soient bénis », l'ai-je spontanément remercié en avalant les baies, avant d'aller me rallonger.

J'ai lentement fait tourner mes poignets jusqu'à me rendormir.

Le lendemain, le Mage a joué avec le destin et nous a de nouveau laissés seuls, Ambiades, Sophos et moi. Il pensait avoir aperçu un feu entre les arbres au cours de la nuit et voulait s'assurer que personne n'avait campé là, à nous observer traverser la dystopie. Pol et lui sont partis en éclaireurs. Avant de s'en aller, Pol a tendu leurs épées en bois à Ambiades et Sophos en leur ordonnant de s'entraîner et de ne rien faire d'autre. Ambiades a fait semblant de ne pas comprendre, mais Sophos a vigoureusement hoché la tête. Ils s'étiraient quand Pol et le Mage ont disparu hors de notre vue.

Dès qu'ils ont été partis, Ambiades s'est tourné vers Sophos et lui a donné un petit coup dans les côtes avec son épée.

« Debout, on y va, a-t-il dit.

— Je n'ai pas fini mes exercices, a protesté Sophos.

— Oh, oublie ça. Tu t'échaufferas en esquivant mes attaques. »

Sophos s'est donc mis en position, et ils ont commencé à se tourner autour. Je les regardais de l'endroit où je me tenais allongé, la tête appuyée contre une selle. Ambiades a frappé au-dessus de la ligne de défense de Sophos, mais celui-ci s'est rappelé sa leçon et a fait un pas de côté pour parer. Cependant, il a oublié de contre-attaquer, si bien que, lorsqu'il s'est souvenu de le faire, Ambiades s'était déjà remis en garde.

« Bonne parade », a commenté ce dernier en tâchant de masquer sa surprise, avant de frapper encore.

Sophos a de nouveau paré, mais il avait sous-estimé la force du coup et a dû reculer pour garder l'équilibre. Alors qu'il battait en retraite, Ambiades s'est avancé et lui a porté un autre coup dans les côtes. Sophos a baissé son coude pour se protéger, mais trop tard – comme si un bras pouvait parer une épée dans un vrai combat. En retirant son épée, Ambiades est parvenu à le frapper au passage. Sophos a poussé un cri. Prenant un air supérieur, Ambiades a fait comme s'il n'entendait rien.

Il a ensuite acculé Sophos et, sous couvert d'entraînement, lui a assené une série d'attaques et de bleus que le jeune apprenti mettrait un mois à oublier. Il fallait que je lui offre quelques conseils.

« Écoute, ai-je lancé tandis qu'ils se désengageaient, chaque fois qu'il essaie de contourner ta défense, il laisse son côté droit vulnérable. Place-toi à gauche pour parer puis contre-attaque aussitôt au niveau de sa cage thoracique. »

Je n'étais pas aussi patient que Pol. Je ne pouvais pas attendre qu'il trouve la solution par lui-même.

« Pardon », a humblement dit Sophos.

Les épaules voûtées, il frottait son coude endolori. Il avait lâché son épée.

« Je ne suis pas assez rapide, c'est tout. Tu es meilleur épéiste que moi, Ambiades. »

Celui-ci a haussé les épaules comme pour dire que c'était évident, et Sophos a rougi. J'ai soupiré avec dédain.

« Tout ce que ça prouve, ai-je dit, c'est qu'Ambiades fait quinze centimètres de plus que toi et que son épée est plus longue, tout comme le bras qui la tient. »

L'air suffisant s'est envolé, et Ambiades s'est tourné vers moi.

« Qu'est-ce que tu y connais, au combat à l'épée ?

— Ta défense est piteuse. N'importe quel adversaire de ta taille te mettrait en pièces.

— Tu parles de toi ?

— Je ne fais pas ta taille.

— Lâche.

— Pas du tout. Si je me levais pour te mettre une raclée, Pol me corrigerait à son retour. Or, j'ai une tâche à accomplir, et je n'aime pas travailler couvert de bleus.

— Pol n'en saurait rien.

— Bien sûr que non... »

Ambiades est venu se planter au-dessus de moi.

« Tu n'es qu'un lâche toujours prêt à se trouver des excuses. »

Il m'a donné un coup de pied dans les côtes. Ce n'était pas violent. Mais tout de même assez fort pour laisser un hématome sur un muscle dont je pourrais avoir besoin à un moment ou à un autre.

« Ambiades, arrête ! a crié Sophos, horrifié.

— Si tu recommences, je raconte tout au Mage », l'ai-je menacé.

Il s'est penché au-dessus de moi, son visage déformé par le dégoût.

« La petite raclure est incapable de se battre.

— Non, ai-je rétorqué. La petite raclure s'est fait enrôler dans l'infanterie et doit aller au front pour un roi qui ne sert à rien, pendant que les parasites comme toi regardent.

— Gen, a protesté Sophos, ce n'est pas très loyal envers le roi.

— Et alors ? ai-je fait.

— Ça te surprend, Sophos ? » Le mépris d'Ambiades l'a fait se tortiller. « Les gens de son espèce ne servent jamais qu'eux-mêmes.

— Ah oui ? Et toi, qui sers-tu exactement ? », ai-je lancé.

Ce qui aurait dû être une pique anecdotique a fait mouche. Le visage d'Ambiades s'est contracté, et il a lancé sa jambe, sauf que cette fois il m'aurait brisé les côtes si je n'avais pas roulé pour l'éviter. Lorsqu'il a levé le pied pour m'écraser la tête de sa botte, j'ai attrapé son talon et lui ai fait perdre l'équilibre avant de me retourner dans un nuage de poussière. La manœuvre l'a fait basculer au sol. J'étais quasiment debout, prêt à bondir, quand Pol et le Mage sont réapparus.

Ce dernier a levé les sourcils. Nous avons fait comme si de rien n'était. Ambiades s'est relevé et s'est mis à épousseter son épée. Je me suis rallongé, la tête contre la selle.

« Aucun désagrément, j'espère ? », a demandé le Mage.

Personne ne lui a répondu.

Après que le Mage et Pol eurent échangé à voix basse, nous avons laissé les chevaux à Ambiades. Le Mage avait voulu laisser Sophos, mais Pol refusait qu'il soit seul ou qu'il reste en compagnie d'Ambiades. Vraisemblablement, la relation entre Sophos et son idole continuait à se dégrader.

C'est ainsi que le Mage, Pol, Sophos et moi sommes partis en reconnaissance dans la dystopie. J'étais plus qu'heureux de laisser Incapable L'Ancien derrière. Nous avons marché toute la journée, le Mage en tête suivant sa boussole. Il n'y avait aucune piste, aussi nous sommes-nous frayé un chemin entre, quand ce n'était pas par-dessus, des blocs de lave poreuse aux formes étranges. Nous transportions de quoi boire car aucun cours d'eau ne traversait la dystopie, même s'il devait y en avoir sous terre, à en juger par la présence de touffes d'herbe et de quelques buissons. En dehors de ça, la zone était sèche, ne laissant apparaître que des brindilles et des épines qui, à notre passage, s'accrochaient à nos vêtements. La surface rugueuse des rochers, quant à elle, déchirait les tissus et égratignait jusqu'au sang toute peau qui l'effleurait.

Le Mage a expliqué à Sophos que si davantage d'eau pouvait couler à travers la lave, celle-ci se muerait lentement mais sûrement en un riche terreau. Cependant, cette zone se trouvait un peu plus en altitude que la mer des Oliviers et il n'y coulait qu'une unique rivière, l'Aracthus.

« L'Aracthus a creusé un canyon qu'il continue d'éroder au fil du temps. Et, plus bas, il rejoint les plaines et y déverse tous les minéraux qu'il a collectés ici. Ces terres-là sont les plus fertiles d'Attolie.

— Et la mer des Oliviers ? a demandé Sophos.

— C'est un bassin pour les pluies hivernales qui tombent sur la dystopie. Lorsque la pluie cesse, la plupart des criques se vident et la terre est incultivable. C'est pourquoi on y a planté uniquement des oliviers, avant que l'endroit ne soit laissé à l'abandon. »

Traverser la dystopie m'a de nouveau donné l'impression d'être un insecte offert aux regards. N'ayant pas grandi dans de tels décors, j'étais de plus en plus mal à l'aise, et je regrettais que le ciel ne fût pas davantage bouché. La montagne avait beau s'élever en falaises à ma gauche, leur escarpement m'excluait au lieu de m'envelopper. Je m'étais senti plus à l'aise dans la mer des Oliviers.

Alors que le soleil se couchait, nous sommes arrivés devant l'Aracthus et avons tourné vers l'amont, en direction de la montagne. J'ai tâché d'ignorer l'infinité du monde qui s'étirait derrière moi. Quelques arbres et buissons poussaient sur la rive, si bien que l'épanchement de lave m'est apparu moins stérile. La rivière était étroite mais, pour la majeure partie, profonde. Elle avait creusé un canal à mesure qu'elle sinuait et heurtait les bords rocheux de son lit. De temps en temps, elle se transformait en petits rapides. Et parfois, il nous fallait longer un gouffre où l'eau chutait ; enfin, quand l'Aracthus s'élargissait et devenait moins profond, nous avancions sur ses berges caillouteuses.

Puis nous avons atteint un coude derrière lequel se trouvait une cascade plus importante, de deux ou trois fois ma taille peut-être. À l'opposé, la falaise bordait la rivière. Nous apercevions les stries dans la roche, rouges ou noires. La rive sous nos pieds était quasiment plate, la lave avait été réduite à l'état de sable ; derrière nous s'élevait une colline en pente douce qui masquait la dystopie.

Le Mage s'est arrêté.

« C'est ici, a-t-il dit.

— C'est ici, quoi ? ai-je demandé.

— C'est ici que tu vas te montrer à la hauteur de ta réputation. »

J'ai regardé autour de moi la rocaille et la rivière, puis la terre sableuse sous mes pieds. À vue de nez, il n'y avait rien à voler, voire rien ni personne à des lieues à la ronde.

VIII

« NOUS ALLONS DEVOIR ATTENDRE jusqu'à minuit ou presque, a annoncé le Mage. Autant en profiter pour reprendre des forces. »

Pol a donc défait les sacs et préparé le dîner sur un feu crépitant. Il avait fallu du temps à Sophos pour trouver suffisamment de petit bois, mais il s'en était sorti. Je n'ai pas aidé. J'ai retiré du sol quelques morceaux de roche afin de m'allonger sans être gêné. Puis je me suis étiré les doigts pour les assouplir et j'ai massé mes poignets comme j'ai pu pour empêcher tout raidissement. Je me suis demandé pourquoi le Mage nous avait conduits au milieu de nulle part, mais je ne lui ai pas posé la question. Communiquer avec lui n'était désormais plus vraiment possible. Tandis que Pol cuisinait, je me suis donc assoupi.

J'ai fait le même rêve que la nuit précédente. Je gravissais des marches jusqu'à une pièce exiguë aux murs en marbre. Il n'y avait pas de fenêtres, mais la lueur de la lune entrait par je ne sais où pour éclairer d'une lumière diffuse la robe et les cheveux blancs d'une femme qui semblait m'attendre. Elle portait un péplum des temps anciens qui tombait en plis froncés à ses pieds, comme ces femmes gravées sur les bas-reliefs de vieux autels. Alors que j'entrais, elle a hoché la tête comme si j'étais en retard. J'ai eu l'impression que j'aurais dû la reconnaître, mais ça n'était pas le cas.

« Qui t'envoie ? a-t-elle demandé.

— C'est moi-même.

Viens tu pour offrir ou pour prendre ?

— Pour prendre, ai-je chuchoté, la bouche sèche.

— Alors prends ce que tu cherches, si tu le trouves, mais reste sur tes gardes. N'offense pas les dieux. »

Elle s'est tournée vers la table à côté d'elle. Dessus se trouvait un rouleau de parchemin déplié. Elle a pris un stylet et s'est mise à écrire, ajoutant au bas d'une longue liste mon nom, après lequel elle a fait une petite marque.

Lorsque je me suis réveillé, Pol avait fini de préparer le repas.

Nous avons mangé au clair de lune, puis nous avons patienté. Personne n'osait dire quoi que ce soit, et personne à l'exception du Mage ne savait ce que nous attendions. Pour rompre le silence, il s'est finalement résolu à me demander de lui raconter l'histoire d'Eugènides et les éclairs. Il voulait la comparer à celle qu'il connaissait.

J'ai frotté mon bras sur mon front en bâillant. Je n'étais pas vraiment d'humeur à raconter des histoires, mais je ne souhaitais pas non plus rester assis jusqu'à minuit dans un silence de mort. Je lui en ai donc offert une version légèrement raccourcie.

Eugènides et le grand incendie

Après la naissance d'Eugènides, le bûcheron et son épouse eurent finalement d'autres enfants. Le premier s'appelait Lyopidus. Il était jaloux d'Eugènides, son aîné gâté par les dieux. Si la Terre n'avait pas donné son fils au bûcheron, Lyopidus aurait été le premier fils ; ce détail, il ne l'oublierait jamais. Au dîner, Eugènides s'asseyait à la droite de son père, et quand ils recevaient des invités, c'était Eugènides qui leur offrait une coupe de vin.

Lorsque le dieu Ciel détruisit leur habitation, Lyopidus fut certain qu'Eugènides en porterait le blâme, puisque c'était lui qui avait causé la colère du Ciel. Il voulait que ses parents l'abandonnent dans la forêt mais, après leur avoir soumis l'idée, ceux-ci refusèrent. Lorsque Eugènides vola les éclairs au Ciel et devint immortel, la jalousie de Lyopidus se mua en haine.

Eugènides connaissait les sentiments de son frère, aussi, pour y échapper, il partit voyager à travers le monde. Désormais, Lyopidus pouvait s'asseoir à la droite de son père et offrir une coupe de vin aux invités, mais il n'était toujours pas heureux. Lorsque le dieu Ciel se présenta à lui sous l'apparence d'un conducteur de char de course et lui proposa un plan pour humilier Eugènides, Lyopidus était tout disposé à l'écouter.

Le dieu Ciel emmena Lyopidus dans son char et lui fit traverser la Mer du milieu jusqu'à la demeure où vivait Eugènides. Lyopidus frappa à sa porte et dit : « Voici un étranger qui demande à partager ta coupe de vin. »

En le voyant, Eugènides répondit : « Mon frère, tu n'es pas un étranger pour moi. Pourquoi demandes-tu à partager ma coupe de vin tel un invité, alors que tu peux disposer de tout ce que je possède, comme un parent ?

— Eugènides, dit Lyopidus, par le passé j'ai nourri de l'animosité contre toi, mais tous ces griefs ont aujourd'hui disparu. C'est pourquoi je me présente en tant qu'étranger, et c'est en inconnu que je demande à partager ta coupe de vin et être ton hôte. Tu pourras ainsi juger si tu m'apprécies et si tu accepteras de m'appeler ton ami autant que ton frère. »

Eugènides le crut. Il alla donc chercher une coupe de vin et la partagea avec Lyopidus, qu'il appela son hôte. Or Lyopidus n'était nullement son ami ni même un invité respectable. Il posa de nombreuses questions à son frère, notamment sur la façon dont il chassait et vivait, et sur les richesses qu'il possédait. Avait-il un miroir de Samos ? Un collier d'ambre ? Des bracelets en or ? Une marmite en acier ? Chaque fois, Eugènides répondait que non, jusqu'à ce que Lyopidus laisse échapper : « Alors là, je suis surpris. Venant d'un des fils de la Terre.

— La Terre ne me donne rien qu'elle ne donne à tous les hommes, expliqua Eugènides. Je peux difficilement lui demander d'offrir une marmite à tous les hommes afin d'en obtenir une.

— Ah. Et pourquoi ne pas en voler une ? Comme tu as volé les éclairs du Ciel ? Mais non, ajouta Lyopidus, plantant ses hameçons, je ne pense pas que tu serais capable de reproduire une telle merveille.

— Si, bien sûr, répondit Eugènides, se laissant prendre au piège. Si je le voulais.

— Ah », fit Lyopidus.

Et tous les jours, Lyopidus tirait sur les hameçons qu'il avait accrochés dans la chair d'Eugènides et le suppliait d'accomplir quelque merveilleux exploit. « Je pourrais aller le raconter à nos parents, justifiait-il. Ils sont sans nouvelles de toi depuis si longtemps. »

Eugènides parvint à esquiver ses requêtes un temps, mais Lyopidus attisa sa suffisance, lui répétant encore et encore combien il avait été rusé lorsqu'il avait vaincu le dieu Ciel, et combien plus rusé il deviendrait si seulement il cherchait à l'être. Par exemple, il pourrait de nouveau voler les éclairs, pour le simple plaisir de l'aventure, avant de les rendre à Héphestia. Lyopidus savait que la déesse avait un faible pour son demi-frère, mi-homme mi-dieu, et qu'elle ne serait pas en colère d'avoir été dupée.

Eugènides finit par accepter. Il était impatient d'impressionner Lyopidus, croyant que ce dernier voulait être son ami aussi bien que son frère.

Un soir, il grimpa donc dans un sapin qui poussait dans une grande vallée des monts Héphestial et attendit la déesse, en chemin pour son temple au sommet de la montagne. À son passage, Eugènides tendit le bras et souleva si doucement les éclairs accrochés dans son dos qu'elle ne se rendit compte de rien.

Il les rapporta chez lui et les montra à Lyopidus, qui feignit d'être impressionné.

« Tu pourrais en lancer un, dit-il. Si j'essayais de le faire, j'en mourrais, mais toi, tu es à moitié divin.

— C'est possible, répondit Eugènides.

— Alors essaie. Juste un petit. »

Lyopidus insista et l'amadoua tant et plus que, pour lui faire plaisir, Eugènides accepta. Il choisit un éclair parmi les plus fins et le lança sur un arbre, contre lequel il explosa avant d'embraser le monde.

Le Ciel se rendit sans tarder chez sa fille et dit : « Où sont les éclairs que je t'ai prêtés ?

— Ici, à mon épaule, Père », répondit Héphestia, mais les éclairs n'y étaient plus.

La déesse crut qu'elle les avait peut-être fait tomber dans la vallée, si bien que le Ciel lui ordonna d'y retourner, et il l'accompagna pour l'aider dans ses recherches.

« Puisque tu fais preuve d'autant de négligence, poursuivit-il, je ne suis pas sûr de te les rendre si je les retrouve. »

Depuis la vallée, Héphestia ne pouvait voir l'incendie, aussi le monde continua-t-il de brûler. Les oliviers brûlèrent et la demeure d'Eugènides brûla. L'incendie prit de l'ampleur et Lyopidus eut peur : « Tu es immortel, dit-il à son frère, mais moi, je vais mourir. » Eugènides lui prit la main, et ils essayèrent d'échapper aux flammes. Le feu finit pourtant par les encercler. Dans sa frayeur, Lyopidus cria que c'était le Ciel qui l'avait poussé à piéger son frère ; il l'appela à la rescousse, mais n'obtint aucune réponse. Même s'il ne le méritait pas, Eugènides l'aimait, si bien qu'il essaya de le mettre hors de danger. Mais il n'y parvint pas, et c'est ainsi que Lyopidus mourut brûlé dans ses bras tandis que Héphestia et son père marchaient en silence parmi les sapins.

Hamiathes était le roi d'une de ces petites vallées montagneuses, et ne pouvait les laisser s'embraser. Il baissa les yeux depuis son mégaron et vit le monde en flammes où se tenaient Eugènides et son frère, de sorte qu'il devina le reste de leurs mésaventures. Il quitta son mégaron et traversa un cours d'eau pour trouver la grande déesse dans son temple, mais celui-ci était vide. Il retourna au bord de l'eau, où il rencontra le dieu de la rivière, l'un des fils du Ciel.

« Le monde brûle, annonça-t-il.

— Moi, je ne brûlerai pas, dit le dieu. Je suis de l'eau.

— Même l'eau peut pâtir d'un incendie, rétorqua Hamiathes, songeant à ceux provoqués par l'altercation entre le Ciel et la Terre.

— Où est le feu ?

— Plus bas, dans les plaines.

— Au-dessus de mon cours, ou en dessous ?

— En dessous.

— Alors je n'ai pas à m'inquiéter.

— Mais Eugènides va souffrir.

— Eugènides est l'ennemi de mon père », rétorqua la rivière, et, comprenant qu'il n'obtiendrait aucune aide, Hamiathes resta un moment silencieux et observa le monde brûler et Lyopidus mourir. Eugènides, lui, brûla aussi mais ne mourut pas.

« Regarde, dit-il à la rivière, Eugènides porte les éclairs de ton père.

— Ils n'appartiennent plus à mon père, répliqua la rivière, maussade. Que Héphestia les récupère elle-même.

— Si tu le faisais, tu pourrais les donner à ton père, et non pas à Héphestia, fit remarquer Hamiathes.

— En effet », fit la rivière, avant d'ajouter : « Dis-moi vers où dévier mon cours, que je puisse aller les chercher. »

Hamiathes le lui indiqua.

« Si, à cet endroit, tu dévies de ton cours et t'élances de toutes tes forces, tu couleras jusqu'à Eugènides. »

La rivière suivit ces instructions et, alors qu'elle se déversait dans la plaine, elle traversa le cœur de l'incendie et l'éteignit ; en atteignant Eugènides, sa force s'était presque tarie. Une vague renversa le demi-dieu en même temps que les éclairs qu'il refusait de lâcher, et le nouveau cours de la rivière les fit dériver jusqu'à la Séperchia, la fille de la Terre.

« Tu es fatigué, dit cette dernière à la rivière. Donne-moi les éclairs, que je les rende à ma sœur. »

Tandis que la rivière et Séperchia se disputaient la possession des éclairs, Hamiathes se rendit au temple de la grande déesse Héphestia pour attendre son retour. Et Eugènides, que les deux cours d'eau avaient oublié, nagea jusqu'à la rive et sortit de l'eau, aussi noir qu'un pain carbonisé. Voilà pourquoi, seul parmi les dieux, Eugènides a la peau sombre comme les Nimbiens qui peuplent l'autre extrémité de la Mer du milieu.

Ce n'était pas mon histoire préférée, et j'aurais souhaité qu'à cet instant on ne la fasse pas ressurgir dans mon esprit, alors que j'avais une mission à accomplir.

« Est-ce que vous saviez, ai-je demandé au Mage, qu'on dit d'une personne très intelligente qu'elle est “assez rusée pour voler le Don d'Hamiathes” ? »

Le Mage a penché la tête de côté.

« Non, je l'ignorais. Ce dicton est-il usité seulement parmi le peuple de ta mère ?

— Je ne sais pas, ai-je répondu en haussant les épaules. Mais je sais ce qui arrivait à ceux qui essayaient de le voler et se faisaient prendre.

— Pas moi », a avoué le Mage, surpris par cette nouvelle lacune dans ses connaissances. En revanche, il n'était pas étonné que je puisse le savoir. J'imagine que les crimes et les châtiments sont des choses que suivent de près la plupart des voleurs.

« On leur faisait descendre la montagne.

— C'est peut-être ce qui est arrivé à ta mère, la raison de son départ d'Eddis. »

Il me taquinait, s'efforçant de me remonter le moral. Soit sa colère était passée, soit c'est ce qu'il voulait me faire croire.

« Pas “descendre la montagne” au sens d'un exil, ai-je repris avant de mimer, un doigt en l'air, la chute de quelqu'un depuis un endroit élevé. Mais *descendre* la montagne.

— Oh. »

Nous sommes de nouveau restés sans rien dire. Un quart d'heure a passé avant que nous ne percevions le bruit que le Mage attendait : une variation dans le flux de la rivière à nos côtés. Se levant, le Mage s'est tourné pour la regarder. J'ai fait pareil, et en l'espace de quelques battements de cœur, la rivière s'est vidée, son niveau baissant au plus bas. L'écoulement d'eau s'est arrêté, puis il est revenu en flots saccadés avant de s'arrêter derechef. C'était comme si les dieux avaient actionné une pompe géante quelque part ; nos oreilles, qui avaient cessé d'enregistrer le ressac permanent, résonnaient désormais du silence de son absence.

Je suis resté bouche bée un moment, avant de comprendre qu'il y avait quelque part en amont une retenue d'eau et qu'on devait alimenter l'Aracthus par une écluse. Lorsqu'à la fin de l'été le niveau de la retenue était trop bas, l'écluse était fermée et la rivière disparaissait. J'ai secoué la tête d'émerveillement.

Dans la roche saillante où s'était trouvée la cascade, est apparue une entrée taillée dans la pierre, flanquée de deux colonnes en granit. Entre les colonnes, il y avait une porte fendue de meurtrières plus larges en leur centre qu'à leurs extrémités. L'eau de la rivière finissait de s'écouler de ces fentes avant de rejoindre une sorte de bassin en contrebas.

« J'aurais préféré que nous arrivions ici plus tôt afin que tu puisses te reposer du voyage, a dit le Mage. L'eau va se remettre à couler juste avant l'aube. Il faudra que tu sois déjà sorti, car je pense que le temple va rapidement être submergé. Je suppose que tu vas avoir besoin de ça. »

Il m'a tendu les outils de ma profession, enveloppés dans une housse en cuir souple.

Je les ai reconnus.

« Ce sont les miens.

— Oui, ce sont ceux qui t'ont été confisqués lors de ton arrestation. N'étant pas voleur, je n'étais pas sûr de pouvoir t'équiper comme il convient. »

Mon estomac s'est serré comme il ne l'avait pas fait depuis l'interrogatoire avec le roi.

« Alors, c'était votre plan depuis le début ? ai-je demandé.
— Oh, oui, exactement. L'homme auprès de qui tu t'es vanté dans la taverne était l'un de mes agents. Et pas un simple mouchard. »

Un sifflement silencieux m'a traversé l'esprit, songeant aux rebondissements de cette aventure.

« J'ai besoin de lumière, ai-je repris.
— Pol va t'en donner. »

Me retournant, j'ai vu celui-ci me tendre une lampe.

« Il y a de l'huile pour six heures.
— Et un pied de biche ? », ai-je demandé.

C'était le seul outil indispensable qu'à cause de sa taille, je ne transportais habituellement pas avec le reste de mon équipement. Pol en avait un, il est allé le chercher dans son sac. Je me suis approché de la rive, où l'eau ondulait encore, même s'il n'en restait presque plus.

« Si mes calculs sont bons, ça va s'arrêter de couler comme ça quatre nuits de suite, cette année. Nous en sommes à la deuxième. Ne va pas te noyer à la première tentative », m'a prévenu le Mage.

Pol m'a tendu le pied de biche. C'était réconfortant d'avoir cette barre de métal en mains, même si j'étais sûr qu'il n'y avait nulle créature vivante dans ce temple. Impossible de mettre des chiens de garde dans un lieu inondé quasiment toute l'année. *Des serpents ?* ai-je pensé. *On pouvait y avoir mis des serpents.*

J'ai encore attendu une demi-heure que le ruissellement par les meurtrières s'amenuise. Je suis ensuite entré dans le bassin. De l'eau jusqu'aux chevilles, je me suis tourné vers le Mage : « Vous savez si d'autres ont essayé avant nous ?
— Je crois qu'il y a eu plusieurs tentatives.
— Et ?
— Personne n'est revenu.
— De l'intérieur du temple ?
— Personne qui y soit entré n'est jamais revenu. Pas plus que le reste des membres de chaque équipée. J'ignore de

quelle façon cela arrivera, mais si tu échoues, nous sommes tous perdus. »

Il a souri et a vaguement agité la main en guise de bénédiction.

J'ai hoché la tête et me suis de nouveau tourné vers l'entrée. En m'approchant, je me suis demandé quand tout ceci avait été bâti. J'ai fait courir ma main sur le granit lisse de l'une des colonnes. On y sentait de légères ondulations, là où la pierre avait jadis été cannelée. La porte entre les colonnes était elle aussi en pierre. Le bois aurait pourri, et le métal, rouillé. J'ai enfoncé mon doigt dans l'une des fentes, que des années d'écoulement avaient élargie. Elle paraissait fine en comparaison des dimensions de la porte, mais était plus large que ma main, même à ses extrémités.

La porte se trouvait près d'un mètre au-dessus du niveau du bassin, aussi me suis-je hissé jusqu'au seuil en prenant garde de ne pas renverser l'huile de la lampe. Même les gonds étaient en pierre, ce qui en rendait l'ouverture ardue ; en revanche, il n'y avait pas de verrou. J'ai dû pousser non seulement le poids de la porte, mais aussi celui de l'eau encore derrière. Alors que je forçais, j'ai marmonné – pour la forme – une prière au dieu des voleurs. Une pratique superstitieuse que mon grand-père avait enracinée en moi. « Dis une prière avant de commencer ton travail, dis-en une quand tu as fini, et une fois par mois, dépose une offrande sur l'autel d'Eugènides. » Pour ma part, j'aimais offrir des boucles d'oreilles. Mon grand-père préférait laisser des fibules.

La lourde porte s'est lentement ouverte vers l'intérieur, et, une fois que je fus entré, le courant l'a sèchement refermée derrière moi. J'étais trempé jusqu'à la taille, mais l'eau qui cascadait d'un escalier face à moi ne montait pas à plus de quelques centimètres. Seulement, elle s'écoulait si vite que j'ai dû faire attention à bien poser mes pieds tandis que je grimpais les marches escarpées jusqu'à la pièce au-dessus. C'est là que j'ai reconnu l'endroit que j'avais vu en rêve.

Les murs en marbre étaient maculés de vase, et le sol baignait dans l'eau qui s'échappait d'une grille décorative au bas d'une porte.

Le clair de lune dont j'avais rêvé tombait d'un orifice irrégulier dans le plafond ; cependant nulle femme en péplum blanc ne m'attendait. Il n'y avait pas non plus de table dorée et de rouleau de parchemin.

J'ai levé la tête vers le trou. Lorsque la rivière reviendrait, elle envahirait d'abord cette salle, avant d'immerger le hall. Une fois le temple inondé, l'eau monterait jusqu'au plafond pour ressurgir dans la cascade, ce qui masquerait la porte en pierre. Une œuvre de génie. Je me suis encore questionné sur l'époque où elle avait été construite : si le temple avait effectivement été conçu pour accueillir le Don d'Hamiathes, c'était il y a cinq cents ans.

Alors que je traversais la pièce jusqu'à la porte, je me suis rappelé les questions de la femme en blanc. Si j'avais été croyant, je me serais sans doute arrêté pour prier. Toutefois, l'idée ne m'est même pas venue.

Cette porte était également en pierre, mais sa moitié basse était constituée d'une grille à barreaux, ce qui permettait le passage de l'eau. Elle n'avait pas de verrou, juste un loquet : une barre en pierre fixée à un crochet. L'écart entre les barreaux permettait d'ouvrir le loquet depuis chaque côté. Je me suis arrêté pour allumer la lampe, puis j'ai poussé la porte. Elle aussi s'est refermée en claquant derrière moi.

De l'autre côté, un couloir partait dans deux directions. Il était si étroit que mes épaules frôlaient les murs. Grumeleux et détrempés, ceux-ci s'incurvaient près du plafond pour former une arche dont le sommet demeurait invisible à la faible lueur de ma lampe. À droite comme à gauche, le couloir s'étirait sur environ trois mètres avant de faire un coude débouchant sur une porte verrouillée. Là, où l'écoulement était étrangement plus faible, les portes et leurs verrous étaient en métal. Il n'y avait néanmoins aucune trace de rouille.

Les verrous étaient complexes, il m'a donc fallu plusieurs minutes avant de parvenir à ouvrir la porte de droite. Au-delà se trouvait un autre passage étroit, qui lui aussi finissait sur une porte semblable à celle que je tenais ouverte. Avec un soupir, j'ai cherché autour de moi quelque chose qui ne soit pas mon pied pour la bloquer. Je ne voulais pas avoir à la rouvrir pour sortir d'ici.

Il n'y avait pas un seul caillou. J'avais certes la housse en cuir dans laquelle je transportais mes outils et le pied de biche, mais hors de question que je me défasse de lui. En fin de compte, je me suis servi d'une de mes bottines. De toute façon, elles étaient trempées et trop lourdes pour être confortables. Je les ai ôtées et en ai glissé une sous ma ceinture, au cas où j'en aurais besoin plus tard. J'ai coincé l'autre sous le battant de manière que celui-ci ne se reverrouille pas en claquant derrière moi. Pieds nus, j'ai progressé prudemment le long du couloir noyé sous plusieurs centimètres d'eau. Je n'étais qu'à mi-chemin de la porte opposée quand la lumière de ma lampe m'a fait remarquer un détail : elle était parfaitement lisse. Si elle était effectivement dotée d'un verrou, il n'y avait de ce côté-ci du battant aucune serrure qui me permettrait de l'ouvrir.

« Dieux, ai-je dit à voix haute, oh, dieux ! », avant de faire volte-face au moment où l'eau balayait ma bottine coincée sous le battant et que celui-ci commençait à se refermer.

J'ai bondi – quatre immenses foulées – et je me suis jeté tête la première pour glisser ma main dans l'entrebâillement. Le métal a mordu mes doigts, mais je les y ai laissés jusqu'à pouvoir introduire mon autre main dans la précieuse ouverture. Comme celle de l'autre côté, cette porte était parfaitement lisse de l'intérieur.

J'ai passé le seuil à quatre pattes et me suis assis en me suçant les doigts qui avaient été pincés. J'avais encore mes outils, mais j'avais fait tomber le pied de biche et la lampe. La seule source de lumière provenait désormais de la lune qui s'infiltrait par la grille un peu plus loin. C'était peu.

Lorsque mon cœur a cessé de cogner et que la douleur s'est atténuée, je me suis mis à faire les cent pas. Ça ne servait à rien d'ouvrir ces portes sans pouvoir les bloquer, mais je ne voulais pas perdre de temps à revenir auprès du Mage pour récupérer une autre lampe, un pied de biche et de quoi les maintenir ouvertes. En vérité, je ne voulais pas avouer que j'avais failli être définitivement coincé entre ces murs avant même d'atteindre le centre du temple. D'autant que je ne serais pas mort immédiatement une fois pris au piège ; je ne me serais noyé qu'au matin, lorsque la rivière serait remontée. À cette pensée, mon cœur s'est remis à battre à tout rompre. J'étais un voleur, ai-je dû me rappeler, doté d'un certain talent, sans quoi je me serais fait avoir. J'ai décidé de vérifier la seconde porte avant de chercher avec quoi les caler.

Je n'avais pas besoin de lumière pour travailler, mais la pulpe de plusieurs doigts de ma main droite était entaillée et engourdie, ce qui a compliqué le crochetage. Une fois la porte ouverte, j'ai cherché la présence d'une serrure sur le côté opposé, et me suis assuré qu'il s'agissait bien d'une vraie, et non d'un trou percé pour me tromper. Lorsque j'ai été certain de pouvoir accéder au mécanisme, j'ai bloqué la porte au moyen de ma chaussure restante – l'autre était perdue – avant d'avancer. Devant moi, l'obscurité. Sans lampe à huile, j'ignorais si ce couloir ressemblait au premier.

J'ai enfoncé mes mains dans les poches du pantalon que le Mage m'avait fourni. L'une était détrempée, l'autre, relativement sèche. Il y avait des allumettes dans les deux. Au cours de notre première nuit de voyage, j'avais volé dans l'auberge un petit étui en argent contenant des allumettes soufrées, et j'en avais pris cinq ou six autres la nuit d'après. Les allumettes que j'avais empruntées à Pol étaient enveloppées dans un morceau de papier huilé. L'eau ne devait pas les avoir atteintes. J'avais aussi, à l'intérieur de ma poche sèche, un petit couteau pliant qui avait un jour appartenu à l'un de nos voisins de table, plusieurs lanières en cuir, un morceau plus long de ficelle en coton et la fibule avec laquelle le Mage fermait sa cape. Cet imbécile pensait l'avoir égarée avant son dernier bain. Dans la poche mouillée se trouvaient quelques écus, deux morceaux de bœuf séché et le peigne d'Ambiades. Je me suis demandé s'il s'était déjà rendu compte de sa disparition.

J'ai mis un morceau de bœuf dans ma bouche et l'ai mâchonné tout en réfléchissant. Je pouvais toujours faire demi-tour pour aller chercher de quoi maintenir les portes ouvertes et une autre lampe, mais je n'en avais pas réellement besoin. Pas un instant, je n'ai douté de mon habileté à crocheter n'importe quel verrou, du moment qu'il y avait une serrure, et j'étais habitué à travailler sans lumière. J'ai néanmoins sorti une allumette et l'ai grattée. Devant moi s'étendait un couloir creusé dans la roche, se finissant par une porte métallique. Je me suis avancé. L'allumette s'est consumée jusqu'à mes doigts ; j'ai soufflé dessus et j'ai poursuivi dans le noir.

La porte était verrouillée. Une fois ouverte, j'ai dû la laisser se refermer, non sans avoir d'abord vérifié que je pourrais la rouvrir depuis l'autre côté. Après elle, encore un couloir semblable aux précédents. J'ai gratté une nouvelle allumette, puis j'ai avancé à tâtons dans la pénombre en faisant glisser ma main sur le mur pour me guider. Le sol était inégal, et je me suis cogné l'orteil avant de penser à poser les pieds avec plus de prudence. Je progressais sans précipitation. Mes doigts ont alors effleuré quelque chose de froid, dur et parfaitement lisse. M'arrêtant pour mieux sentir, j'ai sacrifié une allumette de plus pour éclairer ma découverte. C'était du verre héphestial, de l'obsidienne formée lorsque la roche était entrée en fusion avant de se répandre sur cette partie du monde. Dans les temps anciens, on l'avait extrait pour fabriquer des pointes de flèches et de lances. C'était encore un matériau convoité pour les bijoux et les lames des poignards d'apparat. Le bloc devant moi faisait la taille de ma tête et m'aurait rapporté une fortune si j'avais pu le déloger.

J'ai poursuivi mon chemin et, en tâtonnant, j'ai touché un autre bloc, puis encore un autre. Grâce à une allumette, j'ai découvert que je me trouvais à une intersection. J'ai passé la nuit à marcher dans les couloirs de ce labyrinthe creusé à même la falaise. Perplexe, j'y ai erré.

À un moment, j'ai été surpris de me retrouver devant la porte par laquelle j'étais entré. Je ne m'étais pas attendu à ce qu'elle surgisse au bout d'un nouveau couloir, si bien que je me suis arrêté pour réfléchir. Dessiner la carte mentale d'un lieu arpenté dans l'obscurité n'était pas chose facile, mais j'avais une certaine pratique. J'étais convaincu que je n'aurais jamais dû revenir à cet endroit. J'ai encore usé d'une allumette et vérifié le trou de la serrure, avant de forcer le verrou à l'aide de mes outils. Le battant ouvert, j'ai passé la main de l'autre côté sans y découvrir le moindre trou. Quoique identique, ce n'était donc pas la porte par laquelle j'étais arrivé. Pourtant, même les aspérités sur les murs de part et d'autre semblaient similaires. Je me trouvais à l'autre extrémité du piège. J'ai utilisé une autre allumette – il ne m'en restait plus que sept –, et sur le sol, plus loin devant moi, gisait le pied de biche, et plus loin encore, renversée sur le côté, la petite lampe en cuivre.

Évidemment, ai-je pensé. *Dès l'instant où je vais passer le seuil pour les récupérer, la porte va se refermer et je serai coincé ici à jamais. Non merci.* Mais à présent, j'avais vraiment besoin de cette lampe, donc, du pied, j'ai maintenu le battant ouvert – il était lourd et m'a pincé la peau – tandis que j'ôtais ma surchemise et mon tricot de corps afin de les coincer fermement dessous. À moitié nu et frissonnant, j'ai foncé droit dans le piège, ramassé mes affaires (sans voir aucun signe de ma bottine) et fait demi-tour en courant, sain et sauf.

De l'huile avait coulé de la lampe, mais il en restait encore beaucoup. L'allumant, j'ai continué d'explorer les couloirs que j'avais parcourus à tâtons. Ce n'était pas un immense labyrinthe, du moins pas assez vaste pour qu'on s'y perde.

J'ai songé au temple de la déesse de la source auquel nous nous étions arrêtés lors de notre ascension. Un petit temple pour une divinité mineure ; ce labyrinthe-ci n'était pas beaucoup plus grand, peut-être deux ou trois fois plus. En outre, il semblait ne pas y avoir de temple à proprement parler ici, enfin pas comme j'avais l'habitude d'en voir. Il n'y avait pas de naos, donc évidemment pas de pronaos, ni d'autel ni de statues de dieux ou de leurs adorateurs. Plus important encore, il n'y avait pas d'opisthodome – pas de salle au trésor renfermant de précieuses offrandes. Au lieu de tout ça, il y avait ce labyrinthe de couloirs creusés dans la pierre.

J'aurais pu croire que le Mage s'était fait berner s'il n'y avait eu ce petit quelque chose : tout au fond, à l'endroit le plus éloigné de l'entrée principale, se trouvait un passage plus large, aux finitions plus soignées. Le sol était en pente, et l'extrémité devait être le point le plus bas du labyrinthe. L'eau qui y stagnait était peu profonde, pas assez, en tout cas, pour couvrir les ossements qui y gisaient depuis des années sans être dérangés par le reflux de l'Aracthus.

Il y avait là des crânes que l'usure avait rendus aussi fragiles que des coquilles d'œufs, des os longs comme des fémurs, et des côtes plus petites et recourbées qui saillaient de la surface noire. Combien de temps fallait-il pour que des os submergés se décomposent ? Cinquante ans ? Cent ? Depuis quand étaient-ils ici et combien d'autres avaient disparu avant eux ? J'ai fait courir mon doigt sur l'eau, frissonnant à cause du froid. Comment se faisait-il qu'autant de personnes en quête du Don d'Hamiathes n'aient laissé aucune trace écrite ? Pourquoi demeurait-il toujours introuvable alors que tant de gens étaient parvenus en ce lieu ? La lumière s'est détournée, masquant une partie des ossements pour en révéler d'autres, plus petits, encore assemblés sous la forme d'une main. Reculant, j'ai quitté cet endroit et suis retourné vérifier chaque couloir, à la recherche d'une issue qui m'aurait échappé.

Il n'y en avait pas, mais en passant avec ma lampe là où je n'avais été que dans l'obscurité, je me suis rendu compte de l'abondance de verre héphestial. Des veines entières sinuaient devant moi, d'une dizaine de centimètres de large et plusieurs mètres de long. Le verre était aussi présent en blocs de soixante centimètres de long et d'un mètre de hauteur. Parfaitement noirs, ils s'irisaient des différentes couleurs de la flamme. On aurait pu croire qu'il s'agissait de sortes de fenêtres, au point que j'ai tenté de regarder à travers, ma main en guise de visière, pour masquer les reflets.

Dans le couloir le plus long, si l'on exceptait le passage jonché d'os, se trouvait un autre énorme bloc d'obsidienne strié de roche. Il commençait un peu au-dessus du sol et montait plus haut que ma tête en un vague quadrilatère saillant. J'ai passé les doigts dessus en songeant aux centaines de colliers, boucles d'oreilles, broches et pointes de lances que l'on pourrait fabriquer avec.

Je me tenais toujours devant lorsque la panique m'a saisi. Les murs ont commencé à m'étouffer, et l'eau, à couler au travers. La flamme de ma lampe a vacillé, et je me suis rappelé que le temps m'était compté. Selon Pol, j'avais de l'huile pour six heures. Certes, j'avais erré longtemps en m'éclairant grâce aux allumettes, mais une partie du combustible avait coulé quand elle m'avait échappé. Combien de temps me restait-il ? J'ai balancé la lampe d'un côté à l'autre tandis que mes pieds se mettaient à avancer de leur propre chef vers la sortie. J'ai fait bien attention de revenir sur mes pas. Un voleur négligent ou en proie au stress aurait pu confondre une porte avec une autre et ne se rendre compte de son erreur que quand il se serait retrouvé piégé, mais je n'allais pas me montrer négligent.

Le sentiment de panique s'est pourtant accru. Au premier verrou, j'ai fait tomber mes outils de leur étui. Les fausses clés, le poinçon, les butoirs à gorges… Tout s'est déversé sur le sol, et j'ai dû me mettre à genoux pour les rassembler. Mes mains tremblaient. J'ai failli refaire pareil avant de parvenir à crocheter la serrure et à passer le seuil, marchant dans une flaque qui n'était pas due au reflux de l'eau. C'était le premier signe que l'Aracthus était en train de remonter.

Haletant, je me suis précipité, oubliant la lampe. Je suis retourné la chercher, puis j'ai fait demi-tour. La porte s'était refermée pendant la nuit, et mon soulier avait été éjecté plus loin. L'eau jaillissait de la grille. Je me suis frénétiquement mis à la tâche. Au moment où le verrou cédait, la porte s'est ouverte en grand (j'ai failli me la prendre en pleine figure) et l'eau qui se trouvait derrière m'a soudain repoussé. Agitant les bras pour garder l'équilibre, j'ai lâché le pied de biche. J'ai remonté le courant en pataugeant de plus en plus, jusqu'à la porte en pierre munie de barreaux qui se trouvait entre moi et l'antichambre du labyrinthe, là où l'eau s'écoulait du plafond.

J'ai soulevé le loquet et ouvert, pour ensuite longer le mur et descendre l'escalier. L'eau ne montait pas encore à plus d'une quinzaine de centimètres, mais elle s'était accumulée au pied de l'entrée en pierre, à l'endroit où son écoulement était limité aux étroites fentes. Avec l'énergie de la peur, j'ai tiré sur la porte : l'eau et moi-même avons jailli de l'embrasure. Le lourd battant s'est aussitôt refermé derrière moi avec une violence à briser les os.

J'ai atterri à quatre pattes dans une flaque, ruisselant et bafouillant. J'avais passé la nuit entière trempé, et je me sentais désormais idiot. Le sentiment de panique m'avait quitté. Le labyrinthe ne serait pas inondé avant des heures. Et il m'aurait été difficile de me noyer dans quinze centimètres d'eau.

Tandis que je me rapprochais de la rive, j'ai imaginé combien ma sortie du bassin devait paraître grotesque. Malgré l'absence de soleil dans le ciel, le paysage était nimbé d'un gris crépusculaire. L'aube ne se lèverait pas avant une heure.

« Tu l'as récupéré ? a demandé le Mage depuis le bord.

— Non. (Je me suis avancé vers lui, maussade et gêné.) Je ne l'ai pas trouvé. Je n'ai rien trouvé. » *Rien, à l'exception d'énormes blocs d'obsidienne.* « Il n'y a pas de naos, pas d'autel, pas de salle au trésor. »

Je lui ai décrit le labyrinthe tout en me hissant sur la berge sableuse.

« Ce n'est pas très grand. »

Il a tendu une main pour m'aider, m'attrapant d'abord au-dessus du poignet puis par le coude.

« Il reste encore deux nuits, a-t-il répondu, optimiste. Viens petit-déjeuner. »

Il a réveillé Pol, qui nous a préparé de quoi nous revigorer. Il avait gardé six œufs dans son sac et un supplément de café. Le Mage m'a trouvé des vêtements secs, et après le repas, je suis allé dormir. Le soleil émergeait à peine à l'horizon.

IX

J'AI DORMI TOUTE LA JOURNÉE, la lumière et le ciel bleu filtrant à travers mes paupières. Après une nuit froide et humide dans le temple labyrinthique, le soleil était une joie en soi, aussi n'ai-je daigné bouger qu'à son coucher. J'avais une nouvelle fois rêvé de la dame dans l'antichambre : ses cheveux étaient retenus en arrière par une rivière de pierres rouge sombre serties d'or. Avec sa plume, elle apposait une deuxième marque à côté de mon nom et paraissait inquiète pour moi. Je m'apprêtais à lui demander où se cachaient le temple, l'autel et la statue de la déesse, lorsque l'odeur du café m'a réveillé.

J'ai poussé un grognement. Les yeux encore fermés, j'ai levé les bras au-dessus de ma tête pour m'étirer. Quelqu'un se tenait debout devant moi. *Sophos ?* ai-je pensé. Et il a posé une petite tasse dans ma main tendue.

« Les dieux te bénissent, ai-je dit.

— Je t'en prie, a sèchement répondu le Mage. Lorsque tu seras revenu parmi les vivants, j'aurai des choses à te demander. »

L'œil mauvais, j'ai bu mon café en prenant mon temps. Il était épais et sucré, et j'ai été déçu d'atteindre le marc.

Le Mage avait un grand nombre de questions. Mais d'abord, il m'a demandé de lui décrire ma nuit dans le temple. Je lui ai parlé des couloirs dans la roche dont les murs formaient une voûte. Je lui ai raconté le piège, et comment j'avais failli y rester coincé. Je ne lui ai rien dit à propos de l'antichambre identique à celle de mes rêves. Moi-même, je n'y croyais pas vraiment. Et ce n'est qu'avec réticence que j'ai mentionné la mare aux ossements.

« Il y avait beaucoup d'os ? », a-t-il voulu savoir.

Quel sadique, ai-je pensé.

« Les crânes étaient en morceaux, mais j'ai vu des fragments de quatre ou cinq, peut-être plus. Quelle importance ?

— Mon prédécesseur est probablement venu ici, a expliqué le Mage. Mais autant que je sache, il était seul. Les autres ossements doivent être plus anciens. Si seulement je savais...

— Savais quoi ?

— Pourquoi des expéditions entières ont disparu après avoir atteint leur but.

— Si seulement je savais comment les os se sont retrouvés entassés au fond du labyrinthe et pas au niveau du piège, bien avant. »

Le Mage a levé la tête pour me regarder, avant de lever également les sourcils.

« Bonne remarque. Quelqu'un les aurait bougés ? »

J'ai haussé les épaules. Je n'en avais aucune idée. Peut-être qu'en cinq cents ans, tous les voleurs venus jusqu'ici s'étaient montrés aussi malins que moi, mais j'avais du mal à y croire. J'examinais le campement quand une pensée m'a traversé l'esprit.

« À votre place, je déplacerais le bivouac, ai-je dit.

— Pourquoi ?

— La rivière fait un coude ici. Nous sommes juste en face de la cascade. Si l'eau remonte plus vite que la nuit dernière, avec la hauteur, elle risque de nous submerger. Vous, Pol et Sophos serez emportés de l'autre côté du banc de sable, pour finir quelque part en aval, sûrement noyés. »

Le Mage a hoché la tête.

« Nous allons changer de place. Finis ton repas. »

Pendant que je mangeais, j'ai demandé à Pol s'il avait de la corde ou de la ficelle. Il me fallait quelque chose de plus long que ce que j'avais dans mes poches. Après le dîner, j'ai enfilé les vêtements que je portais la nuit précédente. Presque tout avait séché pendant que je dormais. Juste après minuit, la rivière s'est remise à clapoter dans son lit, avant de disparaître dans une vision toujours aussi magique. J'ai attendu que l'eau se retire davantage du labyrinthe, puis j'ai saisi la corde que Pol me tendait et suis entré dans le bassin.

Je me suis faufilé par la porte en pierre et j'ai retrouvé une de mes bottines, flottant dans l'eau qui stagnait encore derrière. Le reflux avait fait s'échouer la seconde dans un autre coin de l'antichambre. Je les ai enfilées avec une grimace ; elles étaient glacées. Soulevant le loquet de la première porte, j'ai pénétré dans le labyrinthe. Le temps de déverrouiller les portes métalliques, mon corps avait réchauffé mes chaussures, si bien que j'ai fini par oublier leur inconfort.

Ce n'est pas compliqué d'ouvrir un verrou. Tous fonctionnent de la même manière : de petites gorges maintiennent le mécanisme fermé dans une certaine position, et ouvert dans une autre. Plus il y en a, plus le verrou est coûteux ; mais si un voleur peut forcer un verrou à quatre gorges, il pourra le faire aussi facilement avec six, huit ou douze. Il aura juste besoin d'une clé passe-partout plus longue munie de pannetons ajustables pour déplacer les pivots.

Si l'on veut mettre quelque chose en sûreté, mon conseil serait d'engager un garde à plein temps, du moins, jusqu'à ce qu'on invente des verrous plus efficaces. Ou bien, de cacher son trésor là où personne ne le trouvera. C'est ce que font la plupart des gens. Être capable de trouver des objets de valeur dans des boîtes dissimulées derrière des cadres de lit, ou de se déplacer incognito dans un bâtiment, voilà des atouts plus précieux pour un voleur que celui de venir à bout de n'importe quel verrou. Ça, et ne pas avoir le vertige. Les gens cachent rarement leurs boucles d'oreilles en émeraude dans leur cave.

J'ai bloqué les deux portes métalliques avec des pierres ramassées sur la berge et j'ai déambulé dans les couloirs jusqu'à atteindre la mare aux ossements. Je suis resté un moment à les contempler tandis que la lumière de ma lampe se reflétait dans les eaux noires. Même s'il s'agissait d'une des parties du labyrinthe où le Don d'Hamiathes pourrait très certainement être caché, je ne voulais pas rester là trop longtemps. J'ai arpenté la mare à plusieurs reprises avant de me mettre à en sonder le fond du bout des doigts, remuant la vase et les os. J'ai découvert une bague, puis deux, des boutons en or, en argent et en cuivre, quelques fibules et des broches. Les voleurs venus ici devaient avoir été doués, même si aucun d'entre eux n'avait trouvé ce qu'il était venu chercher. Les broches étaient ornées de lapis-lazuli, d'obsidienne et d'une variété d'autres pierres. Mais aucune n'était le Don d'Hamiathes. L'une des bagues était dotée d'une grosse émeraude gravée d'un motif que je n'ai pas réussi à distinguer dans la pénombre. Elle était trop grande pour mon annulaire, aussi l'ai-je passée à mon pouce. J'ai rejeté le reste de mes découvertes dans l'eau stagnante, les offrant aux dieux.

Quittant cet endroit, je me suis attelé à la tâche fastidieuse de mesurer le labyrinthe à l'aide de la corde de Pol. L'opération m'a pris la nuit. Je finissais à peine quand la panique m'a de nouveau saisi. Les mains tremblantes, j'ai enroulé la corde et me suis précipité vers la sortie. Je courais en atteignant la porte, si bien que j'ai failli buter dessus. Elle était fermée. La pierre qui m'avait servi de cale n'avait pas tenu, alors même que je l'avais soigneusement positionnée de manière qu'elle reste en place quand l'Aracthus remonterait. J'ai fouillé parmi mes outils pour déverrouiller la serrure. J'avançais vers la porte suivante – de ce que je pouvais voir, elle aussi était fermée –, quand mon pied a cogné la pierre qui avait servi de cale et qui gisait là où l'avait projetée le battant en se refermant. Mon autre bottine a heurté le pied de biche que j'avais laissé tomber la nuit précédente. Ce choc-là a été plus douloureux, mais je ne me suis pas arrêté. Boitant, je me suis rué aussi vite que possible vers l'entrée, puis hors du labyrinthe. Ma sortie a peut-être paru plus digne que celle de la veille, mais pas de beaucoup. Le Mage m'attendait sur la berge.

« Alors, tu as réussi ?

— Non.
— Damnation. À quoi as-tu passé la nuit ?
— À trébucher. Il y a quelque chose à manger ? »
Après avoir englouti ma pitance, j'ai demandé au Mage s'il avait du papier. Je savais qu'il possédait un carnet sur lequel il consignait nos journées.
« Souhaites-tu écrire une lettre à ta dulcinée ?
— Qu'est-ce qui vous fait dire que ma dulcinée sait lire ? Taisez-vous donc et allez me chercher de quoi écrire. »
Il a ri et s'est relevé pour aller vers son sac. Il a déchiré une feuille à la fin de son carnet et l'a brandie sous mon nez.
« J'écoute et j'obéis aux ordres, a-t-il souligné. On ne peut pas en dire autant de toi. »
Lui prenant le papier des mains, j'ai remarqué que Sophos nous fixait, abasourdi.
« Qu'est-ce que tu regardes ? ai-je lancé.
— Rien.
— Il est simplement stupéfié par ma bonne humeur, Gen, et par l'empressement docile avec lequel je satisfais tes maussades requêtes », a expliqué le Mage. Puis, se tournant vers Sophos : « J'ai la plus haute estime pour les artisans, et Gen n'est rien d'autre que cela. S'il ne nous rapporte pas le Don d'Hamiathes la nuit prochaine, nous ferions aussi bien de tous les trois nous noyer dans cette rivière plutôt que de retourner auprès du roi pour lui relater notre échec.
— Tous les trois ? ai-je fait en écho. Qu'est-ce qui est censé m'arriver ?
— Oh, a répondu le Mage, agitant une main. Toi, tu seras déjà mort. »
Un frisson m'a parcouru. Sans un mot, je me suis penché sur le papier. À l'aide d'un bout de charbon tiré du feu, j'y ai noté les mesures que j'avais mémorisées. Le labyrinthe a pris forme sous mes doigts tandis que le Mage observait en silence par-dessus mon épaule.
« Qu'est-ce que c'est ? a-t-il demandé en pointant une tache noire.

— Une erreur. Je n'arrête pas de me tromper. Mais le gros bloc d'héphestial dont je vous ai parlé se trouve juste ici, ai-je dit en le marquant d'une autre rature.

— Si j'étais venu dans le but de m'enrichir, je serais un homme heureux. Combien mesure la corde ? a-t-il demandé après un silence.

— Environ dix mètres.

— Dix exactement, est intervenu Pol.

— Donc, cet espace ici (le Mage a posé son doigt sur la feuille) pourrait mesurer deux mètres cinquante sur deux mètres ?

— C'est possible.

— Tu supposes qu'il y a une pièce cachée ?

— Je ne sais pas. Chaque mur fait entre cinquante centimètres et un mètre d'épaisseur. Il pourrait y avoir une pièce cachée n'importe où. Et il y a les murs extérieurs du labyrinthe. Un passage secret pourrait mener à un tunnel d'un kilomètre de long. Vraiment, je n'en ai aucune idée.

— Tu as vérifié tous les murs ?

— Chaque centimètre », ai-je répondu, piqué au vif.

Le Mage m'a serré le bras.

« S'il y avait une porte, tu la trouverais, Gen », a-t-il dit, à quoi j'ai haussé les épaules.

Je doutais de trouver quoi que ce soit derrière ces murs rugueux. Il n'y avait aucun passage. J'en étais certain.

« Tu as cherché parmi les ossements ? », a-t-il doucement demandé.

La veille, il ne m'avait pas suggéré de le faire, bien que nous sachions tous les deux que c'était nécessaire.

« Oui.

— Il y avait quelque chose ? »

J'ai baissé les yeux sur la bague qui ornait encore mon pouce gauche. Lui aussi l'a regardée, avant de pousser un sifflement. À la lumière du soleil, j'ai constaté que l'émeraude était imparfaite ; l'un de ses côtés était d'un blanc laiteux. Le sceau qui y était gravé représentait un poisson incurvé, ou peut-être un dauphin. L'impureté blanche figurait une vague déferlante.

Le Mage s'est penché pour l'ôter de mon pouce.

« L'écriture sur la bague est d'un style ancien, pré-envahisseurs. Celui qui la portait devait l'avoir dans sa famille depuis plusieurs générations.

— Ou alors, il l'a lui-même perdue ici il y a très, très longtemps.

— Oui, a-t-il opiné. Je vais la mettre dans mon sac pour ne pas la perdre.

— Pas question. »

Cette bague n'avait rien à faire dans un sac. Sa place était à un doigt. Le mien.

Le Mage m'a observé de haut, et j'ai commencé à me lever. Pol aussi.

« Si vous voulez une bague sigillaire, ai-je poursuivi, plus fort que je ne l'avais prévu, allez vous en chercher une.

— Bon, soit, pilleur de tombes », a-t-il capitulé avec un sourire en me tendant le bijou.

À ces mots, j'ai éclaté de rire.

« Je suis en train de piller le temple d'un dieu, vous croyez vraiment que je vais me préoccuper des fantômes d'une poignée de squelettes ? »

J'ai remis la bague à mon pouce et suis allé m'allonger. Le plan du labyrinthe à l'esprit, je me suis endormi sans rien ajouter.

Et j'ai de nouveau rêvé. Dans l'antichambre, la dame en blanc m'appelait par mon vrai nom. Bien sûr, je savais qu'elle l'avait écrit sur le rouleau, mais l'entendre le prononcer à voix haute a déchiré le voile rassurant de mon anonymat. J'ai hésité, et elle m'a de nouveau appelé.

« Je suis là, ai-je répondu.

— Nombreux sont ceux qui, par deux fois, ont fouillé le labyrinthe et sont néanmoins repartis les mains vides, a-t-elle dit d'une voix douce. Si tu y retournes une troisième fois, tu ne repartiras pas sans ce que tu cherches. »

J'ai hoché la tête.

« Reviendras-tu une troisième fois ?

— Oui.

— Il n'y a pas de honte à ne pas y retourner. »

Elle a marqué une pause, comme si elle avait dévié autant qu'elle le pouvait d'un scénario écrit pour elle.

« Qui t'amène en ce lieu ? a-t-elle demandé.

— Moi-même, ai-je chuchoté.

— Dans ce cas, reviendras-tu ?

— Oui.

— Sois prudent, a-t-elle dit en se tournant pour ramasser sa plume blanche. N'offense pas les dieux. »

Je me suis réveillé avant qu'elle ne relève la tête après avoir apposé une troisième coche à côté de mon nom.

Le soleil ne se coucherait pas avant une heure. La chaleur du jour avait tiédi le sable ; j'étais bien. Je suis resté étendu là, les yeux fermés, en songeant aux pierres avec lesquelles j'avais bloqué les portes la nuit précédente. Elles n'auraient pas dû bouger. J'avais fait particulièrement attention. Quelqu'un les avait-il déplacées ? Une dame vêtue en blanc ? Une petite voix en moi s'est moquée. Évidemment qu'elle connaissait mon nom. C'était un rêve, le fruit de mon imagination. Puisque je connaissais mon nom, elle le connaissait aussi. Mais ces pierres n'avaient pas été retirées par un rêve.

Ouvrant les yeux à demi, j'ai observé le Mage. Lui et Pol étaient assis près du feu éteint et parlaient à voix basse, pour ne pas me réveiller, d'une campagne de guerre où ils avaient combattu côte à côte. Pol ne pouvait pas être celui qui avait enlevé les cales. Il se fichait que je trouve ou non la pierre, et ce n'était pas l'ennemi du Mage. Ce dernier aurait pu le faire, mais pourquoi ? J'ai été traversé par une vision déplaisante de lui scellant la porte extérieure du labyrinthe et refusant de me laisser sortir tant que je ne lui aurais pas remis le Don d'Hamiathes. Un cauchemar, rien de plus. En dépit de sa quête obstinée d'asseoir la souveraineté de Sounis au-delà de ses frontières, le Mage était un homme plutôt honnête.

Il s'était senti insulté et avait été furieux que je l'accuse de vouloir me poignarder dans le dos une fois que je lui aurais remis la pierre. Il était capable de s'approprier les terres d'un pays pour les offrir à son roi, mais pas de tuer un misérable petit voleur. Pol non plus, à moins que le Mage ne le lui ordonne. Je n'avais pas d'inquiétude au sujet de Sophos. Ambiades, c'était une autre histoire, mais nous l'avions laissé de l'autre côté de la dystopie avec les chevaux.

Qui donc avait déplacé ces pierres ? *Personne*, ai-je fini par décider. Les portes étaient plus lourdes que je ne l'avais estimé, et les pierres, humides et glissantes. *Il faut que je fasse plus attention, c'est tout.* Mon estomac a grondé, réclamant le déjeuner qu'il n'avait pas eu, et je me suis redressé.

« Bienvenue parmi nous, a dit le Mage. Pour ton repas, je peux te proposer du bœuf séché, du bœuf séché ou du bœuf séché.

— Oh, eh bien je vais vous prendre le pigeon farci et sa sauce, merci, et avec ça une de vos meilleures bouteilles. Pas votre piquette habituelle, s'il vous plaît. »

Le Mage m'a tendu un sachet en papier presque vide contenant le bœuf séché, et une demi-miche de pain rassis.

« Bon appétit », a-t-il conclu.

Le pain était vieux de quatre jours et aussi difficile à mâcher que le bœuf. Je me suis attelé tant bien que mal à manger, en écoutant Pol et le Mage poursuivre leur discussion. J'ai regardé alentour, cherchant Sophos des yeux, mais il n'était nulle part.

« Je l'ai envoyé ramasser du bois », s'est interrompu le Mage.

Connaissant Sophos, il est peut-être tombé dans la rivière, ai-je songé.

« Est-ce qu'il sait nager ? », me suis-je demandé tout haut.

Le Mage a lancé un coup d'œil à Pol, lequel a haussé les épaules. Sans rien ajouter, ils se sont levés de concert, ont épousseté le sable de leur pantalon et sont partis à sa recherche. Une fois seul, j'ai ouvert le sac de Pol et me suis autorisé une tranche de bœuf séché supplémentaire que j'ai fourrée dans une de mes poches. Le Mage me l'aurait donnée si je la lui avais demandée, je crois, mais j'avais cessé de quémander depuis l'épisode de la cravache.

Sophos est arrivé derrière moi depuis la crête, un fagot de bois dans les mains.

« Où sont-ils partis ?

— À ta recherche. »

Je lui ai expliqué qu'ils le croyaient noyé.

Vexé, il est resté assis en silence une demi-heure, jusqu'à ce que le Mage remonte la berge depuis l'aval. À la vue de Sophos, il a fait demi-tour jusqu'au coude de la rivière, sans doute pour avertir Pol, car ils sont réapparus ensemble.

Ils se sont assis à côté de nous, et Sophos, les yeux fixés droit devant lui, a déclaré : « Je nage très bien. »

Puis nous avons attendu que la rivière disparaisse. Je me suis écarté du feu pour aller m'asseoir dans l'obscurité. Sophos m'a suivi.

« Gen, dans le temple, est-ce que tu entends la rivière quand elle revient ? »

J'ai songé à la peur qui m'avait saisi les deux nuits précédentes. Peut-être mes oreilles percevaient-elles ce que ma raison n'arrivait pas à concevoir.

« Je ne sais pas », ai-je dû avouer, avant de lui confier mon sentiment de panique. Je lui ai également parlé des pierres qui ne cessaient de glisser.

« Est-ce que tu penses, a-t-il bégayé, qu'il y a quelque... quelqu'un dans le labyrinthe avec toi ? »

J'aurais souhaité qu'il n'ait pas substitué aussi manifestement « quelqu'un » à « quelque chose ». Non que je croie en l'existence des goules et des fantômes, mais quand on est sous terre dans une cave sombre et humide, il est parfois difficile de garder la tête froide.

Pour ma troisième nuit dans le labyrinthe, je me suis souvenu de ramasser le pied de biche près de l'entrée. Je me suis ensuite directement rendu dans le couloir qui traversait le dédale en son centre. J'ai sondé avec mes doigts chaque centimètre carré de son mur, d'un bout à l'autre, puis, aussi vite que j'ai pu, j'ai fait le tour du labyrinthe jusqu'à atteindre l'autre côté de ce même mur, que j'ai également ausculté. L'examen m'a pris la majeure partie de la nuit, et je n'ai rien trouvé. Je suis retourné à la mare aux ossements et l'ai passée au peigne fin, les os craquant parfois sous mes pieds malgré mes précautions. J'ai inspecté le mur tout au fond, et là encore, rien.

Au cours de mes recherches, les paroles non dites de Sophos sont revenues me hanter : « Quelque chose dans le labyrinthe avec toi ? » Régulièrement, je m'interrompais pour regarder par-dessus mon épaule en le maudissant d'avoir évoqué ce à quoi je ne voulais pas penser.

Soudain, la flamme de la lampe a vacillé et l'angoisse m'a envahi. Je suis retourné dans le couloir central et suis resté là tandis que la peur me submergeait, me poussant à fuir. Je savais qu'il restait du temps avant que l'eau ne revienne, alors j'ai refusé de m'avouer vaincu. Les pieds plantés dans le sol, j'ai agrippé la pierre pour me redonner du courage. J'allais trouver le Don d'Hamiathes. Et si je n'y arrivais pas, ou si, comme je le suspectais, il n'y avait rien à trouver, je ferais aussi bien de me noyer. Après tout, avais-je réellement quelque part où aller ?

La panique a reflué, et j'ai scruté le mur qui me faisait face. La roche saillante formait des rides aux endroits où elle avait coulé et durci, mais on n'y voyait aucune trace de lézarde ou de fissure qui aurait pu révéler une porte ou dissimuler un mécanisme. J'ai sondé la section centrale jusqu'à jurer de frustration et jeter mon pied de biche dessus.

Je me suis blessé la main, et l'outil a atterri par terre avec un tintement de cloche. Heureusement pour moi, il n'avait pas rebondi pour me toucher au visage. Me retournant, je me suis adossé au mur pour panser ma main endolorie et essuyer mes joues baignées de larmes de rage. Ma peur avait disparu, mais j'étais encore tenté de m'échapper de cet endroit maudit. À ce moment précis, j'ignorais s'il était encore possible de le faire. Je ne restais pas là parce que je me sentais pris au piège. Je restais parce que j'étais trop stupide pour laisser derrière moi ce dédale. Peut-être que tous ceux qui avaient fini au fond de ce labyrinthe étaient morts à cause du même entêtement.

J'étais face au gigantesque bloc d'obsidienne et je me suis demandé combien d'autres s'étaient assis là avant moi. Le magnifique verre héphestial réfléchissait la lumière de la lampe posée à mes côtés et me renvoyait mon reflet, déformé par les protubérances et les arêtes à la surface. J'ai contemplé un instant l'image de la flamme, en pensant de nouveau que le verre ressemblait à une fenêtre qui, la nuit, réfléchit les lumières du foyer et rend invisible le monde extérieur qui s'est assombri. Une fenêtre... ou une porte.

Je me suis levé, la douleur dans ma main oubliée. Le bloc d'obsidienne mesurait aisément la taille d'une double porte, en dépit des veines de roche massive qui la parcouraient. Mes doigts ont balayé sa surface noire et glissante, et j'y ai pressé mon visage dans une nouvelle tentative de voir au-delà. Rien, que des ténèbres. J'ai ramassé le pied de biche et, retenant mon souffle, j'ai frappé de toutes mes forces.

Il a rebondi, délogeant un éclat. J'ai détourné le visage et frappé encore. De plus gros morceaux ont sauté, et lorsque j'ai regardé de nouveau, de longues fissures en forme d'étoile rayonnaient depuis le point d'impact. Là, à l'endroit où les fissures se croisaient, il y avait un petit trou de la taille d'un bouton. J'y ai glissé le bout du doigt, en veillant à ne pas me couper, et je l'ai tortillé jusqu'à sentir le vide de l'autre côté.

Me protégeant toujours, j'ai abattu le pied de biche encore et encore sur le verre jusqu'à ce que quelque chose cède et se fracasse sur le sol en pierre. Un morceau plus large que le plastron d'une armure s'était brisé en fragments ; la poussière me piquait les yeux. J'ai levé la lampe pour éclairer l'orifice. De l'autre côté, il n'y avait pas de pièce, mais un espace qui, selon mes calculs, devait s'immiscer entre deux couloirs bien que cela paraisse impossible. J'ai tourné la tête un instant, déconcerté par ma découverte, puis j'ai regardé de nouveau. Dans l'obscurité, j'ai bientôt distingué un escalier composé de douze marches escarpées. La pièce qui se trouvait au-dessus n'était pas à portée de ma petite lampe.

Au moyen de coups plus réfléchis entre les veines de la roche, j'ai agrandi l'ouverture. De larges morceaux d'obsidienne se sont détachés, et je les ai prudemment déposés au sol. Le choc suivant a brusquement fait céder la porte tout entière. La pierre s'est émiettée en fragments de la taille d'un poing et un énorme morceau de verre s'est déchassé avant de se fracasser par terre. Des éclats ont fusé, telles des pointes de flèches. J'ai fait un bond en arrière et me suis couvert le visage. Lorsque la poussière est retombée, j'ai lentement baissé les bras, et là, par cette ouverture irrégulière presque aussi grande qu'une double porte, l'escalier est apparu. Il mesurait environ deux mètres cinquante de large, ainsi que le Mage et ma carte l'avaient prédit. Or, je n'avais aucune idée de comment il se trouvait ici, alors que le mur ne devait faire qu'une cinquantaine de centimètres d'épaisseur selon mes calculs de la veille.

J'avais encore fait tomber ma lampe, mais elle brûlait toujours. La ramassant, je me suis frayé un passage à travers les débris, et j'ai gravi les marches. La lampe était ronde, légèrement plus longue que haute et à fond plat. Il y avait une sorte de bec doté d'un trou pour la mèche, mais pas de poignée. Je la tenais au creux de ma paume, et le cuivre devenait plus chaud et moins lourd à mesure que l'huile se consumait. Il en restait d'ailleurs très peu, aussi l'objet était-il léger dans ma main. Je le tenais levé afin que sa faible lueur éclaire ce qui se trouvait devant moi. Il n'y avait pas d'obstacles. J'ai monté l'escalier les yeux braqués au sol pour voir où je mettais les pieds, si bien que ce n'est qu'une fois arrivé en haut, en relevant la tête, que je me suis aperçu que la pièce était pleine de silhouettes.

En une collection hétéroclite, elles se tenaient de part et d'autre d'une allée centrale. Elles étaient parfaitement silencieuses et aucune ne regardait dans ma direction, mais il était impossible qu'elles ne se soient pas rendu compte de mon arrivée. L'obsidienne, en se fracassant, avait fait un boucan à réveiller les morts. Or, les silhouettes ne bougeaient pas. Ma présence était visible de tous, mais personne ne me regardait. J'ai fini par réaliser que le seul mouvement était celui des ombres que projetait ma lampe tandis que ma main tremblait, et je me suis remis à respirer. J'étais entouré de statues.

Alors que je marchais parmi elles, j'ai admiré leur perfection, ça les rendait presque irréelles. Qu'elle soit claire ou foncée, leur peau n'avait pas le moindre défaut. Leurs visages étaient symétriques, et leurs yeux, lumineux. Elles n'avaient pas de cicatrices, nul membre mal formé, pas de strabisme. Je voulais toucher leurs peaux parfaites, mais n'osais pas. J'ai seulement fait glisser mes doigts sur une toge. Elle était d'un bleu profond, tissée d'un motif qui la faisait ressembler à de l'eau vive. L'homme qui la portait était grand. Plus que moi, il va sans dire, mais plus que le Mage également.

À l'écart de l'allée centrale, vers le fond de la salle, j'ai aperçu la femme au péplum blanc. Je savais désormais qui elle était, même sans sa plume et son rouleau de papier, aussi ai-je souri en la voyant. Devant moi se tenait Moïra, celle qui consigne la destinée des hommes. Je ne me suis pas posé la question de savoir pourquoi elle m'était apparue en rêve. J'avais trouvé son écho ici, et, d'une certaine manière, tous les mystères du monde m'ont paru s'évanouir.

M'éloignant, je me suis tourné vers l'autel, et j'ai découvert que mes songes n'étaient pas exacts. Il n'y avait pas d'autel à cet endroit, mais un trône sur lequel était assise la statue de la Grande Déesse Héphestia. Elle portait une toge dont les rouges étaient plus sombres au creux de ses plis. Ses cheveux étaient retenus par un ruban tressé d'or et serti de rubis. Sur ses genoux se trouvait un petit plateau miroitant sur lequel reposait une pierre. J'ai avancé la main jusqu'à presque la toucher. Les doigts tendus, je me suis alors figé, demeurant immobile à mesure que je voyais la lumière sur la toge onduler au rythme d'une respiration. Dans ma poitrine, mon cœur s'est arrêté.

Ce n'était pas, au sein de ce jardin statuaire de dieux, une reproduction parfaite d'Héphestia. C'était la Grande Déesse elle-même, entourée de sa cour. Ma main s'est mise à trembler. Lorsque j'ai entendu un bruissement dans mon dos, j'ai fermé les yeux, me demandant s'il provenait de la tunique bleu nuit au motif d'eau d'Océanus, venu s'assurer que je n'avais pas souillé les lieux. J'ai rouvert les yeux et levé la tête vers la Grande Déesse. Elle regardait au-delà de moi, impassible, distante, comme consciente de ma présence bien qu'insensible à celle-ci.

Derrière moi, il y a eu un murmure sans que je puisse distinguer une parole. Du coin de l'œil, j'ai vu une silhouette s'avancer. Je ne l'avais pas encore remarquée dans l'assemblée. Sa peau n'était pas noire comme celle des Nimbiens, elle était d'un rouge sombre, semblable à de l'argile cuite, à l'image de la peau des peuples anciens qui avaient laissé leurs portraits dans les ruines des îles de la Mer du milieu. Sa chevelure était aussi sombre que celle de sa sœur, sauf que ses cheveux à elle réfléchissaient la lumière avec des éclats auburn et dorés ; les siens étaient noirs comme le charbon. Son visage était plus étroit, et son nez, plus pointu. Il arborait une cicatrice claire sur une joue, trace d'une brûlure, en forme de plume recourbée. Il était plus petit que les autres dieux, et sa tunique était grise.

« Tu n'as pas encore offensé les dieux, a fini par dire Eugènides, celui qui jadis avait été mortel. Sauf peut-être Aracthus, chargé de ne laisser entrer aucun voleur. Prends la pierre. »

Je n'ai pas bougé.

Le dieu, patron des voleurs, s'est approché de moi. Il s'est placé à la droite de sa sœur et a posé sa main sur la sienne.

« Prends-la », a-t-il répété.

Il avait un accent étrange, mais pas si éloigné du mien. Le Mage n'était pas présent pour analyser sa diction et la comparer avec le parler du monde civilisé. Je n'avais aucune difficulté à comprendre les instructions de mon dieu. J'étais simplement incapable de bouger.

Il faut croire que mes nerfs avaient lâché. Ce n'était pas tant la peur des éclairs punitifs qui pourraient suivre, que l'effet de la foi qui m'avait été inculquée dès l'enfance sans que je le sache. L'idée de voler quelque chose à la Grande Déesse était soudain trop insoutenable pour que je puisse l'envisager, aussi mon corps était-il pétrifié.

Mais il m'était aussi impossible de faire demi-tour et de m'enfuir. Avec une légère surprise, j'ai constaté combien j'étais borné, car je refusais de m'en aller sans emporter le Don. Il était trop important. Au-dessus de moi, j'ai perçu le crépitement des cailloux tandis que l'eau descendait le lit de la rivière. Je suis pourtant resté aussi immobile que les dieux que j'avais pris pour des statues. Seuls mes yeux s'activaient en passant de la petite pierre grise posée sur le plateau à la main d'Eugènides et à son visage. *Quitte à mourir*, ai-je finalement songé, *autant que ce soit lors d'un acte que peu ont osé depuis la création du monde*. C'est pourquoi j'ai de nouveau fixé la Grande Déesse. Un instant, nos regards se sont croisés. Cela m'a suffi.

Ma paralysie envolée, je me suis penché pour saisir la pierre sur le plateau miroitant. Puis j'ai fait demi-tour et j'ai couru. Mes oreilles étourdies par le fracas de l'eau, j'ai filé vers l'escalier, passant à toute vitesse devant les dieux qui m'observaient, impassibles. Je n'ai levé la tête qu'une seule fois pour chercher à apercevoir Moïra, mais elle était cachée parmi la foule.

Au niveau des marches, j'ai raté les deux premières et dévalé les suivantes. J'ai heurté le mur en face, faisant tomber ma lampe. Je ne me suis pas arrêté. Après trois nuits passées dans ce labyrinthe, je n'en avais plus besoin. Les mains au mur, dont l'une serrant le Don d'Hamiathes, j'ai continué à fuir. Arrivé au bout de la paroi, j'ai tourné à gauche, puis à droite, avant de me ruer avec force éclaboussures vers la porte que j'avais maintenue ouverte et qui s'était encore une fois refermée. J'ai imaginé que, quelque part, Aracthus avait d'un geste commandé à des torrents plus puissants de se déverser de la falaise pour déloger les pierres qui calaient les différents battants. Il pouvait encore me piéger. L'eau qui giclait de sous la porte m'arrivait déjà aux mollets. *Combien de voleurs*, me suis-je demandé, *avaient atteint ce point et s'étaient pourtant noyés ?* Mes os finiraient-ils dans la mare au fond du labyrinthe ? La porte d'obsidienne serait-elle ensuite réparée, et le Don, reposé sur son plateau ?

Si j'avais fait tomber mes outils, ils auraient été aussitôt emportés. Mais je ne me suis permis aucune maladresse. Derrière la porte, l'eau était montée à trente centimètres ; elle était à presque soixante quand j'ai atteint l'ultime porte et sa grille. J'ai crocheté le verrou, reculant d'un pas quand les flots l'ont violemment ouverte. Dans l'antichambre, le niveau m'arrivait à la taille, et les vagues causées par la cascade tonitruante qui dégringolait du trou dans le plafond étaient aussi hautes que ma poitrine. Quoique la cascade diffusât l'éclat de la lune au-dehors, la pièce était aussi sombre que le reste du temple. Collé au mur, j'en ai fait prudemment le tour, mais j'ai trébuché en haut de l'escalier qui conduisait à l'entrée quasi engloutie et j'ai glissé sous l'eau jusqu'à me retrouver coincé contre la porte en pierre, incapable de respirer.

J'ai lutté pour me retourner et réunir assez de forces pour remonter à la surface, mais le courant me maintenait dessous. J'avais beau m'agiter, je ne trouvais aucune prise. Autour de moi, l'eau bouillonnait avec rage. Je manquais d'air. C'est alors que des ténèbres plus profondes que la rivière m'ont avalé.

X

LORSQUE JE ME SUIS RÉVEILLÉ, le jour était levé, et le soleil, déjà chaud. J'étais échoué sur la berge de l'Aracthus, les pieds dans l'eau. La rivière les soulevait et les berçait avec délicatesse, et pas comme si elle espérait encore m'attirer dans ses abysses. Elle s'écoulait paisiblement dans son lit et semblait disposée à se réconcilier avec moi malgré la perte du Don d'Hamiathes. C'est du moins ce que j'ai pensé en ouvrant les yeux. Un instant plus tard, des questions plus sensées ont surgi. La nuit précédente, n'avais-je pas été piégé par les eaux en essayant de fuir le labyrinthe à la dernière minute ? Et tout le reste n'était-il qu'une hallucination – la paroi d'obsidienne, les dieux, Héphestia et le Don ?

L'ensemble formait une fantasmagorie semblable à mes derniers rêves. Je me suis demandé si mon imagination était capable d'inventer la texture du vêtement d'Océanus, la fraîcheur du satin suivie de la douceur du velours. À ce souvenir, les bouts de mes doigts se sont frottés entre eux, et j'ai baissé les yeux pour voir ce que j'avais dans la main. Tapie au creux de ma paume après une nuit dans la rivière, se trouvait cette pierre quelconque, grise à mouchetures blanches. Le Don d'Hamiathes.

Couvrant cette main de l'autre, j'ai fermé les yeux et remercié Héphestia, Eugènides, Océanus, Moïra, Aracthus et tous les dieux et déesses dont je me souvenais. Puis j'ai sorti mes pieds de l'eau et me suis hissé sur le sable sec, où je me suis étendu pour m'assoupir quelques instants. C'est à cet endroit que m'ont retrouvé le Mage, Pol et Sophos. Depuis la falaise, ils avaient vu la porte en pierre s'effondrer dans l'eau claire à travers la cascade, et avaient descendu la rivière avec leurs affaires afin de m'offrir un enterrement décent dans l'éventualité où ils tomberaient sur mon cadavre, avant de rentrer à Sounis. À présent, ils se tenaient autour de moi.

« Eh bien, a dit le Mage quand je me suis tourné sur le dos, enfin une bonne nouvelle. »

Alors que je me redressais, il s'est penché sur moi.

« Ma conscience est soulagée que tu ne te sois pas noyé, Gen, a-t-il poursuivi en me tapotant maladroitement l'épaule. Nous sommes vivants, toi aussi, donc cette expédition n'aura pas été aussi désastreuse que les précédentes. Si nous avons échoué à récupérer le Don d'Hamiathes, il faut croire que quelqu'un l'a trouvé avant nous, ou qu'il n'a jamais été caché là. »

J'avais prévu de le faire patienter un peu, mais quelque chose dans sa voix était si lugubre que, sans en avoir eu l'intention, j'ai tourné mon poing et l'ai ouvert afin qu'il voie le Don au creux de ma main.

Ses genoux ont paru faiblir, et il s'est accroupi à côté de moi, bouche bée. J'ai souri de son émerveillement et de ma propre joie. J'ai même été décontenancé lorsqu'il a passé son bras autour de mes épaules et qu'il m'a serré comme si j'étais son fils, ou au moins un proche.

« Il n'y en a aucun autre comme toi, Gen. Je ferai graver ton nom sur une stèle aux portes de la grande basilique, je t'en fais la promesse. »

Cette idée m'a fait rire.

« Où était-il ? »

Je lui ai raconté la paroi d'obsidienne et l'escalier qui menait à la salle du trône, et puis je n'ai plus réussi à trouver mes mots. Lorsqu'est venu le moment d'évoquer les dieux, j'ai tu ce qui m'était arrivé. Il ne semblait pas correct de parler de cette rencontre à la lumière du jour, entouré de personnes qui ne croyaient pas en ces dieux et pourraient s'en moquer. Si le Mage a noté mon hésitation, il n'a fait aucun commentaire.

« La rivière a débordé comme tu l'avais prédit, a-t-il repris. Elle a balayé notre ancien campement sur la rive inférieure. Nous te devons donc la vie en plus de ceci. »

Il a baissé les yeux sur la pierre qu'il tenait dans sa main.

« C'est vraiment elle ? a demandé Sophos. Comment le savez-vous ? »

Le Mage a retourné la pierre afin qu'il voie les lettres qui y étaient gravées, les quatre symboles du nom ancien d'Héphestia.

« Ce n'est qu'un caillou quelconque, a estimé l'apprenti.

— Tu doutes qu'il s'agisse bien du Don ? ai-je demandé.

— Non… a-t-il fini par admettre. Mais j'ignore pourquoi cette certitude est ancrée en moi.

— Quand Héphestia récompense Hamiathes, elle est censée avoir prélevé d'une rivière une pierre ordinaire pour la tremper dans l'eau d'immortalité.

— Donc, c'est seulement une pierre de rivière ?

— Pas tout à fait, est intervenu le Mage. Observe-la attentivement au soleil. »

Il me l'a rendue et je l'ai fait rebondir un instant dans ma paume. *De forme ovale, elle pèse juste assez*, ai-je pensé, *pour être utilisée avec une fronde*. En examinant de plus près les lettres inscrites sur le côté, j'ai vu le soleil réfléchir un éclat bleu au fond de la gravure.

« C'est un saphir, ai-je dit, au moins en partie. »

Observant le trou qui traversait la pierre de part en part, je l'ai ensuite retournée, et j'ai aperçu l'endroit où l'eau l'avait lissée, découvrant quelques mouchetures bleues à l'intérieur de la gemme.

« Il y en a une description dans les parchemins des grands prêtres d'Eddis, nous a révélé le Mage. Chaque fois que quelqu'un amenait une pierre, le grand prêtre la comparait à la description. Personne, à l'exception de lui, n'était en possession de ce texte, aussi personne n'a jamais pu en produire une copie. Probablement parce qu'il était difficile de corrompre quelqu'un d'aussi riche et puissant que lui.

— Ou bien, il était déjà corrompu et ne voulait pas partager son pouvoir, ai-je rétorqué.

— Mais vous connaissez la description ? a demandé Sophos au Mage.

— Oui.

— Comment ? ai-je voulu savoir.

— Se faisant passer pour un ambassadeur, mon prédécesseur a rendu visite au grand prêtre d'Eddis. Il lui a offert une bouteille de vin contenant de la drogue et a fouillé sa bibliothèque pendant qu'il était inconscient. À l'époque, il ne pensait pas que la description de la pierre était particulièrement importante. J'en ai trouvé une transcription dans son journal après sa disparition. »

J'ai frémi à l'idée qu'on ait pu empoisonner un grand prêtre. Pour ce type de crime, on vous faisait encore « descendre la montagne ».

« Tu es trempé, Gen, a noté le Mage, se trompant sur la raison de mes frissons. Va enfiler des habits secs et trouve-toi de quoi manger. Si tu t'en sens la force ensuite, j'aimerais que nous traversions au moins la moitié de la dystopie aujourd'hui. Le reste de nos provisions est auprès d'Ambiades. »

J'ai donc terminé le bœuf séché. Il n'y avait plus de pain. Sophos m'a rempli une tasse d'eau de rivière, qu'il a mise de côté en attendant que la vase retombe. J'avais de nouveau perdu le lien pour mes cheveux, si bien que j'ai demandé une ficelle à Pol. À la place, il m'a offert deux lanières en cuir. J'ai attaché l'extrémité de ma tresse avec la plus longue et gardé l'autre pour plus tard. Puis nous nous sommes mis en route pour traverser la dystopie en sens inverse. Le Mage portait le Don d'Hamiathes autour du cou. Je l'avais volé il y avait à peine quelques heures, et déjà, il m'échappait.

Lorsqu'à midi le soleil est devenu brûlant, nous nous sommes glissés à l'ombre des rochers pour y dormir un moment. Nous avons atteint la mer des Oliviers à la tombée du jour ; le campement où nous avions laissé Ambiades se trouvait encore à près de deux kilomètres. Bien que le ciel se soit dégagé à mesure que nous marchions vers le sud, la pénombre régnait sous les arbres. À travers l'obscurité, nous avons vu brûler le feu de camp d'Ambiades.

« La fumée est visible à des kilomètres », a grogné le Mage en secouant la tête.

Il a demandé à Pol de prendre les devants et d'aller l'éteindre, du moins d'en réduire les flammes, si bien qu'à notre arrivée dans la clairière, Ambiades s'était remis du choc de nous voir rentrer.

« Je vous croyais morts », a-t-il déclaré, mais sans avouer qu'il avait maintenu le feu par crainte de voir nos fantômes errer entre les rochers noirs de la dystopie. Bien qu'il ait fini presque toutes les réserves, le Mage s'est gardé de le sermonner et nous nous sommes couchés. Je ne me suis pas réveillé pour vérifier si quelqu'un montait toujours la garde pour me surveiller. Je n'ai bougé que lorsque le soleil s'est levé et que j'ai entendu Ambiades ranger la pagaille qu'il avait laissée s'installer durant notre absence. Il n'y avait plus rien à manger.

Le Mage avait l'intention de nous faire longer la bordure de la mer des Oliviers jusqu'à la cité la plus proche, où il irait acheter de quoi nous ravitailler.

« Nous allons prendre une route plus directe pour rentrer. À présent que nous avons le Don, plus nous serons rapides, mieux ce sera », a-t-il annoncé.

La perspective d'enfin manger décemment m'a sans doute autant réjoui que nos bêtes. Les alentours n'offraient pas grand-chose à paître. Nous avons rassemblé nos affaires et chevauché parmi les arbres jusqu'à croiser la grand-route envahie de mauvaises herbes qui virait en direction de la lointaine Séperchia. Nous sommes arrivés à un large ruisseau peu profond. Alors que nos montures entraient dans l'eau, un groupe de cavaliers a surgi de derrière un bosquet de ronces et de chênes moribonds où ils s'étaient tapis. J'ai tout de suite vu qu'ils avaient leur épée à la main. Je n'ai pas cherché à en savoir plus.

Le Mage et moi foncions en tête, nos genoux presque à se toucher. J'ai tiré sur ma bride et nos montures se sont brièvement frôlées. Un instant, nos épaules se sont frôlées, puis j'ai fait obliquer mon cheval et l'ai dirigé vers les arbres sur la berge. À la première branche accessible au-dessus de moi, je me suis hissé dessus.

Le temps de me mettre en sécurité en hauteur et de scruter ce qui se passait en dessous, Pol et le Mage avaient tiré leur épée et l'un des assaillants gisait déjà dans l'eau. Le Mage s'est révélé être un combattant aussi redoutable que Pol. À eux deux, ils ont défait les trois restants. Sophos était derrière, tourné sur sa selle, dos à la bataille, à essayer désespérément de sortir son arme de sa sacoche. Ambiades faisait la même chose, sauf qu'il avait eu le bon sens de mener son cheval sur la berge, à l'abri du danger. Sophos, parce qu'il regardait dans la mauvaise direction, ne se doutait pas une seconde d'être à deux doigts de se faire embrocher.

Je l'ai appelé, mais il ne m'a pas entendu par-dessus les cris que je reconnaîtrais plus tard comme ceux du Mage et de Pol qui lui hurlaient de se réfugier dans la forêt. Ce dernier était accaparé par le combat, ce qui laissait le Mage seul face à deux hommes tandis que Sophos continuait d'ignorer tout du danger, son attention fixée sur son ceinturon, pris dans la boucle de sa sacoche.

Avec un juron, je me suis mis debout sur la branche pour la parcourir. À l'extrémité, j'ai sauté sur une autre, avant de tendre le bras parmi les feuilles. J'ai pu atteindre les cheveux de Sophos. J'ai tiré dessus et suis parvenu à lui faire perdre l'équilibre au moment où un cavalier se faufilait entre le Mage et Pol.

Sophos est tombé tête la première, manquant de m'emporter avec lui. Il a atterri dans la boue, son cheval faisant écran entre lui et son assaillant ; s'il était resté au sol, il aurait été en sécurité, mais il s'est débrouillé pour se remettre debout, épée à la main, tandis que sa maudite monture s'éloignait. Il est resté planté là, la bouche ouverte, les yeux rivés sur l'arme de son adversaire.

J'ai fermé les yeux en m'attendant au pire, mais au dernier moment, il a dû pivoter avant de parer le coup qui visait sa tête. Lentement, il s'est remis en garde. J'ignore à quoi sa prochaine action aurait pu ressembler, il était bien trop désorienté pour reprendre l'avantage, mais les événements se sont enchaînés sans qu'il n'ait rien à faire. Quand j'ai rouvert les yeux, Pol enfonçait son épée tranchante dans la cage thoracique de l'homme, presque jusqu'à la garde. Celui-ci a poussé un râle avant de glisser dans l'eau une fois la lame retirée. Il y a eu un nouvel éclaboussement de l'autre côté du ruisseau, lorsque le Mage a lui aussi vaincu son adversaire. Me redressant sur la branche, je suis retourné vers le tronc.

Quatre chevaux sans cavaliers trépignaient dans le ruisseau boueux. Quand les crissements du gravier sous leurs sabots ont cessé et que les bêtes se sont immobilisées, déroutées, le Mage a demandé à Sophos s'il était blessé.

« Non, je vais bien.

— Parfait. Ambiades ?

— Je vais bien.

— Pol ?

— Rien de grave, a-t-il répondu en essuyant le sang d'une entaille sous son coude.

— Et Gen ? Je vois que tu t'es trouvé un lieu sûr où patienter tandis que nous étions affairés. »

J'ai ouvert la bouche pour indiquer que je n'avais pas d'épée – non que je n'aurais pas grimpé dans l'arbre de toute façon –, mais je me suis contenté de le fixer telle une gargouille horrifiée. J'ai pointé du doigt sa chemise. Il a levé un bras, cherchant d'instinct une blessure, avant de comprendre. Le Don d'Hamiathes avait disparu. Il a baissé les yeux vers la lanière soigneusement tranchée qui pendait sur son épaule. Incrédule, il a passé la main dessus, avant de fouiller d'un geste frénétique les replis de ses vêtements. Il a cherché dans les stries de sa selle et de ses sacoches, puis a sauté au bas de son cheval pour se précipiter en jurant dans le ruisseau. Pol et Sophos l'ont suivi, mais l'eau était trop boueuse. On ne pouvait rien y voir.

« Qu'est-ce qui se passe ? Qu'est-ce qui se passe ? », criait Ambiades depuis la berge. C'était le seul d'entre nous à être encore à cheval.

« La pierre, cette maudite pierre ! s'est écrié le Mage. Je l'ai perdue pendant le combat. Bon sang, qui sont ces hommes ? a-t-il poursuivi, touchant du pied un corps qui gisait sur un îlot rocailleux au milieu de la rivière.

— Ils sont tous morts ? a demandé Ambiades.

— Oui. Viens par ici et aide-moi avec celui-là. »

Ils ont tiré les cadavres hors de l'eau tandis qu'oublié de tous, je restais assis dans mon arbre. J'ai soigneusement refait ma natte tout en les observant. Lorsque les morts ont été alignés sur la rive, le Mage s'est souvenu de moi.

« Descends et aide-nous à chercher », m'a-t-il dit.

Il était si préoccupé que son ordre ressemblait davantage à une supplique.

Je me suis laissé glisser de l'arbre à contrecœur pour marcher parmi les dépouilles. C'étaient des soldats de la reine d'Attolie. L'un d'eux était lieutenant. Il semblait jeune, d'autant plus que ses cheveux mouillés lui collaient au front et que des gouttes perlaient sur son visage. C'est lui qui avait mené la charge. C'est lui qui, sans nul doute, les avait fait se précipiter sur la lame de Pol.

Une partie de son uniforme n'était pas entièrement mouillée, que ce soit de sang ou d'eau, et la forme qu'elle évoquait – une feuille de coléus – a retenu mon attention. Je me suis alors accroupi pour prendre dans mes mains un peu d'eau et j'ai humidifié ce symbole de mauvais augure pour le faire disparaître. L'eau froide avait éclaboussé son cou et s'était retrouvée piégée dans le creux de sa clavicule, mais ça ne le dérangeait plus. Par contre, il ne méritait pas qu'on le laisse ainsi marqué par la feuille de la lâcheté alors qu'il allait entamer son ultime voyage dans le monde des morts.

Lorsque la forme a disparu et que je me suis redressé, j'ai remarqué que Pol m'observait. Avec un haussement d'épaules, j'ai essuyé mes mains sur mon pantalon, mais celui-ci était souillé, et elles n'étaient donc désormais ni sèches ni propres.

Nous avons laissé les corps sur la berge tandis que le Mage organisait des recherches pour retrouver le Don d'Hamiathes. Une fois les flots redevenus clairs, il nous a alignés bien en deçà de là où s'étaient déroulés les combats. Nous avons remonté le cours d'eau jusqu'à ce que le Mage soit certain que nous avions dépassé l'endroit où aurait pu tomber la pierre. Le courant n'était pas assez fort pour l'avoir fait rouler bien loin, mais elle ressemblait aux milliers de cailloux sous nos pieds. Seuls le Mage et moi l'avions eue entre nos mains. Ambiades ne l'avait jamais vue. Nous étions là depuis presque un quart d'heure quand Pol s'est décidé à prendre la parole.

« Elle a disparu, Mage. »

Nous avons continué de fixer le lit du ruisseau.

« Mage », a répété Pol d'une voix plus ferme, et cette fois Ambiades, Sophos et moi avons levé la tête dans sa direction, puis celle du Mage.

« Oui, a-t-il finalement acquiescé après un long silence. Il faut que nous partions. Ambiades, va chercher nos montures et amène-les sur la berge. Sophos, va voir si les autres chevaux n'ont pas fui. Nous aurions dû les attacher. S'ils portent des sacs, vérifie s'il y a de quoi manger. »

Trois des chevaux étaient en compagnie des nôtres – il fait bon partager ses misères –, mais le quatrième s'était sauvé, vraisemblablement jusqu'à son campement.

« Nous n'avons plus le temps de le rattraper, a commenté le Mage. Nous allons devoir voyager aussi vite que possible. »

Il s'est mis en selle et a jeté un dernier regard au ruisseau.

« Je n'arrive pas à y croire. »

Je l'ai fixé jusqu'à me sentir mal à l'aise. J'ai détourné les yeux comme Pol, Sophos et Ambiades l'avaient fait. Il avait été en possession de la pierre une journée seulement – l'idée aurait dû me réjouir. Cinq jours plus tôt, j'aurais été ravi de l'imaginer à la cour de Sounis annoncer au roi que son expédition avait échoué. Sauf que, maintenant, ça ne m'amusait plus. Peut-être parce que j'étais trempé d'avoir écumé le ruisseau. Ou parce que j'étais inquiet à cause de ceux qui chercheraient tôt ou tard à savoir ce qui était arrivé au lieutenant attolien et à ses trois soldats.

« Bon, a repris le Mage. Allons-y. »

Mais il n'a pas bougé. Au loin, j'ai entendu un appel. Le cheval errant avait été retrouvé. Toutefois, le Mage est resté planté là, incapable de s'avouer vaincu. Il a regardé les berges et les arbres autour de lui, comme en quête de repères, comme s'il espérait revenir un jour à cet endroit pour le passer au peigne fin. Ma nervosité se communiquait à ma monture, elle piaffait et renâclait.

Le Mage s'est finalement contraint à quitter les lieux. Reprenant le sentier principal, nous sommes partis au galop. Le Mage chevauchait à mes côtés, encore sonné. Concentré sur ma course, j'ignorais à quoi les autres pouvaient penser. Ce n'était pas le moment de se retrouver à la traîne, ou pire, de chuter.

Après avoir couvert une certaine distance, nous avons emprunté un chemin dans la forêt, puis avons poursuivi plus lentement pendant presque une heure jusqu'à arriver à un nouveau sentier dégagé.

« Ils vont nous rattraper, a déclaré Sophos en regardant par-dessus son épaule.

— Nous devons conserver notre avance sur eux », a commandé le Mage.

J'ai brusquement tourné la tête vers lui. Sa voix était presque joyeuse. Il avait même l'air joyeux.

« Rien de tel qu'un peu de danger pour pimenter l'existence », m'a-t-il lancé.

J'ai été stupéfait de la vitesse à laquelle il avait recouvré ses esprits, et ma surprise a dû se lire sur mon visage.

« J'ai eu le temps de réfléchir, Gen. La pierre en soi n'est pas importante. En plus d'en posséder la description, nous l'avons vue de nos propres yeux. Et à présent, nous savons que personne ne pourra jamais présenter l'originale. Nous pouvons donc en faire une copie. »

Je m'attendais presque à ce qu'un éclair le foudroie. Comment quiconque ayant eu cette pierre en main pouvait affirmer qu'elle n'était pas unique ?

« La pierre n'est-elle pas censée porter en elle sa propre autorité ? ai-je sèchement fait remarquer. On reconnaît le Don d'Hamiathes rien qu'en le voyant. »

J'avais cru que nous avions tous les deux ressenti la même chose sur les berges de l'Aracthus.

Mais le Mage avait sa réponse prête.

« Cette idée sera rejetée par notre roi comme de la superstition, a-t-il répliqué d'un ton assuré. Nous allons parfaitement nous en sortir. »

Tout ce que j'avais fait et tout ce que j'avais risqué était sans importance : il allait *s'en sortir*. J'ai serré les mâchoires.

Le Mage s'est tourné vers Pol.

« Nous allons suivre ce chemin jusqu'aux bosquets cultivés, que nous traverserons en direction de la grand-route. S'ils ne nous ont pas vus, nous avons une chance de nous fondre parmi les voyageurs qui l'empruntent ; par contre, s'ils découvrent la supercherie, nous retournerons sous les oliviers et utiliserons les sentiers secondaires autant que possible.

— Et pour manger ? », ai-je demandé.

Le ton de ma voix l'a irrité.

« Je suppose qu'on essaiera de trouver quelque chose ce soir à Pirrhea, a-t-il répondu, évasif.

— Ce soir ? »

Mon exaspération a percé sa bulle d'entrain factice.

« Je suis désolé, a-t-il froidement rétorqué, de ne pas pouvoir faire pleuvoir des mets du ciel.

— Vous n'allez pas non plus les faire apparaître à Pirrhea. Qu'est-ce que vous imaginez exactement, frapper à la porte d'un inconnu et dire : "Pardonnez-moi, quatre soldats de la garde de la reine ont été tués, d'autres nous recherchent sur toutes les routes, j'aimerais vous acheter quelques miches de pain et du jambon" ?

— Et qu'as-tu en tête, ô cher oracle des bas-fonds ?

— J'ai en tête que vous auriez dû prévoir de quoi nourrir cinq personnes quand vous avez organisé ce pathétique cirque. Ou bien, vous auriez dû laisser Incapable l'Ancien et son petit frère à la maison.

— Ce n'est pas mon frère, s'est offusqué Ambiades.

— C'était une façon de parler, ai-je grogné. Maintenant, tais-toi. »

Il s'est raidi sur sa selle comme si je l'avais giflé. Je me suis à nouveau tourné vers le Mage.

« Comment comptez-vous trouver de quoi nous nourrir ? »

Mais il avait eu le temps de réfléchir à la solution la plus évidente.

« Tu vas voler pour nous. »

J'ai levé les bras au ciel.

Pirrhea était une cité ancienne. Comme beaucoup d'autres, elle s'était étendue au-delà de ses murs d'enceinte et était entourée de champs et de fermes. J'ai parcouru quelques potagers, récoltant ce que mes mains trouvaient dans l'obscurité. Je fourrais mon butin dans un sac en toile maraudé dans la première étable vide que j'avais croisée. À un moment, je me suis approché trop près d'un enclos dont les chèvres ont bêlé après moi. Personne ne se levant pour venir voir ce qui se passait, je m'y suis faufilé et j'ai pris deux bocaux de lait dans le bac de décantation. Comme j'avais aussi soif que faim, j'en ai bu un tout en réfléchissant à cambrioler une cuisine pour y soutirer quelques quignons de pain de la veille. J'ai décidé que ce n'était pas prudent. Je n'allais pas me mettre en danger pour des croûtons rassis. Je me suis toutefois glissé dans le poulailler d'une grande ferme pour tordre le cou à trois poulets. Je les ai mis dans un deuxième sac avant de quitter les abords de la cité.

Le Mage et les autres m'attendaient sous des arbres, au bout d'un champ d'oignons. C'est de mauvaise grâce que j'avais risqué de me faire prendre pour eux. On m'avait plusieurs fois taxé d'être incompétent avant d'arriver ici. Ambiades n'avait pas apprécié que je fasse remarquer au Mage qu'il n'aurait jamais dû s'embarrasser de lui. J'avais ajouté qu'il n'avait été d'aucune aide au gué. Il avait rétorqué que je m'étais réfugié en haut d'un arbre lors de l'attaque. J'avais riposté en soulignant ne pas avoir d'épée. Il avait proposé de me donner la sienne – ce qui avait mis fin au débat.

Lorsque je m'étais apprêté à les laisser sous le couvert d'amandiers à l'extérieur de la ville, le Mage m'avait lancé qu'il m'accordait une heure, après quoi, si je n'étais pas revenu, il se rendrait lui-même sur la place centrale pour crier « Au voleur ! » à pleins poumons.

À cause de l'obscurité, il n'avait pas pu lire le mépris sur mon visage, mais il l'avait entendu dans ma voix. « Pensez aussi à crier : "À l'assassin !" », avais-je répliqué.

Sa réponse m'avait suivi alors que je m'éloignais.

« Je m'assurerais que nous montions ensemble sur l'échafaud. »

Tout le monde a regardé les poulets d'un œil triste quand le Mage a annoncé que nous n'avions pas le temps de les cuisiner. Pol les a attachés à sa selle, et nous sommes repartis dans le noir, à mastiquer des poignées de légumes crus et terreux.

« Il y a une grande écurie sur notre chemin, avant Kahlia, a dit le Mage. Nous pourrons y voler des chevaux plus frais que les nôtres. »

Je me suis étouffé avec mes épinards, qui me donnaient déjà du fil à retordre.

« Nous pourrons quoi ?

— En poussant les chevaux, nous y serons dans deux heures, a-t-il poursuivi, ignorant mon intervention. Nous trouverons un endroit où camper près de la route. Il y aura assez de voyageurs pour qu'on ne nous remarque pas. Nous pourrons dormir quelques heures. Pol, tu mettras les poulets à rôtir, ensuite nous irons prendre des chevaux et continuerons notre voyage. Il faudra les abandonner lorsque nous quitterons la grand-route pour nous éloigner du défilé de la Séperchia vers Eddis. Nos poursuivants seront surpris.

— Vous voulez nous faire prendre la même route qu'à l'aller ? Pourquoi ne pas simplement traverser le défilé ? a suggéré Ambiades. N'est-ce pas plus rapide ? Une fois à Eddis, nous serons en terrain neutre.

— Une fois arrivés à Kahlia, nous serons effectivement plus proches du défilé, a concédé le Mage. Mais toutes les routes auront été bloquées, et je ne pense pas qu'on puisse les traverser sans être vus. Autour, ce sont surtout des champs à perte de vue. Ils ne vont pas s'attendre à ce qu'on coupe par les terres, alors nous devrions être en position de pouvoir leur échapper.

— Je pense que ce serait mieux d'emprunter le défilé, a rappelé Ambiades d'une voix hésitante, offrant au Mage une dernière chance.

— Ce n'est pas ton rôle de penser », a répliqué celui-ci.

Ambiades a rejeté la tête en arrière, et j'ai cru qu'il allait ajouter quelque chose, mais non.

« À propos de ces chevaux… ai-je commencé.

— Tu feras au mieux, Gen, a dit le Mage. Et si le mieux n'est pas suffisant, nous irons ensemble…

— … à l'échafaud, ai-je grommelé. Vous vous répétez. »

Personne n'a plus parlé jusqu'à ce que nous fassions halte aux abords de Kahlia. Le Mage n'avait rien perdu de son optimisme. Pol semblait tout accepter sans sourciller, et Sophos était trop ignorant pour avoir peur. Seul Ambiades était aussi nerveux qu'un chat trop près d'un feu. Sophos avait oublié qu'il était en froid avec son idole et essayait de bavarder avec lui tandis qu'ils dessellaient leurs chevaux ; mais Ambiades ne lui répondit pas une seule fois.

Pol a allumé un feu dans un foyer creusé par les voyageurs qui empruntaient régulièrement cette route et a découpé les poulets pour les cuire. Le foyer était délimité par un simple cercle de pierres jointes les unes aux autres avec du mortier. On en trouvait tous les cinquante mètres sur les grands axes à l'extérieur des cités les plus importantes. C'étaient les marchands qui campaient avec leurs convois en périphérie des villes qui les avaient laissés. Cette nuit-là, plusieurs de ces convois de marchandises ont stationné près de nous, ainsi que des groupes de voyageurs avec un seul chariot, voire aucun. La nuit était assez chaude pour qu'une tente ou même une couverture suffise. Quelques soldats montaient la garde ici et là, mais ils ne nous cherchaient pas.

Nous avons tous dormi, à l'exception de Pol. Le Mage m'a réveillé avant les autres et m'a donné des indications précises sur la façon de rejoindre la grande écurie située près des portes de la cité.

« Tu amèneras les chevaux là-bas. Pol t'y attendra. Nous autres serons plus loin sur la route, avec les selles. »

Il paraissait aussi insouciant que Sophos, sauf qu'il n'avait aucune excuse pour lui.

« Vous avez conscience que cette tâche est infaisable ? », ai-je dit.

Il a éclaté de rire.

« Je croyais que tu te vantais de pouvoir dérober n'importe quoi. »

Il m'a lancé une bourrade dans l'épaule avant de s'éloigner.

« Les bijoux, ai-je sifflé pour moi-même en marchant, ne hennissent pas. »

La lune était encore haute, aussi je discernais parfaitement la route. Lorsque je me suis approché des hauts murs de la cité, je me suis guidé grâce aux braseros qui brûlaient près des larges portes. Celles-ci étaient ouvertes. Elles n'avaient sans doute pas été fermées depuis des années, mais il y avait un garde.

Il était supposé surveiller toute personne se comportant de façon suspecte – quelqu'un comme moi. Sans prétexte valable pour justifier mon arrivée en ville à une telle heure, j'ai contourné le problème en longeant le mur d'enceinte, que j'ai escaladé hors de vue. Je me suis laissé tomber dans un jardin, avant de me frayer un chemin parmi des bâtiments en torchis jusqu'à déboucher sur une rue plus large, avec l'espoir que c'était celle que le Mage m'avait indiquée.

J'ai traversé à la hâte des carrefours parfaitement déserts, guettant à chaque coin de rue les bruits de pas de sentinelles, mais je n'ai pas croisé âme qui vive. J'étais au bon endroit, aussi n'ai-je eu aucun mal à trouver l'auberge et la grande écurie attenante. Toutes les deux étaient évidemment fermées pour la nuit. Des volets en bois barraient les fenêtres de l'auberge, et le portail qui menait à la cour était clos. J'ai de nouveau tendu l'oreille pour m'assurer que personne n'approchait, et comme je n'ai rien entendu, j'ai ouvert le portail, soulevant le battant afin qu'il ne racle pas le sol. Je l'ai coincé dans un trou parmi les dalles pour l'empêcher de se refermer.

Jetant un œil à l'intérieur de l'écurie, j'ai aperçu un valet en train de dormir sur sa chaise. La chance me souriait. Non seulement, il était endormi, mais à en juger par la bouteille vide à sa gauche, il était ivre. J'ai attrapé plusieurs brides qui pendaient d'un crochet au-dessus de sa tête et me suis faufilé dans la rangée de box où j'ai examiné les chevaux qui y somnolaient. J'en ai choisi cinq que je pensais être des juments et les ai réveillées d'un chuchotement. J'ai passé la bride au licou de chacune avant d'ouvrir toutes les stalles, doucement pour ne pas les faire grincer, en commençant par celle la plus éloignée du valet. Les chevaux se sont redressés. Perplexes d'être dérangés à une heure aussi indue, ils émettaient de petits renâclements interrogateurs ; heureusement, aucun assez fort pour réveiller qui que ce soit.

Une fois toutes les stalles ouvertes, je suis retourné auprès de la première monture pour la conduire dehors. Alors que je passais devant le deuxième box, j'ai saisi la bride qui pendait du harnais de la jument suivante. Celle-ci a docilement emboîté le pas de sa compagne le long de la rangée. Les autres sont sortis avec la même obéissance. Bientôt, toutes les cinq se sont retrouvées en ligne, tandis que les chevaux restants commençaient à émerger de leur box, se questionnant sur l'aventure qu'ils allaient rater.

Debout à l'entrée de l'écurie, j'ai scruté la cour au dallage de pierre que les sabots des bêtes allaient piétiner avec fracas. Je me suis tourné vers le palefrenier assoupi. À moins qu'il ne soit complètement ivre, le bruit allait le réveiller ; or, je n'avais aucun moyen de savoir quelle quantité d'alcool se trouvait dans la bouteille quand il avait commencé à boire. Il y avait certes une solution évidente, mais j'étais un voleur, pas encore un assassin.

J'ai récité une brève prière à mon dieu afin que les chevaux restent silencieux et que le valet d'écurie soit bel et bien ivre mort. Me déplaçant furtivement, j'ai ensuite réuni les brides et ai conduit les bêtes à l'extérieur.

Ce déplacement fut si discret que je me suis retourné pour m'assurer que les juments me suivaient bel et bien. Il ne m'était pas venu à l'idée que les dieux, qui étaient demeurés muets et immobiles dans leur temple sacré, puissent encore veiller sur moi. La jument derrière moi a failli me rentrer dedans. Elle a levé la tête de surprise, mais sans faire le moindre bruit. J'ai reculé et elle m'a suivi. Les fers de ses sabots heurtaient les dalles sans émettre le moindre son. Les autres lui ont emboîté le pas. Craignant d'avoir été frappé de surdité, je suis sorti de la cour à reculons. D'autres chevaux ont quitté l'écurie derrière les miens. Ils ont passé le portail de l'auberge avant de disparaître tels des fantômes dans les rues avoisinantes. Lorsque le valet se réveillerait, il lui faudrait les chercher dans toute la ville avant de s'apercevoir que cinq manquaient.

Pol se tenait devant les portes de la cité, le corps du garde à ses pieds.

« Tu l'as tué ? », ai-je articulé silencieusement.

Il a secoué la tête. Pol a pris quatre chevaux, deux brides dans chaque main, et ne m'en a laissé qu'un seul à guider le long de l'herbe qui bordait la route, puis entre deux maisons, et enfin à travers champs. Arrivés au bosquet, nous avons retrouvé les trois autres.

« Y a-t-il eu des problèmes ? », a demandé le Mage, rompant brutalement le sortilège de silence qui nous avait protégés.

J'ai secoué la tête.

« Non, aucun problème. »

Je découvrais toutefois mon empressement à me dérober à l'attention des dieux.

Sophos m'a pris la bride des mains pour aller seller le cheval.

« Est-ce que ça va ? », m'a demandé Pol.

J'ai acquiescé.

M'attrapant par le coude, il a senti mon corps trembler.

« Tu es sûr ? »

J'ai de nouveau acquiescé. Comment lui expliquer que ma réaction était parfaitement normale si on tenait compte que les dieux avaient exaucé ma prière, pourtant désinvolte ? Le silence des chevaux était incommensurablement plus perturbant que la présence des divinités dans le temple. Peut-être parce que l'écurie faisait partie de mon monde tandis que le temple, lui, n'en avait jamais fait partie. Je ne sais pas. Pour la première fois depuis le début de notre périple, Pol a dû m'aider à grimper en selle.

Nous n'étions plus qu'à une heure de Kahlia lorsqu'un vent froid et humide a soufflé sur ma nuque et que j'ai stoppé mon cheval pour écouter le gong d'un temple qui résonnait dans la nuit.

« Qu'est-ce que c'est ? », a demandé Ambiades en s'arrêtant lui aussi, bientôt imité par les autres.

Probablement Aracthus qui prend son rôle à cœur, ai-je pensé.

« Le valet d'écurie s'est réveillé », ai-je répondu en éperonnant ma monture.

Au matin, nous étions presque arrivés au sentier de montagne. Les chevaux étaient épuisés, et nos poursuivants si proches que, par deux fois, nous les avions aperçus lorsque la route courait en terrain plat. Le valet avait dû faire appel à la garnison de la cité avant même de savoir combien il lui manquait de bêtes. Bien que nous n'ayons plus les soldats en vue après avoir pénétré dans l'oliveraie, ils ne devaient pas être loin. Louvoyant sous les arbres dans la pénombre, nous avancions certes plus vite qu'eux, mais seulement parce que nous connaissions notre destination et qu'eux devaient nous pister.

La montagne est apparue sans un avertissement au moment où nous émergions de sous les arbres. Face à nous, la lumière du soleil a soudainement éclairé l'amas pierreux au bas de la falaise. Le Mage a fait halte et mis pied à terre.

« Peu de gens connaissent ce passage. Si nous pouvons escalader la paroi sans qu'ils nous voient, ils ne sauront peut-être même pas dans quelle direction nous sommes allés.

— N'est-ce pas ici que commence Eddis ? N'y sera-t-on pas en terrain neutre ? a demandé Sophos.

— Uniquement si un certain nombre d'Eddisiens le soutiennent, a répondu le Mage en cravachant son cheval, qui a filé entre les arbres et la montagne, suivi des autres. Pressons-nous !

— Ce sera sans moi », ai-je décidé.

J'avais l'intention de trouver un endroit où me terrer et d'attendre que ceux qui nous poursuivaient passent sans s'arrêter. Il était grand temps que je suive mon propre chemin. Car une fois cette chasse à l'homme terminée, il était fort probable que le Mage et Pol s'inquiètent de me voir retourner à Sounis et en prison. Et il était hors de question que je remette les pieds dans ces geôles, ou même à Sounis.

Le Mage a paru étonné. Puis il s'est mis en colère.

« Comment ça, "sans moi" ?

— Je ne vais pas retourner en prison, ou dans une mine d'argent, ou je ne sais quel autre trou à rats. Je vais tenter ma chance en Attolie.

— Tu crois vraiment que je vais te faire enfermer ? a-t-il demandé.

— Vous croyez vraiment que je vais vous faire confiance ? », ai-je rétorqué, assez injustement il faut bien l'avouer.

Il ne m'avait donné aucune raison de ne pas lui faire confiance, mais tout un chacun se rappelait mes craintes dans la montagne quant à l'éventualité qu'il me poignarde un jour dans le dos.

« Si tant est que tes soupçons soient avérés, les Attoliens te tueront aussi, a-t-il remarqué. Et ils le feront sûrement avec plus de sauvagerie.

— Ils seront trop occupés à vous poursuivre. »

Le Mage a lancé un coup d'œil à Pol.

« Vous manquez de temps pour me forcer », ai-je souligné.

Il a levé les bras au ciel.

« Très bien ! s'est-il écrié. Va mourir sous leur lame. Fais-toi empaler, débiter en morceaux, pendre. Peu m'importe. Va passer le restant de tes jours dans un de leurs donjons. Qu'est-ce que ça peut me faire ? »

J'ai soupiré. Je n'avais pas voulu l'offenser.

« Laissez-moi une épée, ai-je dit sans réfléchir. Je vais faire mon possible pour les ralentir. »

J'aurais mieux fait de me mordre la langue. Heureusement, le Mage n'a pas pris mon offre au sérieux. Avec un reniflement d'incrédulité, il m'a tourné le dos.

Les autres l'ont suivi, mais Sophos est revenu après quelques pas hésitants. Gêné, il a sorti son épée de son fourreau et me l'a tendue par la garde.

« Pour ce qu'elle me sert… », s'est-il justifié, l'air sincère.

C'était une épée d'apprenti, plus légère, mais c'était mieux que rien. Je l'ai attrapée, puis l'ai levée vers lui. Il a alors fait demi-tour et a couru après le Mage, lequel s'est retourné une dernière fois pour me fixer avec dédain avant de disparaître entre les rochers.

J'ai repéré un promontoire rocheux non loin, dont j'ai escaladé le flanc. Là, je me trouvais au-dessus du champ de vision de tout cavalier qui chevaucherait dans les parages, sans compter que c'était un lieu difficilement accessible. Les soldats passeraient sans se douter de ma présence, à moins bien sûr que je ne leur saute dessus, l'épée à la main.

Quel démon m'avait poussé à suggérer une idée aussi saugrenue ? Dans la prison du roi, j'avais juré aux dieux de ne plus jamais me laisser prendre à suivre un plan inepte. À ce moment-là, je ne croyais pas vraiment aux dieux évidemment, alors pourquoi me souciais-je de ce qui pouvait arriver au Mage et à ses apprentis ? J'ai passé dix minutes à transpirer sous le soleil, à me remémorer les raisons pour lesquelles je ne l'aimais ni lui ni ce qu'il représentait, tout en essayant d'ignorer la sinistre vision de sa décapitation.

Il y a eu un lointain martèlement, et à plusieurs centaines de mètres de là, les Attoliens ont émergé les uns après les autres de la forêt. Ils se sont arrêtés pour observer les empreintes de sabots qui menaient au défilé, avant de les ignorer et de chevaucher droit vers le sentier secret. Ce n'était pas la garnison de Kahlia. Comme les soldats que nous avions rencontrés plus tôt, ils étaient vêtus des couleurs de la garde de la reine.

Alors qu'ils passaient en dessous de moi, j'ai songé une nouvelle fois que la seule chose sensée à faire était d'attendre, ainsi je pourrais me glisser de l'autre côté du rocher et disparaître sous la frondaison des arbres. Mais j'ai sauté sur le deuxième cavalier. Les autres galopaient trop vite pour s'arrêter. Alors que j'atterrissais au sol, l'Attolien amortissant ma chute, j'ai vu un sabot piétiner l'herbe à quelques centimètres de moi. Tandis qu'il se débattait, l'Attolien s'est pris un coup de sabot arrière. Paniqué, le cheval a fait un mouvement brusque et est tombé à terre au moment où je m'éloignais discrètement à quatre pattes, emportant l'épée de Sophos avec laquelle j'étais parvenu à ne blesser ni l'Attolien, ni le cheval, ni moi-même. Me relevant, j'ai couru.

Une fois sous les oliviers, j'ai pu avancer plus vite que les hommes encore sur leurs montures gênés par les branches, et je devançais même de beaucoup ceux qui avaient chuté dans la confusion. Je me suis dirigé vers un bosquet de chênes que j'avais repéré dix jours plus tôt depuis le sommet de la falaise. Ces arbres poussaient bas, je comptais donc sur leur feuillage dense pour me cacher. Sans chiens, mes poursuivants avaient peu de chance de me débusquer. Je pourrais y rester tapi avant de disparaître à la nuit tombée.

La masse solide des chênes était visible entre les troncs des oliviers. J'ai ralenti le pas, tâchant de choisir le meilleur endroit où plonger sous le couvert des feuilles, lorsqu'un deuxième groupe de cavaliers a surgi, me barrant la route. Sans moyen de les distancer, je me suis dirigé vers la montagne avec l'espoir d'atteindre les rochers, où ils seraient incapables de me prendre en chasse. Si j'arrivais à escalader la falaise et qu'ils n'étaient pas équipés d'arbalètes et – que les dieux m'en préservent ! – de pistolets, j'avais une chance de m'en sortir, ou, au moins, de me rendre sans me faire tuer d'abord. J'ai rampé sur la terre dure sous les oliviers, et une petite partie de moi qui aurait dû penser à des choses plus raisonnables a remarqué que j'avais recouvré toutes mes forces depuis que j'avais quitté la prison.

Je suis arrivé en terrain dégagé, mais les gardes m'ont rattrapé avant que j'atteigne les rochers. Un cheval s'est mis face à moi, si bien que j'ai dû faire volte-face pour l'éviter. J'étais entouré de chevaux et de cris. Tout le monde semblait crier.

XI

J'AI ENTENDU CLIQUETER LA serrure tandis qu'on déverrouillait ma cellule. Les gardes l'ont ouverte et ont fait signe au Mage d'entrer. Sans même tourner la tête, j'ai vu sa silhouette s'encadrer dans l'embrasure, Sophos à ses côtés. Une fois la porte fermée à double tour, l'obscurité a de nouveau envahi la pièce. Étendu en silence, j'espérais qu'il ne m'avait pas remarqué.

« Mage ? a chuchoté Sophos.

— Oui, j'ai vu », a répondu celui-ci, et mes espoirs se sont envolés.

Je l'ai entendu s'approcher à petits pas prudents. Lorsqu'il a été près de moi, il s'est accroupi et a tendu les mains. L'une d'elles s'est posée sur ma jambe, puis sur ma manche, qu'elle a suivie le long de mon bras jusqu'à me toucher brièvement le poignet pour vérifier si j'étais chaud et vivant, ou froid et mort.

« Il respire », a-t-il fait à Sophos tout en pressant ma main. Un geste supposé me réconforter.

« Gen, tu m'entends ? a-t-il murmuré d'une voix douce.

— Laissez-moi tranquille. »

Dans le noir, il a trouvé mon visage et repoussé les cheveux qui le cachaient. Il était très délicat.

« Gen, je te dois des excuses. Pardonne-moi. »

Je n'ai rien répondu. Un instant avant, je dérivais à la surface de l'océan de douleur qui m'avait englouti tout entier puis recraché. Ses excuses n'avaient aucune importance.

Sophos s'est agenouillé à mes côtés.

« Comment es-tu arrivé ici ? a-t-il chuchoté, comme si les gardes rôdaient à l'extérieur, à l'affût des conversations entre prisonniers.

— Ils avaient une charrette, eux. »

Le Mage a soupiré. Ses doigts se sont éloignés de mon visage, et je les ai sentis effleurer le devant de ma chemise, là où elle était raide de sang séché.

« Arrêtez, ai-je soufflé d'une voix ténue, avant de me ressaisir. Laissez-moi. Je vais bien. Allez-vous-en.

— Gen, je crois que tu ne saignes plus. J'ai encore ma cape. Je vais essayer de t'envelopper dedans.

— Non. Non, non, non. »

Je n'osais pas secouer la tête, mais refusais catégoriquement qu'il me réchauffe avec sa cape. Je ne voulais pas. Je ne voulais pas non plus qu'il mette sa main sous ma tête et qu'il la soulève délicatement pour glisser dessous la luxueuse cape repliée de Sophos, ce qu'il a pourtant fait. Il n'a pas senti la bosse au niveau de mon cuir chevelu, à la base de la nuque, et j'ai renoncé à protester. La douleur m'a de nouveau submergé, et je l'ai laissée me noyer. La dernière chose que j'ai entendue a été le Mage qui se querellait avec un garde au sujet d'eau propre et de pansements.

À mon réveil, une lumière sinistre filtrait par la fenêtre à barreaux de la cellule. Sophos faisait les cent pas. Ma chemise était ouverte, et j'étais couvert de bandages. Le Mage avait dû obtenir gain de cause à force d'argumenter.

Me voyant loucher vers ma poitrine, Sophos m'a annoncé : « Il leur a dit qu'on pourrait toujours te tuer plus tard, mais que si tu mourais, tu ne pourrais plus être interrogé que par les dieux. »

Enfin une pensée rassurante.

« Où sont les autres ? », ai-je demandé.

Il s'est assis en tailleur à mes côtés. J'étais étendu sur sa cape et emmailloté dans celle du Mage.

« Les gardes sont venus il y a à peu près une heure pour emmener le Mage, a-t-il expliqué. Pol et Ambiades sont morts. Les soldats de la reine nous attendaient au sommet. Ambiades leur avait tout révélé de nos plans. »

Il s'est tu un instant. Devant mon silence, il a poursuivi : « Du haut de la falaise, nous avons vu ce que tu as fait. »

D'où les excuses du Mage.

Le capitaine de la garde de la reine et ses hommes avaient attendu à flanc de montagne. Il ne faisait aucun doute qu'ils avaient d'autres soldats postés à l'entrée du défilé de la Séperchia, cependant le capitaine avait parié que le Mage quitterait l'Attolie par où il était entré. Lorsque Pol et le Mage avaient soulevé Sophos par-dessus le rebord de la falaise, celui-ci avait fait face aux bottes des gardes, qui l'avaient hissé avant qu'il puisse alerter ses compagnons. Le Mage et Pol n'avaient eu d'autre choix que de suivre, ainsi qu'Ambiades. Le capitaine de la garde avait exigé de savoir où j'étais, et le Mage, encore en colère contre moi, avait répondu : « Quelque part à sauver sa peau. » Cependant, allongé à plat ventre sur mon rocher, j'étais facilement repérable d'où ils étaient.

« Il prépare une embuscade, avait dit l'un des soldats en me voyant, avant de lever son arbalète.

— La reine les veut vivants, était sèchement intervenu le capitaine.

— Dans ce cas, ne vous donnez pas la peine de lui tirer dessus, avait conseillé le Mage avec amertume. Il va rester caché, jusqu'à ce que vous descendiez pour l'arrêter.

— Il est armé ! avait crié le capitaine, les mains levées en porte-voix pour alerter ses hommes qui se dirigeaient déjà dans ma direction, avant de les baisser lorsque le Mage avait agité la sienne, rejetant l'idée que je représente un quelconque danger.

— Tout ce qu'il sait faire avec une épée, c'est la voler ou la vendre. »

C'est de leur falaise qu'ils avaient contemplé mon action héroïque, transformant une chasse à l'homme parfaitement ordonnée en un capharnaüm de chevaux à terre et d'hommes blessés. Le capitaine s'était vivement tourné vers le Mage, qui avait l'air sidéré, et avait changé d'idée sur ce qu'il s'apprêtait à dire.

« Surpris ? », avait-il lancé d'un ton sarcastique.

Secouant la tête, le Mage m'avait regardé me mettre à l'abri en courant à toute vitesse pour tenter de m'échapper.

« Mes hommes vont le découper en morceaux, avait assuré le capitaine alors que je disparaissais sous les oliviers.

— C'en est fini de lui, avait annoncé Ambiades lorsque les cavaliers m'avaient poursuivi en terrain découvert. Bon débarras, avait-il ajouté, tandis que les soldats se rapprochaient de moi.

— Tais-toi, Ambiades, l'avait sermonné le Mage.

— Ils vont devoir descendre de cheval pour l'attraper, avait dit le capitaine.

— Ils n'auront aucun mal... », avait tristement répondu le Mage, ignorant à quel point mon père avait voulu faire de moi un soldat, et non un voleur.

« Je n'ai jamais vu personne réussir à tenir tête à autant d'hommes, a dit Sophos.

— On ne peut pas dire que j'en sois sorti vainqueur. Qu'est-il arrivé à Ambiades ? »

Je refusais de discuter du combat qui avait eu lieu au pied de la montagne. Il s'y était passé quelque chose de désagréable. Je ne me rappelais pas exactement quoi, mais je ne voulais pas le savoir.

Seulement, Sophos ne comptait pas changer de sujet.

« Oui, je suppose que tu as raison. Mais tu en as blessé deux, et je crois que tu as tué le dernier. »

Mes yeux se sont fermés. Voilà précisément ce que je ne voulais pas savoir. Je n'avais eu aucune intention de tuer qui que ce soit, mais, cerné d'épées, j'avais réagi trop vite.

« Nous t'avons vu courir, a impitoyablement poursuivi Sophos. Pourquoi ne t'ont-ils pas pris en chasse ?

— Trop de rochers, ai-je chuchoté, fatigué. Et puis, ils montaient des chevaux de bât. Ceux-là ne piétinent les gens que par accident. »

Pour commencer, seuls quatre cavaliers avaient mis pied à terre. J'en avais blessé un d'un coup d'épée à l'avant-bras, puis désarmé un autre avant de coincer ma lame. Je n'aurais pas été capable de libérer une épée plus longue, mais j'étais parvenu à retirer celle de Sophos à temps pour parer une attaque à ma gauche. Grâce à un réflexe que je croyais oublié, ma parade s'était muée en fente et j'avais transpercé mon adversaire, ce qui l'avait probablement tué sur le coup. Cela avait été comme de poignarder un mannequin d'entraînement. J'avais été si horrifié par mon geste que, tandis qu'il s'était écroulé, j'avais lâché mon arme. Je n'avais jamais voulu être soldat. C'est pour cette raison que j'étais devenu voleur. Pour ne pas avoir à tuer. Et pourtant.

Une légère poussée dans mon dos m'avait forcé à faire un pas en avant. Lorsque j'avais baissé les yeux, ma chemise se décollait de ma poitrine telle une petite tente. Un centimètre d'épée dépassait d'une déchirure dans le tissu. La lame avait dû pénétrer quelque part au milieu de mon dos, mais avait dévié de sa course pour ressortir près de mon aisselle. Je me souvenais distinctement qu'il n'y avait presque pas de sang sur l'acier.

« Nous t'avons cru mort », m'a dit Sophos.

Je l'avais cru également. Mes genoux avaient lâché. Longtemps, tout avait été confus et effroyable ; lorsque j'avais rouvert les yeux, j'étais étendu sur le dos et le ciel au-dessus de moi était d'un bleu parfait. C'était tout ce que je pouvais voir. Je devais me trouver sur une charrette, sans en être certain, car il m'était impossible de tourner la tête. Il n'y avait aucun signe d'oliviers ou de montagne. Si ce n'était les cahots pénibles des roues cerclées de fer, j'aurais pu être allongé sur un nuage. On continuait à crier autour de moi, mais de très loin ; il s'agissait de personnes importantes. J'avais entendu le roi de Sounis, la reine d'Attolie, ainsi que d'autres voix que je n'avais pu identifier. J'imaginais qu'il s'agissait peut-être des dieux eux-mêmes. Si j'en avais eu la force, j'aurais pu leur dire de ne pas s'énerver pour si peu.

J'aurais pu leur expliquer que, bientôt, j'allais mourir, et qu'il ne resterait rien à propos de quoi s'agiter comme ça, puis une secousse sévère avait mis fin à mes pensées. Le ciel au-dessus de ma tête avait viré au rouge, puis au noir.

Sophos m'a tiré de ces souvenirs en demandant : « Qui t'a appris à te battre comme ça ?

— Mon père.

— Était-il furieux quand tu as décidé de devenir voleur ? »

J'ai songé à la dispute au cours de laquelle j'avais déchiré devant lui mes papiers d'enrôlement.

« Oui, on peut le dire comme ça. »

Nous nous étions cependant beaucoup rapprochés ensuite, une fois le sujet clos.

« Mais maintenant, il s'est fait à l'idée.

— Tu aurais dû être soldat, a affirmé Sophos. Tu es un meilleur combattant qu'Ambiades ne l'a jamais été. Je crois que c'est la raison pour laquelle il a répété "bon débarras", et c'est là que Pol... »

Il s'est tu.

Ouvrant les yeux, j'ai découvert qu'il pleurait. Il a frotté sa manche sur son visage pour essuyer morve et larmes. Je n'avais pas voulu repenser à ce qui s'était passé au pied de la montagne, et Sophos n'avait pas voulu repenser à ce qui s'était passé au sommet.

Il a fini de sécher ses pleurs, et après quelques profondes inspirations, a repris doucement : « Le Mage a fait remarquer à Ambiades qu'il n'y avait pas de quoi se réjouir, et le capitaine de la garde a répondu "au contraire". Comme le Mage, Ambiades a d'abord semblé s'énerver, mais ensuite il s'est mis à sourire, fier de lui. C'est à ce moment-là que nous avons compris que c'était lui qui avait renseigné les Attoliens depuis le début. »

Je me suis souvenu du luxueux peigne en carapace de tortue d'Ambiades, celui-là même qui avait attiré l'attention du Mage. Ce dernier avait dû se demander où son apprenti avait trouvé de quoi se l'offrir. J'avais deviné qu'il était à la solde de quelqu'un d'autre, et qu'il se sentait parfois coupable, mais j'avais d'abord pensé qu'il percevait de l'argent d'un ennemi du Mage à la cour de Sounis. Jamais il ne m'était venu à l'idée – au Mage non plus, de toute évidence – qu'il pourrait trahir son maître pour le compte des Attoliens.

« Ambiades a commencé à dire quelque chose, mais tu t'es mis à crier. »

J'avais crié ?

« Nous t'avons entendu, même d'où nous étions, quand ils ont retiré l'épée. »

La voix de Sophos tremblait. Et je me suis souvenu. C'était ça, l'événement confus et effroyable. J'avais senti ma vie s'en aller en même temps que la lame. Mais au dernier moment, la vie avait refusé de me quitter. Elle s'était interposée entre le fer et moi. Je crois que seul le pouvoir des dieux a pu me maintenir vivant, même si mon existence est un affront pour eux. Ce jour-là, j'aurais dû mourir. À la place, la douleur s'est éternisée. Il aurait été tellement plus facile de partir.

J'ai frissonné, et la souffrance est revenue, me coupant le souffle. Sophos m'a tenu la main jusqu'à ce que l'élancement passe.

« Nous avons tous été témoins de ton supplice, a-t-il repris. Puis nous nous sommes tournés vers Ambiades, et lui, il s'en moquait. Je veux dire, on voyait que ça lui était égal que tu meures. Je crois qu'à ce moment-là, plus rien n'avait d'importance pour lui, ni moi, ni le Mage, ni Pol. Et c'est là que Pol l'a poussé pour le faire chuter du haut de la falaise. Et... »

Sophos s'est arrêté pour reprendre une profonde inspiration avant de poursuivre.

« ... il est tombé à son tour, entraînant deux Attoliens avec lui. Le Mage a essayé de sortir son épée, mais les autres soldats l'ont mis à terre. »

Sophos a ramené ses genoux contre sa poitrine et s'est balancé d'avant en arrière en sanglotant.

D'un geste lent, j'ai posé une main sur sa jambe pour la presser. Je ne savais pas quoi dire. J'appréciais Pol.

« Je le connais depuis que je suis né, a dit Sophos d'une voix mal assurée. Je ne veux pas qu'il soit mort, a-t-il insisté, comme si son souhait pouvait être exaucé. Il a une femme et deux enfants, a-t-il ajouté avec un gémissement, et je vais devoir leur rapporter la nouvelle. »

Pris d'un frisson, j'ai refermé les yeux. L'homme que j'avais tué n'avait pas soupçonné avoir affaire à un adversaire chevronné. Il m'avait jugé d'après mon épée et ma taille. Je l'avais pris par surprise et tué. J'aurais tout aussi bien pu l'avoir poignardé dans le dos dans une ruelle. Avait-il une femme et des enfants lui aussi ? Qui leur apprendrait sa mort ? La douleur dans ma poitrine s'est étendue jusqu'à ce que même mes doigts me fassent mal, se crispant sur le sol rugueux de la geôle.

Au bout d'un long moment, Sophos a chuchoté : « Gen ? Tu es encore réveillé ?

— Oui.

— Le Mage a dit que le sang s'était arrêté de couler et que tu allais probablement t'en sortir. Du moment que tu n'as pas de fièvre.

— C'est bon à savoir. »

Comme ça, ils allaient pouvoir me décapiter.

Le soleil se couchait quand les gardes ont ramené le Mage. Les derniers rayons se faufilaient entre les barreaux pour illuminer le mur, fait du même calcaire jaune que le mégaron du roi, de l'autre côté de la montagne d'Eddis. J'avais passé l'après-midi à somnoler. Quelqu'un nous avait apporté de la nourriture, que j'avais dit à Sophos de manger.

« Comment te sens-tu, Gen ? a demandé le Mage.

— Oh, bien », ai-je répondu.

Ma poitrine était remplie d'un ciment bouillant, et j'avais à la fois chaud et froid. Mais je m'en moquais. Plus rien n'avait vraiment d'importance, à peu de chose près, aussi devais-je me sentir plus ou moins comme d'habitude.

Le Mage a posé sa main sur mon front, inquiet.

« Tu as mangé quelque chose aujourd'hui ? »

J'ai levé les yeux au ciel.

« D'accord, a-t-il concédé. C'était une question ridicule. Sophos, tu as mangé ? »

Ce dernier a acquiescé.

« M'as-tu gardé quelque chose ?

— Non, pardon, a-t-il répondu d'un air coupable.

— Ce n'est pas grave, a menti le Mage. J'ai mangé en haut, pendant que je parlais avec le capitaine de la reine. Naturellement, Son Altesse est en chemin pour entendre notre histoire de vive voix. »

Il s'est assis sur le sol en pierre et s'est adossé au mur, hors de mon champ de vision.

« Nous ne sommes pas en très bonne posture, a-t-il poursuivi. (J'ai de nouveau levé les yeux au ciel.) Je crains qu'Ambiades ait été notre moyen le plus sûr de convaincre les Attoliens que nous avons perdu le Don d'Hamiathes. Sais-tu ce qui lui est arrivé ?

— Sophos m'a raconté. »

C'était étrange de tenir une conversation de profil, mais tourner la tête pour regarder le Mage n'en valait pas la peine.

« L'argent de son père a dû venir à manquer, et il a décidé qu'il préférait être un traître fortuné plutôt qu'un apprenti désargenté. Attolia l'a payé, et il s'est arrangé pour nous faire suivre depuis le moment où nous avons quitté Sounis. Lorsque nous avancions trop vite, il faisait en sorte de nous ralentir… »

Nous avons tous pensé aux provisions qui avaient disparu.

« Je te dois bien des excuses, a reconnu le Mage.

— Je les accepte toutes. »

Elles n'avaient plus d'importance.

« La reine espérait sûrement nous tuer discrètement et renvoyer Ambiades comme l'unique survivant d'une expédition maudite. Elle va être furieuse d'avoir perdu un espion si précieux. À présent qu'il est mort, j'ai bien peur qu'il n'y ait aucun moyen de la convaincre que le Don d'Hamiathes a disparu dans un ruisseau. »

Un instant, personne n'a parlé, chacun d'entre nous songeant aux moyens dont disposaient les Attoliens pour nous soutirer des renseignements.

Le Mage a changé de sujet, et j'ai enfin tourné la tête pour le regarder lorsqu'il a dit : « Les soldats d'Attolia se sont rendus au temple au cœur de la dystopie. »

Il a hoché la tête. Je n'ai pas compris s'il cherchait à insister sur la gravité de ce qu'il venait d'annoncer ou s'il se réjouissait d'avoir enfin suscité un signe de ma part.

« Mais le temple était entièrement détruit. L'Aracthus avait transpercé le toit et rasé presque tous les murs. Il restait quelques vestiges d'une vague construction, mais rien de plus.

— Quand est-ce arrivé ?

— Je n'en suis pas sûr, mais pas plus d'un jour ou deux après notre départ. »

Je me rappelais combien les eaux de l'Aracthus m'avaient semblé proches tandis qu'elles balayaient le toit de la galerie des dieux. Je l'ai imaginée se déversant dans la salle et le labyrinthe en dessous, pour tout balayer sur son passage. J'ai songé aux dieux dans leurs magnifiques tenues et à Héphestia sur son trône, désormais réduits à néant. Détournant légèrement la tête vers le plafond de la cellule, j'ai cligné des paupières, et des larmes ont coulé. Le Mage a perçu mon trouble et a rampé sur le sol pour venir me remonter le moral.

« Gen, c'était un temple ancien. L'effondrement de la porte principale était sans doute le premier signe des dégâts causés par l'Aracthus quand le fleuve s'est forcé un passage par une nouvelle entrée. Ce serait arrivé tôt ou tard. Tout ce que l'homme bâtit finit un jour anéanti. (Il a séché une larme qui roulait au niveau de mon oreille.) Néanmoins, j'aurais aimé t'accompagner entre ces murs. Je me demanderai toujours ce que tu as pu y voir. »

Il a marqué une pause, dans l'espoir que je parle.

« Tu ne veux pas me le dire ou tu ne peux pas ?

— Je ne peux pas, ai-je admis. Non que je l'aurais fait, de toute façon. »

Provoquer était toujours une option.

Il a ri, avant de toucher mon front une nouvelle fois pour s'assurer que je n'avais pas de fièvre.

Un garde nous a rapporté de quoi manger. Le Mage et Sophos se sont nourris. Le carré de soleil sur le mur face à la fenêtre s'était assombri lorsque nous avons entendu des pas dans le couloir. La reine devait être arrivée au château et avoir réclamé de voir le Mage.

« Je vais faire ce que je peux pour toi, Gen », a promis ce dernier en se levant.

Les gardes ont également emmené Sophos, et je me suis retrouvé seul, à me demander ce que ce vieil homme imaginait pouvoir faire pour moi.

À son retour, la cellule était plongée dans le noir. Les gardes tenaient des lanternes. Certain qu'ils seraient bientôt partis, j'ai fermé les yeux face à leur éclat. Lorsque quelqu'un m'a donné un léger coup de botte, j'ai grommelé, en partie à cause de la douleur, en partie agacé d'être ainsi dérangé. Un deuxième coup plus direct m'a touché aux côtes, et j'ai ouvert les yeux. Debout au-dessus de moi, entre le Mage et le capitaine de la garde, se tenait la reine d'Attolie.

Face à ma surprise, elle a souri. Dressée dans la lumière, entourée de ténèbres par-delà le rayonnement des lanternes, elle paraissait illuminée d'une aura divine. Ses cheveux étaient noirs, retenus par une imitation du bandeau tissé d'or d'Héphestia. Sa tunique en velours rouge brodé était drapée à la manière d'un péplum. Elle était aussi grande que le Mage, et c'était une des plus belles femmes qu'il m'avait été donné de voir. Tout chez elle évoquait l'ancienne religion ; une ressemblance que je savais voulue, destinée à rappeler à ses sujets que, de la même façon que Héphestia régnait sans partage parmi les dieux, cette femme-là régnait sur l'Attolie. Manque de chance, j'avais vu la Grande Déesse de mes yeux il y a peu et je savais que la reine attolienne n'en était qu'une pâle imitation.

Elle a parlé, de sa voix basse et séduisante.

« Le Mage de Sounis m'informe que tu es un voleur aux talents inégalés, a-t-elle dit, l'air enjoué.

— C'est exact, ai-je répondu en toute sincérité.

— Il sous-entend toutefois que ta loyauté envers ton pays n'est pas forcément totale. »

J'ai cillé.

« Je n'ai pas de loyauté particulière envers le roi de Sounis, Altesse.

— Quelle heureuse nouvelle. Je ne crois pas qu'il te tienne en grande estime.

— C'est exact, Altesse. Il n'a probablement pas une grande estime pour ma personne. »

Elle a de nouveau souri, révélant des dents parfaites.

« Dans ce cas, rien ne t'empêche de rester en Attolie, pour devenir *mon* voleur. »

J'ai lancé un bref regard au Mage. Voilà le service qu'il me rendait : il avait convaincu la reine que j'étais trop précieux pour être mis au rebut.

« Hum, il y a un problème, Altesse. »

La reine d'Attolie a haussé les sourcils, des arcs délicats marquant l'étonnement.

« Lequel ? »

Il fallait que je trouve rapidement quelque chose. Ma retenue m'empêchait de lui signifier qu'elle était, selon moi, un démon droit sorti des Enfers, et que même la menace d'être dévoré par des lions des montagnes ne pourrait me forcer à me mettre à son service. Alors que je cherchais une réponse plus adaptée à la situation, je me suis souvenu du commentaire du Mage sur les berges de l'Aracthus.

« J'ai une bien-aimée, ai-je annoncé avec une inébranlable conviction. J'ai promis de lui revenir, Altesse. »

La formule a amusé la reine. Le Mage était consterné. Il ne comprenait pas que je puisse rejeter ainsi une chance de sauver ma vie. Nulle part dans les archives de la prison du roi il n'était fait mention d'une histoire d'amour en ce qui me concernait. Je le savais car j'avais rédigé moi-même ces documents. Un moyen facile de transformer des fanfaronnades en une solide réputation, sans compter qu'il n'avait pas été difficile de glisser ces renseignements parmi le reste. Quiconque peut voler un sceau royal est aussi capable de crocheter les serrures d'une salle des archives.

« Tu es donc promis à quelqu'un ? a demandé la reine, incrédule.

— Oui, Altesse, ai-je fermement répondu.

— Et tu refuses de rompre ta promesse ? a-t-elle fait, secouant tristement la tête.

— Impossible, Altesse.

— Ne suis-je pourtant pas une maîtresse plus importante à servir ?

— Vous êtes certainement plus belle, Altesse. (La reine a de nouveau souri avant que j'aie pu finir.) Mais elle est plus... affable. »

Ma retenue avait trouvé ses limites. Son visage s'est crispé. On aurait pu entendre une aiguille tomber sur le sol en pierre tandis que ses joues d'albâtre s'empourpraient. Personne n'avait jamais pu accuser la reine d'Attolie d'être affable.

Elle s'est finalement radoucie – m'adressant un sourire différent, plus fin –, avant de pencher la tête en signe d'acquiescement face à un point marqué. Je lui ai rendu son sourire, content de moi mais avec une certaine amertume, jusqu'à ce qu'elle se tourne vers le capitaine de sa garde.

« Emmène-le à l'étage et va chercher un médecin, a-t-elle ordonné. Nous allons lui offrir une chance de changer d'avis. »

Son péplum rouge a frôlé le dos de ma main alors qu'elle faisait demi-tour pour s'en aller. Le velours était doux, mais la broderie grattait.

Plusieurs étages au-dessus du cachot, j'étais alité dans une chambre tandis que ma fièvre montait. Je délirais, et une partie de moi en avait conscience. Moïra est venue s'asseoir près de mon lit. Elle m'a assuré que je n'étais pas en train de mourir. Je lui ai répondu que j'aurais préféré. Puis Eugènides a émergé d'un coin sombre de la pièce, et Moïra a disparu. Il s'est d'abord montré patient. Il m'a rappelé que les vies, comme toute autre possession, sont des choses qu'il faut parfois voler. Il m'a demandé si je préférais être mort. J'ai acquiescé, et il a voulu savoir ce qu'étaient devenus mes rêves de gloire, dans lesquels mon nom était gravé à jamais dans la pierre. Il m'a aussi demandé si j'allais laisser périr mes compagnons.

Je n'aimais pas penser au Mage comme à un compagnon. Mais, s'il ne l'était pas, pourquoi avais-je risqué ma vie pour lui ? J'ai soupiré. Sans compter qu'il me fallait aussi m'inquiéter pour Sophos. J'avais souhaité en finir avec cette vie lorsque le soldat avait retiré son épée de ma poitrine. Ainsi ma conscience ne serait plus jamais venue me hanter. Le dieu à mes côtés ne disait rien. Le silence s'est étendu du chevet de mon lit à tout le château et, m'a-t-il semblé, au monde entier. Puis je me suis souvenu que Lyopidus avait brûlé, tandis qu'Eugènides avait survécu.

Après un nombre infini de battements de cœur vides, Eugènides a repris la parole en s'éloignant.

« Son épouse est morte au cours de l'hiver. Ses trois enfants vivent avec leur tante, à Eia. »

Lorsque j'ai osé baisser le bras tendu dans sa direction, il était parti. Je me suis rendormi et, à mon réveil, mes idées étaient claires. Abandonner le Mage et Sophos à une fin certaine n'allait pas vraiment alléger ma conscience, même si mon heure sonnerait peu après. Et puis, pourquoi renoncer à cette quête de gloire et de fortune ? Me tirant du lit, j'ai commencé à fouiller la chambre.

Les verrous de ma cellule ont tourné et la porte s'est ouverte. Comme les lampes du couloir avaient été soufflées, ni le Mage ni Sophos ne pouvaient voir qui se tenait sur le seuil.

« C'est moi », ai-je sifflé avant qu'ils ne fassent un bruit qui pourrait porter jusqu'à la salle des gardes.

Je les ai entendus se déplacer en direction de ma voix et j'ai reculé afin qu'ils ne me rentrent pas dedans. Une fois dans le couloir, j'ai demandé à Sophos s'il portait encore sa surchemise.

« Pourquoi ?

— Donne-la moi.

— Pourquoi ?

— Parce que la seule chose que je porte actuellement, ce sont des bandages. Ils ont pris mes vêtements. »

Sophos a retiré sa chemise et l'a tendue vers moi, manquant de me crever l'œil.

« Tu veux aussi mes chaussures ? a-t-il proposé.

— Non, je préfère être pieds nus.

— Gen, a dit le Mage, tu ne devrais pas faire ça.

— Me vêtir ?

— Tu sais de quoi je parle. »

Au moins, avait-il le bon sens de chuchoter.

« Je te remercie de nous avoir libérés, mais la meilleure chose à faire pour toi, c'est de nous oublier maintenant. Retourne là-haut et fais semblant de ne jamais avoir quitté ton lit.

— Et comment comptez-vous sortir de cette prison ? Par l'entrée principale ?

— Nous allons nous débrouiller. »

J'ai poussé un rire particulièrement silencieux.

« Vous ne vous “débrouillerez” pas.

— Si nous sommes pris, nous prétendrons avoir soudoyé un garde pour qu'il nous ouvre. »

J'ai rejeté ses paroles d'un geste, qu'il ne pouvait voir.

« Il n'y a pas de temps à perdre, ai-je dit avec de grands mouvements de ma main valide, qu'il ne pouvait pas plus voir.

— Gen, ça ne fait que deux jours. Trois depuis notre arrestation. Tu n'es pas en capacité d'aller plus loin.

— Je crois, ai-je rétorqué avec raideur, être un atout plutôt qu'un frein à votre fuite.

— Ce n'est pas ce que je voulais dire… (Il a tendu une main dans l'obscurité pour toucher mon épaule, mais je me suis écarté.) Gen, nous ne pouvons pas te demander de risquer à nouveau ta vie pour nous.

— Tiens, ce n'est pas ce que vous pensiez avant, ai-je fait remarquer.

— J'avais tort.

— Et maintenant aussi.

— La reine d'Attolie ne nourrit aucune rancune contre toi. »

J'ai songé à son sourire d'adieu.

« Je crois que vous avez à nouveau tort, ai-je dit.

— Tout ce qu'elle veut, c'est la promesse que tu entreras à son service.

— Eh bien, elle perd son temps. »

J'avais entendu tant d'histoires à propos de ceux qui étaient à son service.

« Est-ce qu'on peut clore ce débat ? »

Tout en parlant, j'ai commencé à m'éloigner, et ils m'ont suivi dans le noir. Pieds nus, j'avançais avec prudence, ce qui me permettait aussi de ménager mon épaule meurtrie.

« Comment as-tu eu les clés ? Où sont les gardes ? »

Sophos ne cessait de chuchoter tandis que nous nous déplacions dans les ténèbres.

« Pourquoi toutes les lanternes sont-elles éteintes ?

— Je n'ai pas trouvé les clés, ai-je soupiré. Ils ont pris mes vêtements et les ont sans doute brûlés. Ils ont laissé mes passes et mes autres outils sur une table dans la chambre où ils me croyaient en train de mourir. »

Je n'avais pas emporté la broche du Mage ni le peigne d'Ambiades. En revanche, j'avais pris le petit couteau pliant. Nous sommes arrivés à un angle du couloir ; à tâtons, j'ai deviné où il nous menait, avant de prendre Sophos par la main.

« Tais-toi, ai-je murmuré. Et essaie de ne pas tirer sur mon bras. »

J'étais un brin chancelant et craignais qu'il ne m'entraîne avec lui s'il trébuchait.

« Où sont les gardes ? a-t-il insisté. Et les lanternes ?

— Les gardes sont au bout du couloir, concentrés à jouer aux cartes. Quant aux lanternes, elles sont éteintes, car je les ai soufflées. De cette manière, ai-je sifflé, quand ils nous entendront piailler aussi discrètement que des oisillons dans leur nid, ils ne pourront pas tout de suite nous mettre la main dessus.

— Mais où allons-nous, Gen ?

— Peux-tu seulement te taire ? »

Ma main gauche – la blessée – a balayé le mur jusqu'à heurter une poignée. Sous la douleur, je me suis figé, et j'ai pressé les doigts de Sophos pour l'empêcher de me rentrer dedans.

« Une minute », ai-je chuchoté.

Ils ont patienté sans un bruit tandis que je crochetais la serrure. Par chance, l'une de mes clés entrait à peu près et j'ai pu la tourner d'une seule main.

« Attention à la porte, ai-je prévenu en ouvrant lentement le battant qui a laissé échapper un son étouffé, mais sans faire grincer les gonds. Ne vous cognez pas la tête », ai-je averti le Mage.

Nous avons longé un tunnel étroit. Le plafond était voûté quelques centimètres à peine au-dessus de ma tête. Au bout, se trouvait une nouvelle porte fermée par une simple barre. Une fois de l'autre côté, nous nous sommes retrouvés hors du château, sur une étroite bande de pierre qui courait sous la muraille. Dans le silence, on entendait l'eau lécher la pierre sous nos pieds. À la surface du fleuve qui nous faisait face dans l'obscurité, surnageaient les reflets fantomatiques des flambeaux fixés le long du mur, plusieurs mètres au-dessus de nous.

« Qu'est-ce que c'est ? a demandé Sophos.

— La Séperchia, a répondu le Mage. Souviens-toi que cette place forte trône au centre du fleuve et qu'elle est la principale défense du large pont qui le traverse, permettant d'en protéger les deux côtés.

— Je voulais dire, qu'est-ce que c'est, ça, a dit Sophos en tapant du pied sur la pierre au sol.

— C'est une saillie qui fait tout le tour du château, ai-je expliqué. Elle sert à stabiliser les fondations. Nous allons la suivre jusqu'au pont, pour rejoindre la ville. Parlez moins fort. Il y a des gardes.

— Pourquoi y a-t-il un accès à cet endroit ? »

J'ai laissé au Mage le soin de répondre.

« Ils s'en servent pour se débarrasser des cadavres dans le fleuve.

— Oh…

— Il arrive que les gardes revendent le corps à la famille si elle attend ici dans une barque », a-t-il poursuivi.

Sophos s'est finalement tu alors que, progressant en pas chassés, nous faisions le tour de l'édifice sous le couvert d'une nuit sans lune. Incapable d'y voir à un mètre, j'ai gardé ma main posée sur le mur, tâtonnant du bout du pied pour m'assurer que le sol était toujours là. Le Mage s'est placé entre Sophos et moi, en prenant soin de ne pas me bousculer. Nous avons furtivement tourné à un coin, puis à un autre. Aucune torche ne brillait sur le pont lui-même. S'il y avait des gardes en faction, ils étaient postés dans les tours, ce qui nous a permis de nous faufiler sur le pont.

Traverser la ville s'est révélé plus délicat que quitter la forteresse. Sans lune, il nous fallait avancer avec prudence, et j'ai eu toutes les peines du monde à nous conduire où je voulais. Les feux dans les maisons étaient éteints depuis des heures, si bien qu'aucune lueur ne filtrait à travers les fenêtres pour nous permettre de nous guider. Les chiens aboyaient à notre passage, mais personne n'est jamais sorti. Nous nous sommes éloignés du pont, espérant revenir sur les bords du fleuve plus tard, avant de nous perdre dans les ruelles. Par deux fois, j'ai failli me prendre un mur qui n'aurait pas dû être là, avant d'arriver à une voie qui longeait la berge et permettait ensuite de traverser grâce à un autre pont.

« Nous allons rester de ce côté-ci », ai-je dit, sans que le Mage proteste.

Nous avancions avec lenteur devant les silhouettes noires des habitations. Finalement, je me réjouissais qu'il n'y ait pas de lune, car je n'avais pas à me soucier de me cacher. En outre, marcher lentement me permettait de me ménager.

« Gen, comment vas-tu ? a demandé le Mage.

— Ça peut aller », ai-je répondu, surpris d'être relativement maître de mes moyens.

Certes, j'étais affaibli, mais je savais ce que je faisais. Bien que mon épaule me fît souffrir, la douleur paraissait lointaine. Elle ne se ravivait que les rares fois où je trébuchais. Je me sentais comme en douce apesanteur sur ce sol terreux, comme soutenu par un filin invisible. Tout autour de nous, la nuit résonnait des bruits familiers des insectes, des poissons qui sautent dans l'eau et des aboiements de chiens. Pourtant, nous semblions protégés par la bulle d'un silence inespéré.

La lune a fini par se lever, ce qui a facilité notre progression, toutefois le Mage n'a pas essayé de me faire presser le pas. Lui et Sophos étaient patients, même si ce dernier posait sans cesse des questions. J'ai compris qu'il avait peur et que parler le rassurait, mais j'avais besoin de concentrer mon énergie sur mes pas. Aussi, le Mage lui répondait-il. Nous avons continué d'avancer jusqu'à ce que l'aube se lève.

Après quelques kilomètres, ayant laissé ville et fortifications derrière nous, la route longeait désormais une colline avant de s'enfoncer dans les terres. Si nous voulions rester près du fleuve, il nous fallait suivre un étroit sentier qui grimpait à travers des rochers sur la berge. Nous nous sommes arrêtés pour nous reposer. M'adossant contre un amas de pierres qui n'attendait que moi, je me suis laissé glisser au sol. J'ai étendu la surchemise de Sophos sous moi (par chance, elle était longue) et me suis assoupi. J'avais les pieds froids. Ignorant ce détail, j'ai dormi quelque temps. Lorsque j'ai rouvert les yeux, il y avait suffisamment de lumière pour voir les couleurs du monde. La surchemise du Mage enveloppait mes pieds, et celui-ci n'était plus dans les parages.

J'ai brusquement tourné la tête pour le chercher du regard, souhaitant ne pas avoir eu cette réaction instinctive. Mon corps s'était engourdi durant le sommeil. Sophos dormait à côté de moi, recroquevillé sur le sol. Le Mage, lui, se tenait en contrebas, examinant les abords du fleuve. Je l'ai appelé, et quand il s'est tourné vers moi, sa mine était lugubre. Dans mon ventre, des oisillons se sont mis à picorer.

« Quel est le problème ? ai-je demandé.

— Le fleuve ne coule pas dans le bon sens. »

Laissez les dieux entrer dans votre vie et vous perdrez rapidement foi dans toutes les lois de la nature. Les oisillons ont cessé de picorer pour tomber raides morts. Un instant, mon ventre a été plein de petits cadavres tandis que je me demandais si le fleuve avait réellement inversé sa course. Mais le Mage voulait seulement dire qu'il s'était mépris sur le sens du courant pendant la nuit.

Il s'est assis et a enfoui sa tête dans ses mains.

« J'ai été désorienté en ville, a-t-il poursuivi. Nous ne sommes pas en train de descendre le fleuve. Nous sommes en train de le remonter. Quoique le sol se soit élevé graduellement, je ne me suis douté de rien jusqu'à atteindre cette partie plus escarpée. Je n'ai pas la moindre idée de l'endroit où nous nous trouvons. »

À cet instant, Sophos s'est redressé en clignant des yeux, donc ni l'un ni l'autre n'a noté mon soupir de soulagement.

« Que se passe-t-il ? », a-t-il demandé en regardant le Mage, qui lui a expliqué la situation.

Tout ce qu'il savait, c'est que nous étions au bord de la dystopie, du côté opposé à la mer des Oliviers. Voilà pourquoi la route que nous suivions avait bifurqué. En amont, il n'y avait plus de terre cultivable. Nous n'avions aucun moyen de savoir jusqu'où ce chemin le long du fleuve allait nous mener. Le sentier allait grimper et devenir de plus en plus périlleux. À la connaissance du Mage, il se pouvait qu'il n'y ait pas du tout de pont avant le pied de la montagne, auquel cas nous nous retrouverions coincés.

« Il y a une route commerciale de l'autre côté du fleuve. Je suis certain qu'on y trouverait des villages, mais je ne vois pas pourquoi l'un d'eux aurait eu besoin de faire construire un pont pour se rendre dans la dystopie.

— Et ce chemin-ci ? ai-je demandé, bien que je connaisse la réponse.

— Il est de plus en plus étroit. Au-delà de ce point, il se transforme en sentier, et probablement en impasse à la prochaine ferme. Je suis allé voir.

— Alors que faisons-nous ? a demandé Sophos au Mage.

— Nous continuons, ai-je répondu. Impossible de faire demi-tour sans devoir affronter les soldats à notre poursuite. (J'ai adossé ma tête contre la pierre un instant.) Nous allons remonter le fleuve en espérant que les rochers suffisent à ralentir leurs chevaux. De plus, pour eux, il n'y a aucune raison pour qu'on soit partis dans cette direction, donc ils vont sans doute concentrer leurs recherches à l'opposé.

— On pourrait se cacher quelque temps dans la dystopie, a suggéré Sophos. Ensuite, on la traverserait dans l'autre sens pour retourner à la mer des Oliviers. »

Le Mage m'a lancé un regard en biais.

« On n'arrivera pas à franchir l'Aracthus.

— On pourrait attendre que Gen se rétablisse.

— Et comment allons-nous subsister ? »

N'ayant absolument plus faim, la question m'était sortie de l'esprit.

« Au moins, on a tout ce qu'il faut en eau », ai-je dit d'un ton optimiste en commençant à me lever.

J'avais l'impression d'être une de ces horloges cassées que mon frère réparait parfois. Le Mage s'est penché pour me soutenir. Sophos aussi s'est tourné vers moi pour offrir son aide.

« Vous pensez qu'ils sont à nos trousses ? Ne risquent-ils pas de déclencher une guerre en nous décapitant ? », a-t-il demandé.

J'ai songé au prestige que rapporterait l'exécution d'un des premiers conseillers d'un royaume ennemi, et l'ai comparé aux désavantages d'une guerre ouverte.

« Il se pourrait que la reine vous relâche tous les deux pour éviter un conflit, ai-je dit. Ou le retarder jusqu'à ce que son armée soit prête.

— Et toi ?

— Il se pourrait qu'elle me relâche aussi. Mais elle préférerait sans doute me garder. »

Personne n'allait déclarer de guerre à cause de moi. Je pouvais en plus lui être extrêmement utile si elle arrivait à me persuader de lui offrir mes services. J'ai frissonné, et ce qui devait être un grognement a fini en soupir. Nous devions rester près du fleuve car s'ils nous attrapaient, je comptais m'y jeter.

Une fois debout, j'ai été porté par mon élan. Nous avons suivi un sentier qui traversait la chaîne de rochers bordant le fleuve. Au sol, les éboulis mordaient la plante de mes pieds, mais j'y voyais mieux, si bien que nous avancions légèrement plus vite qu'avant.

Tandis que nous marchions, la plupart du temps en file indienne, Sophos a continué de parler.

« Gen ? Si tu pouvais être n'importe où, où serais-tu ?

— Au lit, ai-je soufflé. Un grand lit au cadre ouvragé,

dans une chambre bien chauffée avec de nombreuses fenêtres. Et des draps, ai-je dit après encore quelques pas en imaginant le tissu contre mes pieds endoloris, aussi beaux que ceux qu'ils vendent sur la Voie sacrée. Et il y a aussi une cheminée, ai-je ajouté, emporté par ma rêverie. Et des livres.

— Des livres ? s'est étonné Sophos.

— Des livres, ai-je répété avec fermeté, me fichant que le Mage trouve l'idée étrange lui aussi. Des centaines de livres. Toi, tu serais où ?

— Sous l'abricotier, dans le jardin de ma mère dans notre villa. Je regarderais jouer mes petites sœurs, et chaque fois que j'en aurais envie, je n'aurais qu'à tendre le bras pour cueillir un abricot.

— Ils ne sont pas mûrs à cette période de l'année.

— Eh bien, disons qu'il est question d'être où on veut, quand on veut. Où seriez-vous, Mage ? »

Il est resté silencieux si longtemps que j'ai cru qu'il n'allait pas répondre à son apprenti.

« Dans le grand temple, a-t-il fini par dire.

— Pouah ! », ai-je fait, associant encore le temple à l'ennui, avec tous ces gens qui chantent, et ces fumées d'encens qui vous étouffent. Mon adulation récente et passionnée des dieux ne m'avait pas rendu plus tolérant aux rites ineptes des temples dont j'avais été le témoin année après année.

Le Mage n'avait pas terminé.

« J'assisterais au mariage entre Sounis et Eddis. »

J'ai grimacé, brièvement.

« Pourquoi ce mariage compte-t-il autant pour vous ?

— Le roi a besoin d'un héritier, lequel a besoin d'hériter d'Eddis et de Sounis.

— Le roi a un neveu, a fait remarquer Sophos.

— Pardon, évidemment qu'il a un héritier, s'est repris le Mage. Mais il lui faut un fils pour assurer la stabilité du trône. Ce qui signifie qu'il lui faut une épouse.

— Et pourquoi son héritier aurait-il droit à Eddis ? », ai-je demandé.

Le Mage a pensé que je méritais une réponse complète, ce qui, plus que tout, prouvait à quel point son opinion sur moi avait changé.

« Il aurait droit non seulement à Eddis, mais aussi à l'Attolie. Tu ne le sais pas, Gen, mais ces trois régions du monde ne sont libres que par la grâce d'une rare combinaison de circonstances. Les premiers envahisseurs ont conquis nos terres parce qu'ils voulaient qu'on leur paie un tribut. Ils ont peu à peu été remplacés par les suzerains de l'Empire mercanti, lesquels voulaient essentiellement profiter de nos différents commerces, mais nous avons fini par les vaincre eux aussi. Cela a été possible uniquement parce que l'Empire mercanti était occupé à se battre ailleurs et contre une menace plus grande, les Mèdes. Cela fait plus d'un siècle que Mèdea essaye d'étendre son empire à toute la Mer du milieu. Bientôt, ils voudront non seulement nos terres, mais aussi nous en chasser. Ils combattent depuis des décennies contre ce qu'il reste de l'Empire mercanti, et pendant qu'ils se font la guerre, nous demeurons libres. Mais lorsqu'ils cesseront de se battre, Sounis, Eddis et l'Attolie devront s'unir pour faire face à cette menace, sans quoi nous serons assujettis comme jamais nous ne l'avons été par le passé. Il n'y aura plus de Sounis, plus d'Attolie, plus d'Eddis. Juste Mèdea.

— Êtes-vous certain que les Mèdes vont l'emporter ?

— Il n'y a pas l'ombre d'un doute. »

Ce qui nous a donné matière à réfléchir tandis que nous poursuivions notre route. Nous nous sommes élevés au-dessus du fleuve et la berge s'est faite encore plus escarpée, jusqu'à offrir une vue plongeante sur l'eau. Nous avancions sur une étroite bande de terre qui courait le long des rochers et, à notre gauche, des blocs de pierre s'entassaient encore plus haut. Plus nous remontions le courant, plus le fleuve devenait étroit et profond ; on pouvait l'entendre gronder. La rive opposée n'était qu'à une centaine de mètres. À un moment, nous avons traversé un minuscule village abandonné. En l'absence d'arbres, le soleil s'est fait plus chaud.

Les rochers se sont encore élevés, nous obstruant la vue à chaque coude.

Lorsque nous avons atteint une nouvelle montée, le Mage a aidé Sophos à grimper sur un promontoire pour scruter l'aval du fleuve.

« Tu vois quelqu'un ? », lui avons-nous demandé en même temps.

Il a secoué la tête et a commencé à redescendre.

« Attends, ai-je lancé. Est-ce que tu vois de la poussière ?

— Tu veux dire, dans l'air ? Oui, il y a un nuage.

— Des chevaux sur la route », ai-je averti le Mage.

Ce dernier a acquiescé tout en aidant Sophos à descendre. Nous avons essayé de presser le pas, mais même si je ne souffrais pas trop, les forces me manquaient pour aller plus vite. Lorsqu'un peu plus tard Sophos est remonté sur une hauteur, il a brièvement aperçu les chevaux se faufilant les uns derrière les autres entre les rochers. Nous avons continué jusqu'à ce que je heurte une pierre et que je tombe en avant. Le Mage marchait devant moi et m'a entendu reprendre mon souffle. Il s'est tourné pour m'aider, mais j'étais déjà au sol. En cherchant à me relever, il a saisi mon épaule blessée. J'ai agité la main dans un geste désespéré. Mon grand-père aurait été fier de son entraînement. Un voleur ne fait jamais un bruit. Je me suis mordu la langue.

« Gen ? Ne t'évanouis pas. Nous allons quitter ce chemin et essayer de nous cacher dans cette étendue rocheuse. Ils vont peut-être passer sans nous voir.

— Non. »

Cette idée était vouée à l'échec, nous le savions tous les deux. Si Sophos et lui me laissaient derrière, ils auraient une chance. Il y avait toutefois une meilleure alternative.

« Il y a un pont... », ai-je repris, le souffle court.

En amont, des rochers entrecoupaient les flots. Des débris que le fleuve en crue avait emportés s'étaient logés contre. Un tronc d'arbre s'étirait depuis notre berge jusqu'à une saillie au milieu du cours d'eau.

Regardant par-dessus son épaule, le Mage a aperçu cette passerelle de fortune.

« Crois-tu qu'on pourra atteindre l'autre côté ?

— Oui. »

Un deuxième enchevêtrement de branches rejoignait la rive opposée. Quoique plus précaire, cette structure branlante pourrait supporter mon poids, et sans doute celui du Mage.

Ce pont, enfin ce que j'appelais ainsi, se trouvait encore à plusieurs centaines de mètres, et les cavaliers qui nous poursuivaient à seulement deux fois ça. C'était une course entre la tortue et le lièvre, mais la tortue disposait de tout juste assez d'avance et de l'aide du Mage pour marcher. Nous avons atteint ce gué improbable au moment où les gardes arrivaient à pied. Ils avaient abandonné leurs chevaux, incapables de passer les nombreux obstacles du sentier escarpé. Ils allaient désormais bien plus vite que nous.

« Sophos, vas-y en premier, a dit le Mage. Ensuite, j'aiderai Gen à traverser.

— Non, ai-je répondu.

— Dois-je rester debout ? a demandé Sophos.

— Bien sûr que non ! »

J'ai insisté pour qu'il y aille à quatre pattes en s'accrochant où il pouvait. À la moindre glissade, il serait entraîné par le courant et on ne le reverrait certainement plus jamais. La puissance des flots était effrayante à cet endroit, toute l'eau de la Séperchia se déversant entre ces deux rives étroites. Derrière son calme trompeur, sa force était telle qu'elle pouvait engloutir un homme en un instant. Sophos a atteint sans encombre l'îlot au milieu des eaux.

« Allons-y ensemble, Gen, a dit le Mage.

— Non.

— Gen, je ne t'abandonnerai pas une nouvelle fois. »

Il a regardé par-dessus mon épaule les hommes armés qui approchaient et a tenté de saisir ma main valide. Je crois qu'à cet instant, il était persuadé que les gardes les laisseraient partir, Sophos et lui.

« Gen…

— Dis à Sophos de sauter sur la rive dès que les branches se mettent à bouger sous son poids. S'il pose un pied dans l'eau, il finira noyé. »

Le Mage a lancé un coup d'œil à son apprenti, qui avait commencé l'autre moitié de la traversée, plus risquée encore. Cette section était constituée de branches plus fines amassées par le courant et maintenues ensemble entre les interstices des rochers. Le bois était cassant, et à mesure qu'il cédait, le pont de fortune s'affaissait. Le Mage connaissait le principe d'Archimède aussi bien que moi.

« Gen ? a-t-il dit en se tournant vers moi.

— Je vais m'en sortir, promis. »

Il s'est engagé à contrecœur, rampant aussi prudemment que l'avait fait Sophos. Une fois qu'il a atteint l'îlot central, je me suis laissé glisser jusqu'à la berge puis j'ai entamé debout la traversée sur le tronc. L'eau avait lissé le bois – un soulagement pour mes pieds nus après toutes ces pierres acérées. Même deux fois moins large, je l'aurais passé avec aisance.

Le Mage a souri lorsque j'ai atterri à ses côtés. Nous nous sommes alors attelés à rendre le passage infranchissable. Un homme était déjà en train de s'y aventurer, mais d'un bond il s'est réfugié sur un rocher avant que le tronc ne se détache et soit emporté. Par-dessus le grondement de l'eau, un certain nombre de jurons que je n'ai pas pris le temps de compter ont fusé.

J'ai dit au Mage de continuer. Il s'est exécuté sans protester. Puis est venu mon tour. De nombreuses petites branches s'étaient cassées à son passage, aussi le barrage ployait-il dangereusement jusqu'à être à fleur d'eau. Un peu plus et j'allais être happé par la Séperchia. Mais le branchage a tenu. À mi-parcours, j'ai aperçu le bout d'une corde, entortillée au milieu du petit bois. J'ai progressé jusqu'à la berge aux côtés du Mage, à l'instant où les hommes à nos trousses faisaient tonner leurs armes à poudre noire. Je n'étais pas inquiet. Ces nouvelles armes étaient certes capables de stopper net une charge d'infanterie, mais elles n'étaient pas assez précises pour viser et toucher une cible à bonne distance. Des arbalètes auraient été beaucoup plus dangereuses. Cependant la reine d'Attolie aimait que sa garde personnelle parade avec des armes à poudre, ces dernières étant, selon elle, plus impressionnantes.

J'ai pointé du doigt la corde et demandé au Mage s'il pouvait l'atteindre. J'ai dû crier pour que ma voix ne se perde pas dans le vacarme du fleuve.

« Les gardes de la reine risquent de trouver un autre tronc sur la berge. Il vaudrait mieux saboter aussi cette partie ! »

Le Mage a opiné et s'est accroché à un rocher d'où la corde devenait accessible. Attrapant un brin effiloché qui s'agitait devant lui, il a tiré dessus d'un coup sec. Mais il s'est rompu. Sur la rive opposée, les gardes ont de nouveau fait feu. Avec des gestes plus appliqués, le Mage a tenté de mettre la main parmi le fouillis de branches avant de tirer de toutes ses forces. Cette fois, le fragile amoncellement a vacillé. Les branches les plus frêles se sont brisées et l'assemblage branlant n'a bientôt fait plus que quelques centimètres, puis son extrémité s'est affaissée. Le courant a alors tout emporté.

À cet instant, une balle a touché le rocher près du Mage, ce qui lui a fait lâcher sa prise. Il est tombé en avant dans le fleuve, son bras et son épaule gauches plongeant en premier dans les flots tourbillonnants. Il est parvenu à maintenir la tête à la surface, mais la Séperchia a tout de même failli l'entraîner par le fond. Sophos et moi avons réussi in extremis à empoigner sa ceinture ; lui, des deux mains, moi, d'une seule. Nous avons tiré avec toutes les forces qui nous restaient. Le Mage battait des pieds à la recherche d'un appui, et avec notre aide, il a finalement pu se hisser sur la rive. Les fusiliers ont de nouveau tiré et nous nous sommes rapidement mis à couvert derrière d'énormes rochers. Nous avons poursuivi notre chemin entre ceux-ci et gravi la berge escarpée. Elle s'élevait à pic à environ trois mètres du niveau de l'eau, avant de redescendre légèrement. Ne craignant plus les balles, nous avons fait halte pour reprendre notre souffle. C'est à ce moment-là que j'ai remarqué le sang sur le devant de ma chemise. Du bout des doigts, j'ai touché ma joue.

« Une des balles a dû faire voler un éclat de pierre, a dit le Mage. Je crains que ton visage ait été touché.

— Et voilà ma beauté envolée, ai-je soupiré.

— La cicatrice ne se verra peut-être pas, m'a-t-il rassuré, alors même qu'il avait remarqué que je plaisantais.

— Je pense que si », ai-je répondu, effleurant la plaie.

J'étais convaincu qu'il m'en resterait une cicatrice blanche en forme de plume. La traversée du pont de fortune s'était déroulée sans heurt, le dieu des voleurs l'avait approuvée, même si certains ne verraient sans doute pas dans l'issue de cette épreuve le signe de son soutien.

« Et s'ils envoient une troupe de ce côté du fleuve ? », a demandé Sophos.

Le Mage m'a regardé, et j'ai haussé une épaule.

« On restera sur nos gardes. »

Nous avions laissé la dystopie derrière nous. Cette berge aussi était rocailleuse, mais très vite le paysage s'est transformé en vallons, interrompus de temps à autre de rangées d'arbres et de broussailles. Une route sinueuse courait entre les champs et le fleuve. Aussi loin que portait le regard, il n'y avait ni ferme ni la moindre trace d'une âme qui vive.

« Je crois que nous sommes sortis d'affaire, ai-je dit. Toutefois, il se peut que ces hommes redescendent le fleuve, traversent le pont en aval et remontent le long de cette rive. Nous devrions continuer à avancer.

— Avancer où ? », a demandé le Mage.

Avec un nouveau haussement d'épaules, j'ai agité ma main valide en direction de l'amont.

« Par là. »

Loin de nos éventuels poursuivants.

Nous avons trouvé un chemin qui rejoignait la voie principale. Celle-ci n'était autre qu'un sentier de terre dédié aux charrettes des fermiers. Un soulagement pour mes pieds ; quant à mon épaule, elle se réjouissait de ce sol plat. La sensation rassurante de flotter le long de la route est revenue. À mesure que nous marchions, les champs à notre droite ont disparu, remplacés par des terres qui jadis avaient été défrichées mais qui n'étaient plus cultivées depuis longtemps. Il y poussait des herbes sauvages et des buissons bas, et nous étions les seuls êtres à dépasser dans cette rase campagne. À nouveau, je me suis senti exposé.

Le soulagement n'est venu que lorsque le soleil a disparu derrière les collines et que la nuit est tombée. Mais le froid est aussi arrivé. Une demi-heure après le coucher du soleil, un vent glacial a soufflé sur ma nuque. Ça n'a pas paru déranger le Mage ou Sophos. J'ai accéléré le pas pour me réchauffer, respirant la bouche ouverte pour empêcher mes dents de claquer. Impossible de chasser le sentiment inquiétant qui remontait lentement ma colonne vertébrale. Je pensais à la reine d'Attolie et à sa volonté de récupérer, par n'importe quel moyen, au moins l'un de ses prisonniers.

Devant nous, il n'y avait que les montagnes, aussi est-ce là que nous nous sommes dirigés dans la pénombre. De ce côté-ci de la chaîne, elles s'élevaient à pic depuis la plaine attolienne, comme s'échappant de la mer des Oliviers. Nous avancions pas à pas, et lorsque mes pieds nus rencontraient des broussailles, je savais que nous nous étions écartés du sentier. Nous marchions lentement, alors même que le vent me poussait. J'étais fatigué. Je percevais encore au sein du silence nocturne le tumulte du fleuve, et à cet instant-là, j'aurais donné toutes mes possessions pour un verre d'eau fraîche. Lorsque je me suis mis à trébucher, le Mage m'a attrapé par le bras, mais il était trop grand pour me soutenir. Sophos s'est alors glissé sous mon épaule valide pour m'aider à continuer. Nous progressions sans nous arrêter, tenaillés par l'idée que les cavaliers de la reine avec leurs armes se rapprochaient peut-être de minute en minute.

Beaucoup plus tard la lune s'est levée, et la Séperchia, dont les méandres s'étaient éloignés de la route, est réapparue. Le terrain que nous parcourions s'élevait graduellement, de sorte que le fleuve s'écoulait à nos côtés au fond d'un ravin de plusieurs dizaines de mètres. La rive opposée était une paroi rocheuse qui s'élevait abruptement jusqu'à une crête. Si nous n'avions pas tenté notre chance sur le pont de fortune, le chemin que nous avions suivi nous aurait menés directement dans une impasse et nous aurions fini au fond des eaux.

Le sentier se terminait devant un impressionnant pont en pierre haut perché, sur lequel nous nous sommes engagés sans nous concerter. Avant d'atteindre son point culminant, le Mage s'est figé et s'est tourné vers Sophos et moi. S'il avait eu des oreilles de cheval, il les aurait pointées en avant.

« Qu'est-ce que vous avez entendu ? ai-je demandé.

— Des sabots. »

Nous avons franchi le pont pour rencontrer notre destin, ou plutôt, un campement de soldats.

XII

De l'autre côté du pont, une avancée dallée menait à une tour basse, qui protégeait un portail massif barrant l'entrée d'une faille dans la falaise. Le portail était ouvert, et devant lui se tenaient de petits groupes de soldats autour de trois feux de camps. Ils jouaient aux dés, dormaient ou s'adonnaient à ces activités que font les soldats quand ils sont de repos. Seuls deux gardes étaient postés au niveau du pont, assis sur un petit tas de pierres plates. De nuit, ils ne nous ont remarqués que lorsque nous sommes arrivés sous leur nez. Pendant quelques secondes, ils se sont contentés de nous fixer, médusés. Puis ils ont souri, se sont vivement relevés, et l'un d'entre eux a planté sa lance à côté de nous, l'air soudainement frais, dispos et militaire, tandis que l'autre se ruait pour prévenir son capitaine. Personne n'a rien dit pendant que nous patientions. Autour des feux crépitants, les autres soldats n'ont même pas levé la tête de leurs parties.

Quand le capitaine est arrivé, il n'avait pas grand-chose à dire de plus. Alors qu'il nous surveillait et que nous étions toujours debout, j'ai pris appui sur Sophos, et le Mage nous a soutenus tous les deux.

Le capitaine a secoué la tête.

« Bienvenue à Eddis », a-t-il finalement dit au Mage, avant de se tourner vers son lieutenant qui arrivait dans son dos, et de lancer succinctement : « Va chercher des chevaux. Et quatre ou cinq hommes pour les emmener. Ce n'est pas à nous de décider de leur sort. Vous, vous retournez à votre poste », a-t-il ajouté à l'intention des deux gardes. Ces derniers se sont précipités au sommet du pont, d'où ils ont scruté la plaine à peine éclairée d'un morceau de lune.

« Vous trois, suivez-moi », a repris le capitaine en courbant un doigt dans notre direction.

Ayant remarqué l'agitation, quelques têtes se sont tournées vers nous. L'atmosphère décontractée s'est envolée et les soldats sont brusquement devenus sérieux et méfiants. Le temps que le lieutenant revienne avec hommes et chevaux, le bruit de sabots que le Mage avait entendu l'avait également été par tout le monde et rapporté au capitaine.

« C'est sûrement la garde attolienne », a annoncé le Mage.

À cet instant, il s'attendait à ce que les Eddisiens les livrent à l'Attolie.

« Je vais m'occuper d'eux, a simplement répondu le capitaine au lieutenant. Garde un œil sur ces trois-là », a-t-il ajouté avant de faire signe à d'autres hommes de le suivre.

Nos chevaux ont été sellés avec force tintements et piaffements, et un soldat massif a tiré Sophos de sous mon bras. L'empoignant par le coude et le siège de son pantalon, il l'a jeté sur un cheval. Quelqu'un m'a saisi, dans l'intention de me faire subir le même traitement, mais alors qu'il me tirait d'un coup sec, j'ai pivoté et me suis écroulé à genoux.

« Arrêtez ! Faites attention à lui ! », a crié Sophos d'une voix brisée tandis qu'il luttait pour descendre de cheval pour me venir en aide.

Le géant l'a maintenu en selle et lui a ordonné de se calmer.

L'homme qui me tenait le bras s'est approché de mon visage avant de suggérer qu'on m'apporte une couverture. Celle qu'on est allé me chercher était chaude d'avoir été étendue près du feu. Les soldats m'ont enveloppé dedans, puis le lieutenant m'a soulevé avec précaution dans ses bras puissants.

Tandis que les chevaux passaient le portail, j'ai aperçu au-dessus de moi des griffons gravés dans la roche, puis je crois que je me suis évanoui de fatigue. Dans mon rêve, des murs de pierre défilaient de part et d'autre, et j'entendais le bruit des sabots à mesure que les chevaux grimpaient la route de montagne qui longeait la faille creusée par l'Aracthus avant que son cours eût été dévié.

Lorsque nous avons atteint le palais, la grande cour était éclairée de lanternes, mais la plupart des fenêtres étaient sombres. Minuit avait sonné depuis longtemps. Tout le monde a mis pied à terre et deux hommes m'ont aidé à descendre de monture. Beaucoup de tergiversations ont suivi, car personne ne savait vraiment ce qu'ils pouvaient faire de nous. Sophos est venu me soutenir. Le Mage se tenait non loin. Les soldats se sont un peu écartés, comme s'ils craignaient que nos ennuis soient contagieux et mortels.

Enfin, quelqu'un a ouvert les doubles portes qui menaient au grand hall. Nous y sommes entrés tous les trois, côte à côte. Le martèlement des bottes sur le sol en marbre a annoncé notre arrivée à quiconque n'aurait pas entendu le tapage dans la cour. Servants et curieux se sont pressés en haut des deux escaliers. Des braseros brûlaient et enfumaient encore légèrement la salle du second trône, aussi notre trio s'est-il avancé par là. Les personnes qui chuchotaient dans les escaliers se sont engouffrées à notre suite, si bien qu'au moment où nous avons quitté le hall pour pénétrer dans la salle du trône illuminée de mille feux, j'avais l'impression d'être devenu l'attraction principale d'un cirque ambulant. Il ne manquait plus que les ours.

Je n'ai d'abord vu de la salle que les murs, près du plafond, où étaient peintes des hirondelles des montagnes qui tournoyaient dans les airs. Une volée de marches conduisaient à une autre pièce, et alors que les membres de la cour passaient devant nous pour les descendre, j'ai noté l'endroit où la paroi inférieure des murs était tachée de rouge sombre et où deux griffons dorés reposaient, un de chaque côté du trône. Ce dernier était vide. Autour de l'âtre surélevé devant lui, un groupe de femmes étaient assises à bavarder. Deux d'entre elles se tenaient devant un jeu d'échecs où la partie semblait terminée. Celle qui était de loin la moins séduisante s'est alors levée.

Comme Attolia, elle avait les cheveux noirs et sa robe était en velours rouge, mais c'étaient les seules choses qu'elle partageait avec la reine des basses terres. La reine d'Eddis avait pris l'habitude de se tenir comme un soldat. Les plis du tissu à ses épaules donnaient l'impression que ses bras étaient trop longs pour son corps. Son nez avait été cassé et ne s'était jamais remis droit, et ses cheveux coupés à la garçonne étaient si bouclés que sa modeste couronne en argent était presque invisible.

Elle a distingué parmi la foule le lieutenant qui nous avait amenés et lui a demandé d'expliquer la raison de cette agitation. Incapable d'entendre la reine par-dessus les nombreux chuchotis autour de nous, le lieutenant s'est excusé d'un haussement d'épaules.

La main levée, la reine a froncé un sourcil en direction de l'assemblée. Le silence est tombé aussitôt. Les soldats qui nous entouraient, moi, le Mage et Sophos, se sont vivement écartés. Lorsqu'elle nous a vus, elle a baissé la main.

« Oh... a-t-elle laissé échapper avec une pointe d'irritation, comprenant parfaitement la situation. C'est toi, Eugènides. »

J'ai braqué les yeux sur mes pieds poussiéreux. J'étais exténué et me sentais aussi léger qu'un nuage prêt à s'effilocher dans le ciel. Je n'avais même plus la force d'être dépité à l'idée d'embarrasser ma reine et ma plus ardente protectrice face au misérable spectacle que j'offrais à la cour d'Eddis. Mais je n'avais jamais été aussi heureux d'entendre prononcer mon nom.

Cette salutation, ai-je remarqué, n'a pas surpris le Mage. Son absence de réaction m'a quelque peu déçu, car j'aurais voulu le voir estomaqué par la révélation. J'ai dû me contenter de la stupéfaction de Sophos – il me regardait bouche bée, une vision qui m'a fait chaud au cœur –, en espérant que le Mage ne connaisse pas mes autres secrets.

« Descends les marches », ai-je chuchoté à l'oreille de Sophos en le poussant en avant. Tandis qu'il m'aidait, ceux qui nous entouraient se sont davantage écartés, dans l'éventualité où l'agacement de la reine rejaillirait sur eux.

Ils n'avaient pas à s'en faire. J'avais disparu des mois plus tôt sans son accord, mais elle et une poignée de ses ministres avaient dû en deviner la raison. Si elle était en colère contre moi, c'est parce qu'elle s'était inquiétée à mon sujet.

J'ai glissé ma main valide sous ma longue natte pour dénouer la lanière qui s'y trouvait. C'était la plus courte des deux que m'avait données Pol sur les berges de l'Aracthus. Je peinais à défaire le nœud d'une main, si bien que plusieurs mèches de mes cheveux noirs sont parties avec la lanière lorsque je suis parvenu à la délacer.

Après un nouveau coup d'œil au Mage, j'ai été enchanté de voir sa mâchoire s'ouvrir, petit à petit, de stupéfaction.

« Gen, a-t-il soufflé, espèce de vipère. »

Au-dessus de la paume tendue de la reine, j'ai présenté le Don d'Hamiathes. Il était resté dissimulé sous mes cheveux depuis que je l'y avais tressé après notre premier combat sous les ramures de la mer des Oliviers. Dès que j'avais vu les cavaliers galoper dans notre direction, j'avais placé mon cheval près de celui du Mage, jusqu'à pouvoir couper le lien autour de son cou à l'aide du petit couteau que j'avais volé lors de mon premier ou deuxième jour hors de prison. Trop occupé pour remarquer quoi que ce soit, il avait cru, comme je l'avais présumé, qu'un coup d'épée avait tranché le lien et que le Don était tombé dans le ruisseau.

Ce petit caillou de rivière insignifiant s'est balancé un instant sans que personne dans la salle ne doute de son authenticité. Les runes ciselées avec précision qui indiquaient la marque d'Héphestia ont oscillé d'abord vers moi, avant de tourner. Le saphir dissimulé dans la pierre a réfléchi la lumière des braseros, si bien que les lettres sculptées en bleu vif ont semblé planer dans les airs.

J'avais écrit un discours dans ma tête. Je l'avais préparé en descendant la montagne vers Sounis et répété en boucle dans la prison du roi, sauf que désormais je ne me souvenais de rien, et de toute façon, j'étais trop épuisé. J'avais rapporté le Don d'Hamiathes à ma reine, c'était l'unique chose qui m'avait fait tenir, depuis la place forte attolienne jusqu'au sommet des montagnes. Dès l'instant où j'ai lâché la pierre, l'obscurité m'a englouti et j'ai basculé vers le sol sans pouvoir dire un mot.

J'ai dormi longtemps, d'un sommeil qu'aucun dieu n'est venu perturber et, à mon réveil, j'étais étendu dans mon lit. J'ai longuement caressé ses draps soyeux, aussi fins que les plus beaux linges de Sounis, car tous tissés à Eddis. À mes pieds, le cadre était gravé d'une longue rangée de conifères sous la ligne de crête de la Montagne sacrée. Tournant la tête, j'ai aperçu cette même montagne par la fenêtre, s'élevant majestueusement de toutes parts pour m'envelopper, et me rassurer.

Je me suis rappelé la légende selon laquelle Héphestia avait créé les vallées pour son peuple, et je me suis demandé quelle en était la part de vérité. J'avais vu les dieux, mais je continuais à douter des histoires qu'on m'avait racontées à leur propos. J'étais incapable de dire s'ils étaient des incarnations des montagnes et des rivières qui nous environnaient, ou s'ils tiraient leur pouvoir de ces éléments. Ces forces surpassaient celles de tout mortel, quel qu'il soit. Et si elles étaient en mesure de changer la face du monde, je préférais l'ignorer. J'espérais seulement qu'ils entendraient mes prières aussi lointaines soient-elles et accepteraient mes offrandes, ou cesseraient, au moins, de perturber mes rêves. Le Don d'Hamiathes était un fardeau plus qu'une bénédiction, et j'étais soulagé d'en être débarrassé.

De cette pièce qui était à la fois ma chambre et mon bureau, j'ai continué à admirer la vue avant de me rendre compte qu'on parlait à voix basse dans la bibliothèque attenante. J'ai tendu l'oreille. Le Mage discutait avec la reine. Je l'ai entendu s'adresser à quelqu'un qu'il a appelé « Messire le ministre », et j'ai conclu qu'il s'agissait probablement de celui de la guerre.

« Nous avons délibérément rendu le message du roi à votre attention aussi vague que possible, de façon que Gen puisse espérer mettre la main sur la pierre en notre possession. Lorsqu'il n'a trouvé ni le Don ni aucune mention de celui-ci dans mes archives, je suppose qu'il a décidé de se forger une réputation, non pas simplement en tant que voleur, mais en tant que voleur sounisien. Il a évoqué une mère originaire d'Eddis, mentionnée dans les documents des tribunaux qu'il a falsifiés, afin de justifier sa peau mate et les traces de son accent qu'il ne pouvait que difficilement cacher, puis il a vanté ses capacités exceptionnelles de la façon la plus ostentatoire, afin que sa réputation parvienne jusqu'à moi. Il ne lui restait plus qu'à espérer que j'aurais l'idée de faire appel à un voleur accompli mais anonyme qui ne manquerait à personne. Il ne savait pas que l'homme auprès de qui il s'est vanté était en réalité l'un de mes espions. »

C'est vrai, je ne le savais pas, et j'avais failli éclater de rire lorsque le Mage me l'avait avoué, à l'extérieur du temple. Sûrement une manigance des dieux pour me tester.

« J'ignore de quelle façon il serait sorti de prison sans moi, a poursuivi le Mage. Que son plan ait été basé sur ma seule intervention me paraît pour le moins téméraire. »

Je suis le maître des plans imprudents, ai-je songé. *J'en ai une telle pratique que je les considère comme partie intégrante des risques du métier.* Tôt ou tard, ils auraient eu besoin de ma cellule et des chaînes pour quelqu'un de plus important, par exemple un ministre du trésor, et on m'aurait changé de cachot. Tôt ou tard, j'aurais eu l'occasion de m'échapper – si je n'étais pas d'abord mort de froid, de faim ou d'ennui, évidemment.

« Il n'aurait pas pu trouver l'emplacement de la pierre d'après les documents dans mon cabinet, a poursuivi le Mage. J'avais pris soin de tout détruire. Mais il aurait pu nous pister et voler le Don une fois que nous l'aurions localisé... »

Le ministre de la guerre a reniflé de dédain.

« Pas s'il lui avait fallu vous suivre à cheval », est-il intervenu.

La reine a ri, et dans l'intimité de ma chambre, je me suis senti un peu honteux. C'était notoire et avéré : je détestais les chevaux. Cela avait constitué le premier signe que jamais je ne serais le soldat que mon père avait tant espéré.

Le Mage a dû pénétrer mes pensées un instant.

« Il possède toutefois d'autres talents dont il peut s'enorgueillir. »

Celui me permettant notamment de voler le Don d'Hamiathes non pas une fois, mais deux. Qui, dans l'histoire de l'humanité, pouvait s'en vanter ? Cependant, le Mage faisait référence au combat contre la garde de la reine d'Attolie au pied de la montagne. Ce n'était pas un talent que je chérissais beaucoup. Si j'avais été aussi maladroit avec une épée que sur une selle, mon père ne m'aurait jamais autant poussé à devenir soldat, et le titre de Voleur du roi serait définitivement tombé en désuétude. Ce titre avait perdu de sa valeur depuis tant d'années que mon père était à l'époque convaincu qu'il devrait disparaître pour de bon.

Le Mage a alors décrit en détail mon affrontement avec la garde et en a brossé un tableau particulièrement héroïque.

Le ministre de la guerre a ri à son tour. Ne voyant pas là une marque de louange, le Mage a rétorqué avec raideur : « J'ai ouï dire que son père voulait faire de lui un soldat. Je serais heureux de l'informer qu'il a de quoi être fier de son fils. »

Dans le silence qui a suivi, j'ai moi-même réprimé un rire. Le Mage devait encore être fatigué. Parce qu'il avait dû savoir, un jour, que le ministre de la guerre avait épousé la fille du précédent Voleur du roi. Et qu'ainsi, c'était à mon père qu'il s'adressait. Il aurait pu s'en souvenir, comme il aurait peut-être pu se rappeler que nous nous étions déjà croisés avant Sounis, même si nous n'avions jamais été officiellement présentés. Lorsqu'il était venu apporter la demande en mariage de son roi à Eddis, je me souviens que j'avais filé m'enfermer dans ma chambre, de bien mauvaise humeur ce jour-là.

Tandis que le Mage, qui venait de comprendre sa maladresse, tentait de formuler des excuses, mon père est passé me voir.

« Ne t'ai-je pas entendu rire ? »

L'un de mes bras était trop enserré de bandages pour que je puisse le bouger, mais j'ai posé deux doigts de mon autre main sur mon menton, composant l'expression la plus sérieuse possible.

« Je reviendrai te voir plus tard. »

Avant de disparaître du seuil de ma chambre, mon père m'a adressé un signe de tête. Ce serait, je le savais, sa seule marque d'approbation pour ces mois de labeur et de fourberies. Il n'avait jamais été bavard.

Après des années passées à tenter de me convaincre que je perdais mon temps à acquérir des talents sans valeur, il était venu un soir dans mes quartiers pour me raconter pourquoi la reine d'Eddis étudiait la demande en mariage de Sounis et pourquoi ses conseillers, y compris lui-même, la pressaient d'accepter. Il avait déposé sur ma table une large besace d'écus et était parti, me laissant seul juge de la marche à suivre.

Quelques instants après que mon père eut pris congé de la reine, le Mage est apparu dans l'embrasure de ma porte, suivi de près par Sophos.

« Je me réjouis de voir que tu te remets. »

Je l'ai fixé en plissant les yeux. Il a souri.

« J'ai décidé de ne pas te faire le plaisir d'être en colère contre toi. »

Alors que je ne pouvais réprimer un éclat de rire, il a fouillé la pièce du regard à la recherche d'un endroit où s'asseoir.

« Ce siège est le plus confortable, messire », ai-je dit en levant ma main de sous les draps pour pointer mon seul fauteuil.

Il s'est assis et a posé ses pieds sur une pile de livres. Nous avions tous les deux en tête un entretien antérieur.

« Il faudra sans doute que je le jette au feu après notre conversation, ai-je poursuivi.

— Nul besoin, j'ai eu plusieurs jours pour profiter des bains d'Eddis.

— Plusieurs jours... »

Sophos continuait à errer dans ma chambre.

« Pousse les livres qui sont sur la banquette de la fenêtre, lui ai-je dit. Et assieds-toi là. Plusieurs jours, vraiment ?

— Vraiment.

— Ai-je raté quelque chose d'important ?

— Rien d'exceptionnel. Un émissaire de la reine d'Attolie, quelques-uns de Sounis... quatre, à vrai dire.

— Quatre ? »

Le Mage a haussé les épaules dans un élégant geste d'ennui.

« Racontez-moi, ai-je repris. Ou est-ce que vous allez me forcer à me lever pour vous faire cracher ce que vous savez ? Quels messages apportaient-ils ?

— Oh, je suppose qu'Attolia envoie ses salutations au Voleur de la reine d'Eddis. Elle espère avoir la chance infinie de pouvoir le recevoir plus longuement à l'avenir... »

Cette pensée m'a mis mal à l'aise.

« Elle savait donc qui tu étais ? continua-t-il.

— Elle a dû avoir de sérieux soupçons. Nous nous étions seulement croisés par le passé, mais elle connaissait ma réputation. Mieux que vous, d'ailleurs.

— Sa vengeance sera raffinée et cinglante, a commenté le Mage.

— Et vous ?

— Est-ce que je prépare ma vengeance ? Non, je n'ai pas été capable de penser à quoi que ce soit qui pourrait me satisfaire. »

J'ai de nouveau ri.

« Je veux dire, est-ce que vous saviez vraiment ?

— J'ai parfois douté, a-t-il soupiré. Du moins, jusqu'à ce que tu sois capable de nous mener à un pont improbable et inconnu de tous pour traverser la Séperchia. Alors seulement j'ai commencé à comprendre que ce n'était évidemment pas un hasard si nous nous étions égarés en ville. Et, plus tard, je me suis demandé si les gardes postés sur le pont ne t'avaient pas reconnu. Ils m'ont paru accueillir notre arrivée avec... trop de naturel. Puis j'ai su avec certitude quand le capitaine m'a souhaité la bienvenue à Eddis – comme si tu y étais chez toi et que Sophos et moi étions tes invités... Ce pont de fortune, tu le connaissais, n'est-ce pas ?

— Je m'y rends chaque année après la crue pour y rajouter quelques troncs. Mon grand-père et moi avions l'habitude de le faire de son vivant. Il aimait pouvoir entrer en Attolie sans qu'on le voie arriver.

— Pol savait, a dit Sophos depuis la fenêtre.

— C'est certain, a acquiescé le Mage. Lorsque nous t'avons regardé combattre avec l'épée de Sophos, il m'a chuchoté que tu avais reçu un entraînement eddisien. C'est plus tard que j'ai compris ce qu'il entendait par là... »

Pol avait su avant ça, j'en étais sûr. Il l'avait su dès l'instant où, par mégarde, je l'avais remercié pour les baies séchées avec la formule de politesse en usage dans notre royaume. Si nous n'avions pas eu les Attoliens à nos trousses, et s'il n'avait pas été convaincu que le Don était tombé dans le ruisseau, il ne m'aurait pas quitté d'une semelle sans m'avoir d'abord fouillé.

Le fait qu'il n'en ait pas dit plus au Mage me faisait penser qu'il s'était attendu à ce que je m'échappe une fois parvenu à la montagne, et qu'il m'aurait probablement laissé m'enfuir. On lui avait demandé de veiller sur Sophos et de rapporter le Don. Il n'avait sans doute pas été question de ramener le Voleur de la reine d'Eddis, aussi n'avait-il dû voir aucune raison d'outrepasser ses ordres. Je crois que l'estime que j'avais pour lui avait été réciproque.

« Ambiades avait peut-être deviné, lui », ai-je ajouté.

Lui et moi avions involontairement échangé des informations à proximité de la dystopie. Je m'étais rendu compte qu'il travaillait pour quelqu'un d'autre que le Mage, et lui avait compris que seul un imposteur pouvait en démasquer un autre.

Le Mage a secoué la tête.

« Ambiades était rusé. Dommage qu'il ait été également ignorant, à toujours vouloir plus d'argent, plus de pouvoir… et de déférence. Il aurait fait un excellent Mage, s'il avait pu être plus que le petit-fils d'un duc. »

Nous sommes restés silencieux un moment, perdus dans nos réflexions sur l'ambition et le prix à payer pour celle-ci. J'ai songé à Pol, qui en avait paru assez détaché, et j'ai espéré qu'il avait trouvé une certaine satisfaction à pousser Ambiades du bord de la falaise. Moi-même, j'y aurais pris du plaisir.

« Maintenant, je vais pouvoir raconter qu'un jour j'ai fouetté le Voleur de la reine à coups de cravache », a fini par dire le Mage.

Avec un sourire las, je n'ai pu m'empêcher de faire remarquer que d'avoir le dessus sur le Voleur de la reine n'était pas un privilège si rare.

« Ah ? Les gens sur cette montagne sont tous aussi doués que toi avec une épée ?

— Moi, je n'utilise pas d'épée. »

Je lui ai expliqué que je n'en avais pas eu en main depuis deux ans. C'était arrivé après avoir déchiré mes papiers d'enrôlement pour la garde eddisienne. Au cours d'une dispute avec mon père, j'avais juré devant un nombre embarrassant de membres de la cour que plus jamais je ne toucherais à une épée, à moins, évidemment, que ma vie ne soit en danger.

« Ah… », a fait le Mage, comme si soudain beaucoup de choses s'expliquaient.

Je me suis demandé à qui d'autre il avait parlé de cette dangereuse escarmouche.

« Tu es fatigué, a-t-il dit au bout d'un moment, et il avait raison. Nous allons te laisser.

— Attendez. Vous ne m'avez pas rapporté ce qu'ont dit les émissaires de Sounis.

— Pour ça, a répondu le Mage en secouant la tête, il faudra que tu interroges ta reine. »

J'ai suivi son regard jusqu'à l'endroit où cette dernière se tenait depuis je ne sais combien de temps.

Elle portait une robe de soie moirée verte qui la serrait sous les bras et lui donnait, pour être tout à fait honnête, l'air d'une paonne vêtue des habits de son mari plus petit qu'elle. Mon frère Temenus lui avait cassé le nez avec une épée en bois lorsqu'ils avaient onze ans. La bosse qu'elle avait récoltée l'avait parée d'un physique parfaitement quelconque, et la rendait plus charismatique que toutes les beautés d'Attolie rassemblées. Cependant, elle l'ignorait, et avait souvent l'impression de décevoir son peuple en n'étant pas plus attrayante. Au cours de ses cinq années de règne, elle avait pourtant gagné la loyauté et l'amour de ses sujets. Ces derniers la trouvaient belle, lui avais-je dit, et seraient aussi heureux de la voir vêtue de jute que de ces tenues sophistiquées que ses habilleuses la forçaient à porter.

Elle a contracté ses lèvres en une moue destinée à me rappeler qu'elle avait la responsabilité de se montrer opulente, à défaut d'être belle. J'ai froncé les sourcils car elle avait de toute évidence oublié, pendant mon absence, mes conseils avisés.

Le Mage s'est excusé de devoir s'en aller au beau milieu de leur conversation, mais elle a eu un geste compréhensif et s'est assise près de moi sur le lit pour presser ma seule main accessible.

« Je crois que tu as besoin de plus de repos.

— D'abord, je dois savoir ce que les émissaires de Sounis ont colporté.

— Eugènides, tu es épuisé.

— Si je n'ai pas de réponse, je vais me lever, ai-je menacé, et trouver quelqu'un qui me répondra. »

Elle a cédé. Je savais qu'elle le ferait. Autrement, elle ne se serait pas donné la peine de s'asseoir à mes côtés.

« Le premier a simplement déroulé un cérémonieux message informant notre royaume que Sounis avait déplacé ses hommes dans la forêt sur le versant sud du mont Irkes.

— Sounis a essayé de faire passer son armée en douce à travers la forêt de pins ?

— C'est exact.

— Cieux… ai-je fait en levant les yeux en signe de mépris. Ce roi est un imbécile. Voilà ce qu'il entreprend quand son Mage n'est pas là pour l'en empêcher. Avez-vous mis le feu aux bois ? »

La reine a secoué la tête.

« Non, ça n'a pas été nécessaire. J'ai chargé ton cousin, Crodes, de lui porter un mot l'informant que s'il ne retirait pas ses soldats avant le coucher du soleil, nous allions incendier la forêt jusqu'à ce qu'il n'en reste plus que des cendres. »

Le Mage, encore présent, a blêmi à l'idée que la plus grande partie de son armée puisse être réduite en poussière.

« Leur deuxième émissaire s'est avéré plus poli, a poursuivi la reine, se renfonçant maintenant dans mes oreillers. Le roi de Sounis nous priait de lui communiquer des renseignements sur le lieu où se trouvaient son Mage et son héritier, ainsi que sur leur état de santé.

— L'héritier du Mage ?

— L'héritier du roi. »

Mon regard s'est lentement tourné vers Sophos.

« Ton père, le duc, est le frère du roi ?

— Tu ne le savais pas ?

— J'avais d'autres choses en tête dernièrement, vois-tu. »

La reine a ri avec douceur.

« Tu as fait d'une pierre deux coups, a-t-elle dit. Non seulement tu as sécurisé ma légitimité sur le trône, mais tu m'as aussi ramené l'héritier de mon principal ennemi. Tu as fortement impressionné la cour. » *Ce serait bien la première fois*, ai-je pensé. « Je crois, a-t-elle repris, que je vais pouvoir soutirer certaines concessions à Sounis avant de renvoyer son cher neveu chez lui. »

Elle a souri à Sophos, qui a rougi en lui rendant son sourire. Elle produisait cet effet sur la plupart des gens, et pas uniquement sur lui. La pureté de son sourire réchauffait le cœur. Ce n'était pas le hasard si le Mage voulait faire d'elle la reine de son royaume.

« Quoiqu'il en soit, à présent, il est temps de te laisser tranquille », a-t-elle dit en se levant de mes oreillers duveteux.

Elle s'est penchée pour m'embrasser le front tout en retirant sa main de la mienne, et j'ai aperçu le Don d'Hamiathes accroché au torque en or qu'elle portait autour du cou. Alors qu'elle se redressait, la pierre est revenue se nicher contre sa peau, juste sous sa clavicule.

Deux jours plus tard, bien avant que je sois prêt à y participer, a eu lieu une cérémonie officielle sacrant ma cousine Reine par Possession du Don d'Hamiathes. De toute évidence, qu'un voleur aux pieds sales lui ait remis un soir la pierre ne suffisait pas à une foule de conventions très strictes concernant les règles de l'étiquette. L'habilleur de mon père est venu m'aider à enfiler une tenue d'apparat. J'ai traversé la cérémonie comme on navigue dans le brouillard, faisant ensuite une apparition de pure forme au banquet qui a suivi. Comme à leur habitude, mes cousins se sont permis une volée d'insultes à peine voilées me concernant. Mes tantes m'ont toisé et mes oncles se sont moqués avec une nonchalance outrancière, en remarquant combien je me mettais *étonnamment* à ressembler à mon père, par opposition à l'irresponsabilité notoire du côté de ma mère.

Cependant, rien ne paraissait m'atteindre, et aucune de mes reparties habituelles ne m'est venue. J'étais d'humeur discrète ce jour-là, je suppose. Ou, plus vraisemblablement, je n'y accordais aucune importance, et je me rends compte avec une certaine sagesse, à présent, que les deux reviennent sans doute au même. Je suis retourné me coucher.

Cette nuit-là, ma fièvre a subitement grimpé, et mes fidèles compagnons de chevet au cours de la semaine suivante ont été le médecin de la cour et ses assistants.

Je me rappelle qu'un soir la reine est venue me proposer le Don d'Hamiathes, mais j'ai répondu que je préférais mourir si le choix s'offrait réellement à moi. Je ne voulais plus entendre parler de cette pierre et de ses soi-disant pouvoirs d'immortalité. Il y a quelque chose de terrifiant, mais aussi, avais-je découvert, de particulièrement douloureux, à se retrouver enfermé dans une vie alors qu'il serait probablement temps de passer à autre chose. Elle a hoché la tête sans un mot, comme si elle comprenait ce sentiment. Peut-être cette nuit-là n'avait-elle été qu'un rêve de plus.

Lorsque j'ai commencé à me remettre, le médecin m'a obligé à garder le lit. J'avais assisté à la cérémonie contre sa volonté, aussi se sentait-il désormais dans son bon droit et assez dictatorial. Si je posais un pied par terre, il m'avait indiqué qu'il finirait par me le couper. J'avais argumenté que les adeptes d'Asklepios avaient juré de ne jamais faire de mal à quiconque. Il a répondu que, dans mon cas, il pouvait faire une exception.

Une fois les négociations entre Sounis et Eddis conclues, un nouveau traité établi et une compensation payée à la trésorerie d'Eddis, le Mage et l'héritier du roi étaient prêts à rentrer chez eux. Ils se sont frayé un passage devant le médecin pour me faire un dernier adieu.

À leur entrée, je me suis redressé dans mon lit.

« Mage, l'ai-je salué d'un hochement de tête. Mon Seigneur, ai-je ajouté à l'attention de Sophos, qui s'est aussitôt empourpré.

— Est-ce parce que ta mère était la Voleuse de la reine qu'on t'a prénommé Eugènides ?

— En partie. Il serait plus exact de dire qu'Eugènides est un patronyme et que l'on m'a donné celui de mon grand-père. Mais, comme vous le savez, ma mère n'a jamais été la Voleuse de la reine. Elle est morte avant mon grand-père, donc j'ai hérité directement de son titre.

— Mais ceux de ton royaume appelaient ta mère la "Voleuse de la reine", a noté Sophos, perplexe. Du moins, c'est ce que j'ai entendu dire. »

J'ai souri.

« C'était l'une des favorites à la cour. Elle était surnommée la "Reine des voleuses", et non pas la "Voleuse de la reine". On disait qu'elle dérobait le cœur des gens. Une chose est sûre, elle les allégeait de leurs bijoux pour les porter elle-même ou les donner en offrande. Elle aimait les priver des choses dont ils étaient les plus fiers. Donc, si quelqu'un exhibait ses nouvelles émeraudes, il était probable qu'on les retrouve le lendemain trônant au centre d'un plateau sur l'autel d'Eugènides. Une fois données en offrande, il était impossible de les récupérer. Les gens faisaient attention de ne pas offenser les dieux. »

Et ils avaient appris à faire la même chose avec moi.

« Ta mère est-elle... a commencé Sophos, avant de s'arrêter en prenant conscience de ce qu'il s'apprêtait à demander.

— Tombée d'une fenêtre quand j'avais dix ans ? Oui, mais ce n'était pas à la villa du baron Eructhes. Elle dansait sur le toit du palais et a glissé au moment de revenir à l'intérieur... »

Sophos est resté silencieux un instant, à la recherche d'un sujet moins délicat.

« Quand penses-tu te marier, Gen ? a-t-il laissé échapper.

— J'imagine que cela dépendra du temps que je vais mettre à trouver une épouse, ai-je répondu d'un ton incertain.

— Mais tu ne l'as pas déjà trouvée ? », a-t-il dit, toujours gêné.

Je l'ai fixé, dérouté. J'ai lancé un coup d'œil au Mage pour voir s'il savait à quoi Sophos faisait allusion, mais il l'ignorait.

« De quoi parles-tu ? ai-je fini par demander.

— Ne vas-tu pas épouser la reine ? N'es-tu pas l'un de ses favoris, et n'est-elle pas reine grâce à toi ?

— Elle m'aime beaucoup, Sophos, mais uniquement parce que le reste de ses cousins sont, pour la plupart, de parfaits imbéciles. Je l'apprécie énormément pour les mêmes raisons, d'ailleurs. Mais je ne crois pas pouvoir faire d'elle une reine, puis insister pour qu'elle m'épouse en échange d'un service rendu. Le souverain n'est pas censé épouser son voleur. L'événement n'est pas à prendre à la légère et… (Regardant le Mage, j'ai eu une hésitation.) … il y a toujours des avantages politiques à prendre en compte pour le royaume lors de ces unions. »

Eddis pouvait encore former une alliance avec Sounis, même si, pour que notre reine épouse leur roi actuel, il faudrait d'abord me passer sur le corps.

« Gen… »

Sophos s'apprêtait à poser une nouvelle question, mais je l'ai interrompu.

« Non, pas Gen. Désormais, ce sera Eugènides. Je ne veux plus jamais entendre ce diminutif. »

Le Mage a ri tandis que je secouais la tête.

« Ce n'est pas vous qui avez dû boire jusqu'à plus soif dans chaque taverne malfamée de Sounis, ai-je poursuivi. Et ce n'est pas vous non plus qui avez croupi en cellule. Vous n'imaginez pas combien la vue d'une prison ou d'un pichet de vin me retourne l'estomac. Ou l'idée de devoir parler la bouche à moitié fermée ou de manger la bouche ouverte. Ou d'avoir des *poux* et d'être entouré de gens qui croient qu'Archimède est ce bouffon qui est arrivé à faire tenir quatre olives en équilibre sur son nez l'année dernière. »

Le Mage a lancé un regard aux livres empilés sur mon petit bureau.

« Je me souviens de cet Archimède. Je crois que c'était cinq olives, a-t-il dit, le visage sérieux.

— Même si c'était douze, je ne serais pas plus impressionné. »

Il a passé la main sur l'exemplaire soigneusement relié du deuxième tome d'Archimède. Il reposait au sommet de la pile à ses côtés.

« Tu devrais acquérir plus d'auteurs modernes. Cela fait trop longtemps qu'Eddis est isolée. Je te ferai envoyer des livres par la prochaine délégation diplomatique. »

Je l'ai remercié, tandis que nous songions tous deux, à cet instant précis, à la menace que représentaient les Mèdes.

« Qui Sounis va-t-il épouser, alors ?

— Je l'ignore, a admis le Mage.

— Vous pouvez toujours demander à Attolia », ai-je suggéré.

Il a levé les yeux au ciel et a quitté la pièce, emmenant Sophos avec lui.

J'ai donc été abandonné à mon sort, vautré dans mes draps pour recouvrer mes forces. J'ai demandé au médecin récalcitrant de me passer certains livres de ma bibliothèque, afin que je puisse dater les colonnes que j'avais vues devant l'entrée du labyrinthe. Puisqu'elles ne ressemblaient à rien de ce que j'ai pu trouver au cours de mes recherches, j'en suis venu à la conclusion que le Don d'Hamiathes avait été caché dans le temple sous l'Aracthus par des générations successives, durant des centaines d'années, bien avant le temps des envahisseurs, et qu'on l'en retirait, génération après génération, seulement avec l'accord des dieux.

Pour protéger quelque chose des malandrins de toutes sortes, il faut savoir le cacher précieusement, mais aussi le surveiller de près.

Mon père venait souvent me voir, même si c'était bref. Lors d'une visite, il a évoqué le fait que Sophos avait passé ses journées au palais à expliquer à tous mes cousins que mon ennuyeux serment à propos du maniement de l'épée avait été rompu avec honneur. Plusieurs personnes étaient effectivement passées me voir pour me dire combien, avec le temps, je ressemblais à mon père. Elles n'avaient pas toutes l'air de mentir. Peut-être qu'à l'avenir mes oncles et tantes seraient prêts à oublier que je lisais trop et que je ne savais pas monter à cheval, ni chanter juste, ni converser poliment – des aptitudes auxquelles on aurait pourtant dû accorder plus de valeur qu'au maniement des armes.

Lorsque la reine est venue à son tour, elle m'a dit que la ressemblance avec mon père se bornait à notre façon de nous tenir courbés tout en niant la douleur que cela engendrait. J'ai eu beau m'acharner à répéter que mon épaule ne me faisait pas vraiment souffrir et qu'il était temps pour moi de me lever, elle a ri et s'est en allée.

Une semaine plus tard, alors que je n'étais enfin plus alité et que je me reposais dans mon fauteuil, elle m'a rendu visite et est restée avec moi. Le soleil de fin de journée glissait sur la crête des monts Héphestial, emplissant la pièce d'une lumière orangée.

« Sophos s'est rendu auprès de ton autel familial pour Eugènides, a-t-elle dit. Il a admiré toutes les boucles d'oreilles que tu as données en offrande, en particulier les cabochons d'émeraude de la duchesse Alénia. »

Quelqu'un avait dû lui raconter combien la duchesse avait été furieuse que je les lui vole, disons, au nez et à la barbe. Je suspectais que c'était la reine qui avait soufflé mon nom.

Je lui ai avoué mon embarras à l'idée qu'il ait été ébloui par mes offrandes à un dieu auquel je n'avais pas cru jusque-là.

« Je sais », a-t-elle simplement répondu.

Nous avons tous les deux regardé le Don qu'elle tournait et retournait dans ses mains.

« Allez-vous continuer à le porter, ma reine ?

— Je crois que je ne le supporterais pas.

— Où allez-vous l'entreposer si vous vous décidez à l'ôter ? »

Le temple avait disparu. On ne pouvait pas l'y restituer.

Elle est restée silencieuse un long moment.

« Je vais l'emporter au sommet de la Montagne sacrée et le jeter dans le feu d'Héphestia.

— Pour le détruire ? »

J'étais sous le choc.

« Oui. Je vais emmener avec moi des témoins d'Eddis, de Sounis et d'Attolie, et lorsqu'il sera détruit, l'accession au trône d'Eddis se fera comme dans les autres royaumes. (Elle a levé les yeux vers moi.) Moïra me l'a murmuré. »

J'ai hoché la tête, songeant à la messagère des dieux dans son long péplum blanc.

« Il n'a jamais été question que cette tradition soit éternelle, a-t-elle repris à voix basse. Le Don n'appartient pas à notre monde.

— Dans cent ans, personne ne croira qu'il a existé.

— Mais toi, tu seras encore célèbre pour l'avoir volé.

— Oh, je ne parierais pas dessus. »

Ces derniers temps, la célébrité avait perdu de ses attraits à mes yeux.

« Si, tu le seras, a-t-elle affirmé. Parce que tu vas mettre toute ton aventure par écrit, et ce récit deviendra l'un des livres de cette bibliothèque. Mais d'abord, tu dois tout me raconter. Me dire tout ce que le Mage ignore. »

Ce fut un soulagement de revenir sur ces épreuves, lui raconter la prison, le temple, ce que j'avais pensé du Mage au début puis à la fin de notre périple. Ce que signifiait pour moi, désormais, d'être au centre de l'attention des dieux, d'être leur instrument, utilisé pour refaçonner les frontières du monde. Et puis, je n'étais pas mécontent de me vanter de temps en temps ou d'exagérer mes exploits.

Le récit me prit bien des jours, pendant les courts instants qu'elle volait à ses fonctions royales et entre les entretiens avec ses ministres. Elle voulait que je lui raconte tout dans les moindres détails, exercice difficile auquel je me suis plié. Des mois plus tard, j'ai tout consigné par écrit. Bientôt, je lui montrerai mon travail pour qu'elle me donne son avis. J'en enverrai peut-être un exemplaire au Mage.

« Sophos croit donc que tu vas m'épouser.

— Alors que je pense, moi, que c'est lui que vous allez épouser.

— Ce n'est pas impossible. Nous verrons à quoi il ressemble, une fois qu'il aura grandi.

— Je croyais que vos conseillers voulaient vous voir épouser le cousin d'Attolia ?

— Non, c'est juste que cela aurait été préférable à Sounis. Désormais, je n'ai à me soucier ni de l'un ni de l'autre. Une chance pour nous tous. Ils auraient détesté Eddis, tandis que Sophos... Je crois qu'il serait heureux, ici.

— Quiconque aurait la chance d'être votre époux devrait en remercier chaque jour les cieux.

— Tu n'es qu'un flatteur.

— On ne peut pas vraiment dire cela de moi.

— Eugènides...

— Oui ? Arrêtez de vous mordiller la lèvre et dites-le enfin.

— Merci, Voleur.

— Le plaisir est pour moi, ma Reine. »

LES BOUCLES DE BRÉIA

Ceci est l'histoire d'un garçon de dix ans, prénommé Eugènides d'après le Dieu des voleurs. Sa famille, qui le surnomme Gen, aimerait qu'il devienne soldat, comme la majorité des hommes du royaume d'Eddis. Gen préférerait suivre les traces de son grand-père et être le Voleur du Roi.

Mille ans avant le début de cette histoire, une personne pouvait devenir le Voleur du Roi en dérobant une pierre appelée le Don d'Hamiathes (s'il ou elle ne mourait pas en essayant). Puis, la pierre s'égara et le titre devint héréditaire. La famille de Gen qui en a honte espère qu'il disparaîtra ; mais pas lui.

Malgré les objections des siens, il compte bien devenir le prochain Voleur d'Eddis. Il a seulement besoin d'un peu d'entraînement...

La longueur du couloir en faisait un bon endroit pour prendre de la vitesse, mais le sol en pierre était couvert d'un tapis dont le moindre pli pouvait être fatal. Par prudence, Gen gardait les yeux rivés sur ses pieds et ne levait la tête que brièvement pour s'assurer que la voie devant lui était libre.

Que les dieux le préservent de croiser encore l'une de ses tantes… Plus tôt, il avait échappé à Livia, uniquement parce qu'elle avait été surprise. La plupart auraient jugé indigne de leur rang d'attraper un neveu au vol, mais pas elle. Elle n'avait d'ailleurs raté que d'un cheveu.

Il approchait d'un tapis plus petit. Celui-ci gisait tel un piège au milieu du passage, si bien que Gen sauta par-dessus. Dans son dos, il entendait le martèlement de pas de ses cousins. Pour eux aussi, le couloir était un bon endroit pour accélérer, et il espérait franchement que l'un d'eux se prenne les pieds dans le tapis.

Il y eut une perturbation dans le martèlement régulier de bottes. Quelqu'un avait peut-être glissé, mais il ne pouvait pas se permettre de vérifier, d'autant que ça ne semblait pas avoir ralenti le groupe. Ils avaient tous plusieurs années de plus que lui. Leurs jambes étaient plus longues et ils gagnaient vite du terrain, tout en vociférant des menaces. Il ne distinguait pas clairement ce qu'ils disaient, car leurs voix se mélangeaient, mais il n'avait aucun mal à l'imaginer.

Ce qu'ils avaient précisément en tête ne comptait pas, parce que devant lui se trouvait un puits de lumière, qui laissait les rayons du soleil se déverser jusque dans les pièces situées quatre étages plus bas. Son chemin fut interrompu par une balustrade qui surplombait l'atrium. Il pouvait en faire le tour dans le sens des aiguilles d'une montre, ou dans le sens inverse. Déjà, les pas de ses cousins s'espaçaient à mesure qu'ils ralentissaient pour voir quel côté il emprunterait. Gen allongea sa course.

Il y avait un banc avant la balustrade. Il sauta dessus, puis sur le garde-fou, puis au-dessus du vide. Il atteignit aisément la balustrade opposée et y posa brièvement un pied avant de basculer en avant. Il n'y avait pas de banc de ce côté, si bien qu'il heurta lourdement le sol. Il se releva à la hâte et regarda à sa gauche, puis à sa droite.

Si ses cousins avaient deviné ses intentions, ils auraient envoyé quelqu'un dans le corridor pour gâcher son moment de gloire, mais la route était dégagée. Il pouvait se retourner et savourer sa victoire.

Le puits de lumière était quatre fois plus long que large. Le temps que ses cousins en fassent le tour – peu importe le sens – Gen serait à l'abri. Ils le savaient, et ils s'étaient arrêtés, hors d'haleine, face au banc. Aucun d'eux n'osait tenter le grand saut.

Au lieu de ça, ils le menaçaient depuis l'autre côté du puits.

Il y avait tant de choses que Gen aurait voulu répondre qu'il ne put fixer son choix, donc il enfonça ses pouces dans ses oreilles et leur tira la langue. Quand une main se posa sur son épaule, il fit volte-face, pris de panique.

« Sten, hoqueta-t-il. Par tous les dieux, tu m'as fait peur. »

Son frère aîné Sténides se tenait devant lui. Il affichait une mine sombre, mais Gen lui sourit avec ravissement et se tourna de nouveau vers ses poursuivants, plus crâneur que jamais. Il remit ses pouces dans ses oreilles. Il ne pouvait cependant pas ouvrir les doigts de sa main droite pour accomplir un salut pleinement satisfaisant, et à peine commença-t-il à agiter les doigts de l'autre main, que Sténides le secoua fort, et ses mains retombèrent.

« Qu'est-ce qu'il a fait ? », demanda Sténides à leurs cousins.

Gen se tourna vers lui, muet d'indignation, tandis que Cléon, le meneur parmi ses cousins, répondait depuis l'autre côté du puits de lumière.

« Il a pris les boucles d'oreilles de Bréia. Celles en or que Père lui a offertes pour son anniversaire. »

C'étaient des boucles d'oreilles magnifiques, en or serti de cristal et d'onyx. Trop précieuses pour une fille de treize ans. Les avoir prises était bien plus qu'une simple farce. Sténides baissa les yeux sur son frère, l'air mécontent.

« Demande-lui pourquoi », dit Gen, dont l'exubérance avait laissé place à la colère.

Sténides se tourna vers Cléon, qui leva les bras au ciel. « Parce que c'est un sauvageon et que quelqu'un aurait dû lui tordre le cou il y a des années, voilà pourquoi ! », s'exclama-t-il, encouragé par les autres cousins derrière lui.

Gen cria par-dessus le vacarme, sa voix aiguë fendant les leurs, plus graves. « Parce qu'elle a dit que si Père ne s'était pas marié tellement en dessous de son rang, il serait devenu roi ! »

Gen sentit Sténides se raidir et, à l'autre extrémité du puits de lumière, les garçons se turent subitement. La situation avait changé. Certains, un instant plus tôt, d'être dans leur bon droit, voilà qu'ils se demandaient à présent s'ils n'avaient pas tout à fait tort. Même Cléon. Si Bréia, sa sœur, avait bel et bien insulté la famille de leur cousin, c'est Sténides lui-même qui ferait le tour du puits avec de sombres desseins en tête.

Timos, Tenris et Phaedrus s'agitèrent nerveusement. Ensemble, ils pouvaient battre Sténides – s'ils choisissaient de le faire.

Seulement, cela équivaudrait à approuver l'insulte de Bréia, ce que seul un imbécile ferait. Bréia était une peste au teint blafard, et elle avait clairement dépassé les bornes. Le roi d'Eddis était malade et ses deux fils étaient morts.

Il n'avait que des filles pour lui succéder, à moins que l'un de ses frères ne s'empare du trône. Par sa remarque acerbe, Bréia n'insultait pas seulement la mère de Gen, qui était la fille du Voleur du Roi et n'appartenait donc pas à une famille de propriétaires terriens. Elle insultait également le père de Gen, en sous-entendant que ce dernier envisagerait de spolier sa nièce de son héritage. Ce genre d'insulte entraînait des familles entières dans des conflits qui pouvaient durer des années.

Cléon eut l'air consterné. Puis il haussa les épaules en s'excusant : « Je suis désolé, Sten, dit-il. Je n'étais pas du tout au courant. Je vais en informer Père, il parlera à Bréia. »

La tête basse, les cousins s'éclipsèrent.

Sténides se tourna vers Gen.

« Tu as de la chance, morveux, dit-il. Si je n'avais pas été là, ils t'auraient roué de coups et auraient repris les boucles d'oreilles. »

Ainsi, le vol de Gen aurait été passé sous silence puisque les bijoux auraient été rendus, et personne n'aurait eu vent des paroles insultantes de Bréia.

« Il aurait fallu qu'ils m'attrapent, dit Gen.

— Ils y seraient arrivés.

— Non ! Je me serais volatilisé comme ça (il claqua des doigts) avant qu'ils aient été à mi-chemin du puits.

— À cloche-pied ?

— Oui !

— C'est pour ça que tu te tiens sur un seul pied depuis tout à l'heure ? », demanda Sténides.

Gen releva fièrement le menton et posa son pied endolori au sol, mais sans s'appuyer dessus. Il s'était tordu la cheville en tombant du muret. À présent que l'excitation était passée, l'articulation commençait à lui faire mal.

Sténides lui sourit, puis il se tourna pour l'inviter à monter sur son dos.

« Espèce d'idiot, dit-il.

— Bréia devrait se faire coudre les lèvres.

— C'est sûrement ce qu'elle souhaitera quand son père en aura fini avec elle. »

Les insultes de Bréia seraient certes officiellement oubliées, mais tout le palais s'en scandaliserait à voix basse. Tant que Gen laissait le bijou en offrande à un dieu ou une déesse, sur un autel d'où ni lui ni sa propriétaire initiale ne pourraient plus le reprendre, il serait à l'abri des critiques.

Il serrait les boucles d'oreilles si fort dans sa main droite que le métal mordait sa paume et il songea que les attaches délicates seraient sans doute toutes déformées quand il arriverait au temple.

« Une chose est sûre, il ne lui offrira plus de boucles d'oreilles », dit Gen avec satisfaction.

Sténides poussa un soupir.

« Tu aurais dû m'en parler...

— Si je l'avais fait, tu l'aurais dit à Cléon et il l'aurait obligée à me présenter ses excuses, et alors elle aurait souri de toutes ses dents et aurait fait : "Oh je suis vraiment navrée, bien sûr, c'était juste une blague..." Alors que ce n'était pas *du tout* une blague. »

Sténides déboucha sur un escalier.

« Tu veux aller déposer les boucles d'oreilles maintenant ? », demanda-t-il.

Gen prit le temps de réfléchir. Le dortoir des garçons serait désert en plein après-midi. Il n'avait pas besoin de faire l'offrande tout de suite.

« Ou tu préfères te reposer un instant ? demanda Sténides, sentant son hésitation.

— Oui, s'il te plaît.

— Très bien. »

Sténides se mit à gravir les marches. Il porta Gen jusqu'à son lit et l'y étendit doucement. Il ébouriffa les cheveux de son petit frère. « Cléon aurait été navré de t'avoir roué de coups, mais pas Phaedrus, dit-il. Méfie-toi de lui. »

Gen leva les yeux sur son frère. Sténides était l'un des êtres qu'il chérissait le plus, et sans aucun doute son frère préféré.

Comme Gen, Sténides n'était pas vraiment à sa place dans le monde des soldats. Il avait un don pour la mécanique et les mathématiques. C'était lui qui avait appris à son jeune frère à lire, et souvent on le retrouvait absorbé dans un passe-temps tout sauf martial : l'horlogerie. Malgré ses différences, Sténides était apprécié. Gen soupira.

« Tu as vu mon saut ? demanda-t-il plein d'espoir.

— Oh dieux, oui, répondit Sténides. Ça a bien failli me couper le souffle pour de bon. Qu'est-ce qui t'a pris de faire une chose aussi folle ?

— Ce n'était pas fou.

— Tu aurais pu te tuer.

— N'importe quoi, dit Gen, sincèrement surpris. Je me suis entraîné. »

Sténides le dévisagea avec horreur.

« Tu veux dire que ce n'est pas ta première fois ?

— Évidemment. »

Sténides resta un moment bouche bée.

« C'est Grand-Père qui t'a enseigné ça ? »

Gen détourna les yeux.

« Je vais être le Voleur d'Eddis », dit-il.

Sténides s'assit à ses côtés sur le lit, et dit doucement :

« Tu ne devrais pas écouter les histoires qu'il te raconte. Voleur... ça n'est qu'un titre. Ça ne veut plus rien dire aujourd'hui. »

Il prit l'air buté et Sténides fut assez sage pour renoncer à une dispute qu'il ne pouvait pas remporter.

« Bon, reprit-il, promets-moi au moins de ne plus sauter par-dessus des puits de lumière. »

Gen sourit.

« Entendu, accepta-t-il facilement.

— Bien », fit Sténides avant de prendre congé.

Gen s'allongea de nouveau sur son lit et examina les boucles d'oreilles dans sa main. Son grand-père volait généralement des fibules qu'il laissait en offrande sur l'autel du Dieu des voleurs. Admirant le jeu de reflets dans le cristal, Gen décida qu'il préférait subtiliser des boucles d'oreilles.

Il avait menti à Sténides. Bien sûr qu'il continuerait à sauter par-dessus des puits de lumière.

Un jour, se promit-il, il *serait* le prochain Voleur d'Eddis.

MEGAN WHALEN TURNER

En 1995, Megan Whalen Turner a 30 ans. Diplômée de littérature anglaise, elle travaille comme libraire jeunesse lorsque sa carrière d'écrivaine décolle. L'autrice britannique Diana Wynne Jones (*Le Château de Hurle*, adapté par Miyazaki sous le titre *Le Château ambulant*), séduite par ses nouvelles, pousse son propre éditeur à la publier.

Un an plus tard, Megan Whalen Turner signe *Le Voleur*, un premier roman de fantasy centré sur un jeune voleur espiègle et manipulateur. Le livre reçoit la prestigieuse Médaille Newbery Honor – l'une des plus hautes distinctions américaines pour la littérature jeunesse – et devient un best-seller. À la surprise générale, l'autrice revient quelques années plus tard avec une suite inattendue, *La Reine d'Attolie*, qu'elle ne remet à son éditeur qu'une fois achevée. Ce deuxième tome, à la puissance narrative redoutable, bouleverse les attentes et laisse les lecteurs sous le choc.

Mais c'est véritablement en 2006, avec *Le Roi d'Attolie*, que Megan Whalen Turner dévoile l'ampleur de son projet : ces livres ne sont pas de simples suites, mais les volets d'une grande saga en six tomes, retraçant les conflits majeurs qui agitent les royaumes imaginaires de la Petite péninsule.

En 2020, elle conclut ce cycle entamé un quart de siècle plus tôt avec *Le Retour du Voleur*, salué par la critique et les lecteurs. Cette fresque aura marqué plusieurs générations – parmi lesquelles de nombreuses figures majeures de la fantasy contemporaine comme Leigh Bardugo, Holly Black, Laini Taylor ou Rebecca Ross.

Le Voleur de la Reine est une œuvre aux mille facettes, mêlant dialogues percutants, scènes intimes et souffle épique. Tissée d'aventures, d'intrigues de cour, de stratégies politiques et de mythes, elle est relevée d'un soupçon d'amours indomptables. Chaque tome adopte un point de vue différent – parfois peu fiable – invitant le lecteur à se laisser porter… ou à démêler le vrai du faux dans le récit tumultueux de royaumes au bord du chaos.

Autant nourrie par *L'Histoire de la guerre du Péloponnèse* de Thucydide ou *L'Anabase* de Xénophon que par les romans historiques de Rosemary Sutcliff, Megan Whalen Turner déploie, au fil de six volumes, une fresque fantasy d'une rare intelligence. On y suit un héros inattendu et des femmes de pouvoir – sortes de Catherine de Médicis ou d'Élisabeth Ier – dans un décor méridional, solaire et sauvage.

Elle a reçu une Médaille Newbery Honor et un Horn Book-Boston Globe Honor, et remporté le Los Angeles Times Book Award dans la catégorie littérature jeunesse ainsi que le Mythopoeic Award.

CE LIVRE
a été conçu par Monsieur
Toussaint Louverture à Sadirac en Gironde
et a été achevé d'imprimer par Jelgavas
Tipogrāfija à Jelgava en Lettonie.

LA COUVERTURE
est en *Efalin New Linen* de 120 g/m^2,
peinte d'encres pigmentées.

LE PAPIER INTÉRIEUR
est du *Munken Print Cream* de 80 g/m^2,
d'une main de 1,5.

LES GARDES
sont en *Munken Pure*
de 120 g/m^2, joliment dorées.

LES POLICES
sont essentiellement des déclinaisons
du *Garamond Premier Pro* capable de mener
à bien les plus improbables des plans.

L'OUVRAGE
compte 256 pages et mesure 140 mm
de largeur sur 210 mm de hauteur, taille parfaite
pour coincer une porte récalcitrante.

CE ROMAN
est le premier rouage
d'une merveilleuse aventure.